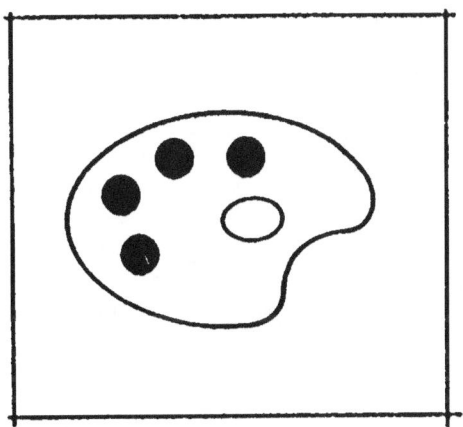

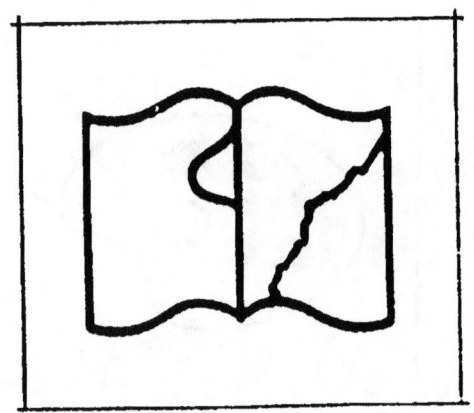

UNE DESCENTE

AU

MONDE SOUS-TERRIEN

UNE DESCE T

AU

MONDE SOUS-TERRIEN

DEUXIÈME SÉRIE IN-QUARTO

Combat entre deux énormes cétacés qui ressemblent à des baleines. (page 185)

UNE DESCENTE

AU

MONDE SOUS-TERRIEN

PAR

Pierre LUGUET

VINGT-SEPT GRAVURES

LIBRAIRIE NATIONALE

D'ÉDUCATION ET DE RÉCRÉATION

Le huissier revint, conduisant un nègre. (page 15)

UNE DESCENTE

AU

MONDE SOUS-TERRIEN

CHAPITRE PREMIER
COMMUNICATION SENSATIONNELLE A L'ACADÉMIE DES SCIENCES
DE SAARDAM

Le 27 janvier 190..., à trois heures après-midi, l'Académie
des Sciences de Saardam tenait une séance extraordinaire au
cours de laquelle le célèbre professeur Van Tratter, après
avoir appris toutes les langues et tous les idiomes de l'Univers, prétendait démontrer que les hommes doivent se com-

prendre sans se traduire, et même sans user d'une combinaison internationale quelconque.

La lecture de son rapport, destiné à révolutionner le monde polyglotte, devait durer trois grandes heures. Aussi ses collègues s'étaient-ils arrangés le plus commodément possible dans leurs fauteuils, l'un préparant une grande pipe — car on fume librement, à l'Académie de Saardam — l'autre dissimulant dans son pupitre un petit flacon de curaçao dont il comptait de temps à autre se stimuler; un dernier ne préparant rien, mais visiblement disposé à une sieste magistrale.

Au dehors, il faisait un temps affreux : neige fondue et vent du nord. Les rares piétons de la ville, contrairement à leurs habitudes de calme et de lenteur, couraient aussi vite que possible sous les rafales glacées, et les jolies petites Hollandaises emmitouflaient soigneusement leurs nez roses.

Dans la grande salle au plafond bas et traversé de poutres vieillies, la tempête laissait les gens indifférents. Un énorme poêle en faïence ronflait, que surveillait avec sollicitude un huissier solennel, et une douce chaleur régnait, disposant tout le monde à l'égalité d'esprit qu'il faut pour entendre discuter linguistique pendant plusieurs fois soixante minutes.

Le président, vers trois heures dix, parut s'agiter. C'est-à-dire qu'il posa la pipe en porcelaine dans laquelle il avait jusqu'alors soufflé, et promena sur l'assistance un long regard. Il s'en trouva satisfait, sans doute, tant au point de vue de la qualité qu'à celui du nombre, car il frappa sur un timbre placé à sa droite, et prononça (en hollandais, bien entendu, mais nous traduisons pour la commodité de la majorité de nos lecteurs) :

— Messieurs, la séance est ouverte. Je donne la parole à notre savant et honorable collègue Julius-Ludovic Van Tratter.

Ces simples paroles furent suivies d'un murmure approbateur.

Et Julius-Ludovic Van Tratter, qui jusqu'alors était demeuré paisiblement à sa place, dessinant des petits bonshommes et pensant Dieu sait à quoi, se leva et monta sur l'estrade.

C'était un académicien d'une soixantaine d'années, grand, très robuste et très vert, le visage entièrement rasé, une profusion de longs cheveux blancs lui faisant comme une auréole, et qui toute sa vie avait promené un regard bienveillant et surpris sous des lunettes de myope. Les traits du visage étaient suffisamment réguliers; l'homme était correctement vêtu d'une redingote noire, d'une cravate blanche et d'un plastron de chemise boutonné d'or.

Il jeta les yeux sur ses collègues assemblés, souleva ses lunettes pour se frotter les yeux, parut sortir d'un songe, et dit :

— Les membres de l'Académie des sciences de Saardam voudront bien m'excuser : j'ai oublié chez moi le rapport que je désirais leur lire. Je vais le chercher.

Et il descendit de l'estrade aussi tranquillement qu'il y était monté.

Sa déclaration n'avait provoqué d'ailleurs aucun étonnement exagéré; à peine quelques sourires indulgents s'étaient-ils montrés. Les collègues de Van Tratter étaient probablement habitués à ses distractions.

— Nous pourrions envoyer un huissier, suggéra le président.

— Non, répondit le célèbre linguiste, ma nièce ne trouverait pas; j'ai mis mes papiers en ordre ce matin.

Et il se dirigea vers l'antichambre. Mais il n'avait pas touché encore le bouton de la porte qu'une jeune fille de dix-
neuf ans, blonde et fraîche comme seules savent l'être les
jolies enfants de la Hollande, faisait son entrée dans la salle
des séances, un gros rouleau sous le bras. Elle était un peu
transie, mais souriante quand même comme le printemps.

— Ah! c'est toi, Lhelma, lui dit le professeur sans s'émouvoir. Tu as bien fait de venir; j'allais courir à la maison. Tu
as mon rapport?

— Oui, mon oncle.

— Tu l'as trouvé facilement?

— Oh! oui, mon oncle, il était dans le buffet de la salle à
manger, sur les assiettes creuses.

— C'est très curieux. Merci, ma chérie; tu peux t'en aller.,

Et Wilhelmine, que son oncle appelait Lhelma par abréviation affectueuse, embrassa son oncle et fit mine de partir.
Cette petite scène familiale n'avait en aucune façon troublé
la quiétude de l'Académie des sciences de Saardam.

Ce qui la troubla bientôt, ce fut un bruit d'altercation qui
s'éleva dans l'antichambre, avant même que la jeune fille eût
pu s'y rendre. On entendit une voix grave qui s'opposait fer-
mement à quelque chose, et une voix jeune qui insistait avec
non moins de fermeté pour que ce quelque chose lui fût
accordé. Sachons tout de suite que la voix jeune voulait
pénétrer dans la salle des séances de l'Académie, et que la

voix grave ne le voulait pas. Mais comme la voix jeune parlait en français, et que la voix grave se faisait entendre en
hollandais seulement, la discussion aurait duré, sans doute,
si le président, ému enfin du tapage, ne fût allé voir ce qui se
passait.

— Qu'y a-t-il?

— Monsieur veut entrer malgré la consigne, répondit en
hollandais l'homme chargé de la garde de la porte.

— Cette tête de mulet ne veut pas me laisser pénétrer, répondit l'étranger en français, bien que je me tue à lui expliquer
que j'ai une communication importante à faire à l'Académie.

Le président comprenait heureusement les deux langues,
ainsi d'ailleurs que tous les membres de la savante compagnie de Saardam.

— Vous avez une communication à faire à l'Académie,
Monsieur?

— Oui, Monsieur. Et il y a un quart d'heure que je le hurle
à cet oison. Est-ce qu'il est sourd?

— Non, Monsieur, mais il n'entend pas le français.

— Il a tort, trancha l'inconnu; c'est la plus belle langue du
monde.

— Nous en sommes d'accord, Monsieur, répondit courtoi-
sement le président.

— Mais passons, reprit son interlocuteur. A qui puis-je
m'adresser, Monsieur, pour entrer dans la salle des séances
de l'Académie?

— A moi-même, Monsieur. J'ai l'honneur d'en être le président.

— Trop honoré, Monsieur le Président. Je me présente :
Jean-Fabien-Maurice-Noël-Alain de Kerbiquet, marquis de
Plougoven et capitaine au long cours. Je suis rentré de Chine
hier même, et veux faire à l'Académie des sciences une communication qui ne souffre aucun retard. Voulez-vous m'en
faciliter les moyens?

— Comment donc, Monsieur! répondit avec empressement
le président, qui avait accueilli par de petits saluts très expres-
sifs les noms et les titres du marin.

Il le fit entrer, et lui désigna l'estrade, où Van Tratter était
remonté avec son manuscrit. Le jeune homme pénétra déli-
bérément, et, trouvant Wilhelmine sur son passage, s'inclina.

Il continua sa route et vint se placer auprès de Julius-
Ludovic Van Tratter, qui le regardait arriver comme un événement. Il salua l'assemblée, très étonnée aussi. Le président, le suivit d'un pas mieux pondéré et prit la parole en ces
termes :

— Messieurs et honorables collègues, je me vois dans la
nécessité d'interrompre l'ordre du jour de cette séance, Monsieur, que je vous présente, et qui aura l'obligeance de vous
dire son nom lui-même parce que j'en serais totalement incapable...

— Jean-Fabien-Maurice-Noël Alain de Kerbiquet, marquis
de Plougoven et capitaine au long cours, répéta le nouveau
venu.

— Le marquis de Kerbiquet est arrivé de Chine hier, et
désire faire à l'Académie une communication urgente. Voyez-
vous un inconvénient, ajouta-t-il en se tournant vers Van
Tratter, à ce que je donne à Monsieur la parole avant vous?

— Aucun inconvénient, répondit gracieusement le professeur ; mon rapport peut attendre.

— Nous vous écoutons, Monsieur le marquis, dit alors le président à l'étranger.

— Messieurs, commença celui-ci...

Mais il est bon, sans doute, avant de le laisser parler de présenter en quelques lignes un personnage qui tiendra dans ce récit une place prépondérante :

Jean-Fabien-Maurice-Noël-Alain de Kerbiquet, marquis de Plougoven, qui n'usait d'ordinaire que de deux de ses noms, Jean et Kerbiquet, était le dernier rejeton d'une vieille famille de marins bretons, dont quelques-uns se rendirent célèbres au cours de nos guerres navales. C'était, à l'heure où nous en parlons, un grand garçon de vingt-sept ans, fort et découplé, très intelligent, très loyal, très brave, et qui n'avait presque pas quitté la mer depuis qu'il était seul au monde Il était possesseur d'une grosse fortune, ce qui n'a jamais rien gâté dans la vie de personne, pourvu de ses brevets de capitaine au long cours, et ne se connaissait pas d'autre profession que faire le tour de la Terre et chercher des aventures, recommençant quand il avait fini.

Ces aventures ne lui avaient pas manqué, jusqu'alors, mettant souvent sa vie en péril, et elles ne devaient pas lui faire défaut par la suite, comme le verront ceux de nos lecteurs qui nous feront la grâce de nous suivre jusqu'au bout Mais sa présence d'esprit et son courage l'en avaient toujours tiré à point, et il était fort éloigné de s'en montrer las.

— Messieurs, dit-il, n'attendez pas de moi le moindre discours ; je suis complètement incapable de le faire : je suis

marin, et non orateur. Et je vous ai demandé quelques minutes de votre attention pour vous faire part d'un incident de
mon dernier voyage qui vous intéresse directement.

Ainsi que vous l'a dit votre président, je suis rentré hier
d'une croisière en Chine, où je m'étais rendu en faisant le
tour de l'Australie, parce que rien ne me pressait

Il y a deux mois, comme je me trouvais par 50° de latitude
Sud, et par 140° à l'Est du méridien de Paris, j'ai vu flotter sur
la mer une bouteille, ou plutôt une sorte de bocal semblable à
ceux qu'on emploie pour conserver les cerises à l'eau-de-vie
ou les cornichons Je l'ai fait pêcher, je l'ai fait ouvrir, et j'y ai
trouvé un document assez mal scellé, plié à la hâte, aurait-on
dit, et que l'eau salée avait un peu détérioré, parce que la fermeture du récipient n'était pas hermétique. Ce document
portait, au crayon, une suscription en français, en anglais, en
allemand et en hollandais, que j'ai pu déchiffrer après quelques
efforts Et cette suscription était : « Académie des Sciences de
Saardam. » J'ai remis le papier dans son bocal, et le bocal dans
le coffre-fort du *Pétrel*. Le *Pétrel* est le yacht que je com-
mande. J'ai écourté le séjour que je voulais faire en Chine, et
me voici prêt à vous délivrer ce que j'ai apporté à votre intention, pour peu que vous en manifestiez le désir.

— Oui! oui! s'écrièrent ensemble les Hollandais, et même
Lhelma qui était restée dans la salle au lieu de rentrer à la
maison comme le lui avait ordonné son oncle.

— Monsieur le président, poursuivit Jean Kerbiquet, si
vous voulez bien mobiliser un de vos huissiers, il trouvera
devant la porte une voiture, et dans cette voiture un de mes
matelots, porteur du bocal en question.

L'ordre fut transmis, un huissier sortit, et revint bientôt conduisant un nègre de proportions colossales, pâle de froid autant que peuvent l'être les hommes de couleur, c'est-à-dire gris cendres, qui grelottait jusqu'aux moelles et claquait de ses dents de neige.

— Tu n'as pas chaud, eh! Congo? lui dit son capitaine. Envoie le bocal et va te fourrer dans le poêle.

Congo ne se le fit pas dire deux fois. Il ne se mit pas dans le poêle, parce que ce lui était matériellement impossible, mais si près que ce n'était vraiment pas la peine de discuter; et il demeura complètement immobile, son torse de géant ratatiné, s'emplissant de l'excellente chaleur qui lui faisait si cruellement défaut depuis qu'il avait mis les pieds sur le sol des Pays-Bas.

Le président avait reçu des mains de Jean Kerbiquet le document miraculeusement rencontré à la surface de la mer immense, et l'avait déployé avec précaution, l'eau salée l'ayant rendu fragile.

Une intense émotion régnait dans la salle. Les Hollandais sont longs à remuer, mais on ne peut plus les arrêter quand ils s'y mettent, et l'apparition suffisamment romanesque du jeune capitaine au long cours avait eu le pouvoir de les tirer de leur placidité normale.

Le président courut à la signature du document qu'il s'était chargé de lire, de déchiffrer, plutôt, et annonça :

— Messieurs, la communication que vient de me remettre Monsieur le marquis de Plougoven est signée Cornélius Van de Boot et datée du 5 septembre de l'année dernière.

Sensation intense dans l'assemblée.

— Mon plus cher ami! s'écria Julius Van Tratter, qui par
hasard, avait entendu ce qui se disait autour de lui.

— Mon parrain! répondit en écho la jeune Wilhelmine,
qui à dater de cette minute ne cessa de témoigner la plus vive
agitation.

Pour les membres de l'Académie des sciences de Saardam,
ils avaient poussé des exclamations diverses, suivant leurs
tempéraments respectifs, et échangeaient des regards d'in-
sondable stupéfaction.

Et il y avait de quoi, comme vous allez pouvoir en juger.

Cornélius Wilhelm Van de Boot, un des membres les plus
distingués de la célèbre Académie, était parti au mois de juin
de l'année précédente pour une expédition scientifique au
Brésil.

Cette expédition avait pour but : *primo*, d'observer les
mœurs et coutumes locales, et *secundo* de rapporter, si faire
se pouvait, un échantillon d'une plante extraordinaire, plusieurs fois signalée par les voyageurs, transitoire entre le
règne végétal et le règne animal, qui croît à la façon des
autres, mais est doué, paraît-il, de la singulière faculté d'arracher ses racines d'un sol épuisé, pour aller s'installer ailleurs.
En outre, cet être phénoménal serait pourvu de tentacules
assez semblables à ceux du poulpe, et les jetterait dans l'espace, en toutes directions, pour saisir de petites proies et les
déposer à ses pieds, où leur décomposition et leur transfor-
mation en azote augmenteraient les qualités végétales du
terrain.

L'Académie des sciences de Saardam, sur la foi des récits
des voyageurs, avait, sans l'avoir vue, baptisé cette plante

unique d'un nom que nous n'avons pas retenu, mais qui signifiait en latin : « Végétal procédant à sa propre fumure. » Puis
elle avait décidé d'envoyer un de ses membres à la recherche
d'un ou plusieurs *spécimen*, et c'est à Cornélius Wilhelm
Van de Boot, zoologue fervent et parrain de Lhelma Van
Tratter, que l'honneur était échu.

Au mois de juin précédent, comme nous avons eu déjà
l'honneur de le dire, le savant s'était mis en route, et depuis
personne n'en avait plus jamais entendu parler, non plus d'ailleurs que du navire qui l'avait emporté. Ce navire, un grand
courrier postal de la « Yellow Double Star Line » (1), était
parti de Hambourg et paraissait n'être arrivé nulle part.
Jamais aucun port brésilien n'en avait entendu parler; jamais
aucun port extra-brésilien ne l'avait signalé; jamais son épave
n'avait été rencontrée. Il avait fondu; il s'était évanoui; il
avait disparu comme disparaît l'image d'un nuage rose à la
surface d'un étang.

L'Académie des sciences de Saardam, après avoir usé de
tous les moyens d'informations ordinaires et extraordinaires,
après avoir dépensé en télégrammes sans fil ou avec fil beaucoup plus d'argent que son budget ne le lui aurait permis,
finit par admettre, la mort dans le cœur, la perte du steamer
Marvellous, et celle, conséquemment, de son missionnaire
infortuné.

On l'avait inscrit au martyrologe scientifique; l'honorable
Julius Van Tratter, en qualité d'ami intime du naufragé avait
prononcé son éloge funèbre... et la terre avait continué de

(1) Compagnie de la Double-Étoile jaune.

2

tourner, même en Hollande, tant il est vrai que ce que nous
considérons comme une calamité ne fait pas grand'chose au
train du monde.

La terre avait même si bien continué de tourner qu'un assez
étrange individu d'origine douteuse, qui se disait Chinois
pur, et paraissait sang-mêlé, s'était mis sur les rangs pour la
succession de Cornélius Van de Boot à l'Académie de Saardam. Cet oriental, naturalisé Hollandais, possédait une grosse
fortune. Il en était d'ailleurs aussi avare qu'Harpagon lui-
même, et quand il fallait lui tirer une pièce d'or pour une
œuvre de bienfaisance quelconque, c'était un siège en règle
qu'on devait organiser. Encore l'investissement ne donnait-il
pas toujours le résultat attendu.

Il était laid, par dessus le marché, comme les sept péchés
capitaux, avec une de ces faces chafouines et fausses qui
répandent autour d'elles l'antipathie la plus caractéri-
sée.

Il s'appelait Ah-Fung, et se faisait traiter de Van Ah-Fung
dep:ïs sa naturalisation. Il avait posé sa candidature à l'Académie des sciences de Saardam, à titre de zoologue ; il exhi-
bait pompeusement deux ou trois manuscrits qu'on le soupçonnait avec persistance d'avoir copiés, quelques ossements
de mastodonte chevelu qu'il devait avoir achetés au bric-
à-brac de sa ville natale, et remuait ciel et terre pour arriver
à ses fins.

Dans quel but, c'est ce que la suite de ce récit nous appren-
dra probablement.

Un premier examen de sa requête avait eu lieu à l'Académie, et le Hollandais-Chinois n'y avait reçu qu'un accueil

assez frais, il faut en convenir. Mais il ne s'était en aucune façon découragé, avait continué ses démarches et ses intrigues, et venait de déposer entre les mains du président sa deuxième pétition, quand se produisirent les événements que nous sommes en train de narrer. La reapparition de Van de Boot alors que tout le monde le croyait tranquillement par six mille mètres de fond dans l'océan Atlantique, n'était certainement pas pour avancer ses affaires; c'est un peu pour cela, sans doute, que cette réapparition mettait une double joie dans l'âme des académiciens.

— Lisez!... lisez!... cria-t-on de toutes parts quand la première effervescence se fut un peu calmée.

Et le président lut...

Il a saisi ensuite un des avirons. (page 23)

CHAPITRE II

LE MANUSCRIT DE CORNÉLIUS VAN DE BOOT

« Mes chers amis, mes très honorables collègues

« Je vous écris ces lignes, les dernières que je tracerai jamais, peut-être, d'une petite île déserte, déserte d'humains tout au moins, qui doit se trouver au sud du cap Horn. »

— Cap Horn? fit remarquer un des académiciens Qu'allait-il faire au cap Horn, qui n'était pas sur sa route?

— Attendez, mon cher collègue, répondit le président. Si Van de Boot a été au cap Horn, c'est qu'il avait probablement de bonnes raisons.

— Certainement! appuya Wilhelmine.

Et la lecture continua :

« Je dis : qui *doit* se trouver au sud du cap Horn, parce que je n'en suis pas absolument certain, et parce que les instruments me manquent qui me permettraient de m'en assurer?

« Le navire sur lequel j'avais pris passage a été assailli, à la latitude du cap Saint-Roch, par une épouvantable tempête du Nord. Il s'est mis à la cape, au risque de perdre beaucoup de temps. Malgré cette précaution, la mer lui a enlevé son gouvernail; puis son hélice s'est faussée et son arbre de couche s'est brisé. L'océan était si furieux qu'il ne fallait songer à entreprendre aucune réparation. Le capitaine du *Marcellous* a voulu se servir de sa voilure basse et de la barre de fortune pour conserver une espèce de direction. Le tout a été emporté en moins d'une heure. A partir de ce moment, le navire n'a plus été qu'un lamentable ponton furieusement ballotté sur des lames gigantesques, et qu'un ouragan de la plus extrême violence chassait continuellement vers le Sud.

« La tempête a duré cinq grands jours sans une seule minute d'accalmie; cinq jours pendant lesquels nous n'avons pas cessé d'avoir la mort sous les yeux.

« Avant-hier, pendant la nuit, la vigie a signalé : « Terre devant. » Cette terre, c'était l'île où je suis, qui nous barrait la route. Le *Marcellous* y courait à la vitesse d'un grand galop de charge, et rien au monde ne pouvait nous la faire éviter. Le capitaine s'est montré admirable de sang-froid et de courage.

« Il a fait monter dans les baleinières du navire les passagers heureusement peu nombreux, et l'équipage. Il est resté à son poste le dernier. Je me suis trouvé avec lui et avec deux dames anglaises, dans l'embarcation qui est restée le plus longtemps le long du bord : un petit canot ne pouvant pas tenir plus de quatre personnes, et où avaient été déposées des provisions. Toutes ces nacelles se sont rapidement dispersées sur la mer. Le *Marvellous* a continué sa course folle, et nous l'avons entendu se briser sur les rochers de l'île avec un fracas qui a couvert même le bruit des flots.

« A ce moment, le capitaine a paru saisi de frénésie. Il s'est levé dans le canot et s'est mis à gesticuler comme un dément, au risque de le faire chavirer et en poussant des cris affreux. Il a saisi ensuite un des avirons, et s'est avancé vers nous comme s'il eût voulu nous en frapper. Mes compagnes hurlaient de terreur, et moi, mes amis, moi qui ne suis qu'un pacifique naturaliste, je puis vous avouer que je ne me sentais guère plus rassuré qu'elles. Je ne sais pas combien de temps je vivrai encore, mais toute ma vie, cette scène atroce, où un fou furieux cherchait à tuer trois êtres inoffensifs, dans un esquif fragile et secoué par la mer énorme, ne sortira jamais de ma mémoire. »

— Ce devait être bien beau, en effet! interrompit Jean Kerbiquet, empoigné malgré lui par la grandeur de la situation.

En l'honneur de l'étranger, le président traduisait en français à mesure qu'il lisait, et cela ne pouvait avoir aucun inconvénient, puisqu'à l'Académie des sciences de Saardam tout le monde entendait cette langue.

— Ce devait être affreux! murmura Lhelma, que déjà l'émotion rendait malade.

— Méchant capitaine! grogna le nègre, à qui la chaleur rendait peu à peu ses facultés. Si moi là!..

Il n'acheva pas, mais son énorme patte fit le geste de broyer quelque chose.

— Tais-toi donc, Congo, lui dit son maître; ou je te renvoie dans la voiture.

Congo frissonna et se tut. La lecture-traduction reprit:

« Mais au lieu de nous frapper, le capitaine fit tournoyer la rame et la lança dans la mer. Il eut alors un éclat de rire aigu, éleva les mains au-dessus de sa tête, et plongea. La lame qui déferlait se referma sur lui; nous ne l'avons jamais revu.

« Les autres embarcations avaient disparu; nous étions absolument seuls sur l'Océan démonté, dans une coquille de noix que la moindre lame pouvait retourner. Comment y sommes-nous demeurés jusqu'au matin, crampc inés, trempés, transis, c'est ce qu'il faudrait expliquer par l'intervention d'un miracle. Toujours est-il que nous nous trouvâmes saufs au jour levant, les deux dames anglaises et moi, et tout près de la côte. La tempête et les courants nous avaient poussés au sud de l'île, et nous voguions sur des eaux abritées des vents septentrionaux et relativement calmes.

« Je saisis la paire d'avirons qui nous restait, et tant bien que mal, car je suis un assez pauvre marin, Messieurs, je gagnai la terre. Nous débarquâmes sans accident, et pûmes tirer du coffre du canot les bocaux de provision qui y avaient été placés. Nous étions sauvés pour le présent. Hélas! mes pauvres amis, nous n'étions qu'au début de nos malheurs, et nous ne pouvons pas en prévoir la fin.

« Nous sommes restés deux jours dans les rochers, vivant

de nos conserves et de coquillages, et nous abritant du mieux que nous le pourions des dernières violences de la tempête.

« Et hier soir, comme le jour tombait, nous avons été assaillis par des monstres dont je ne croyais pas possible la présence sur la terre, et dont la seule présence a failli nous faire périr de terreur.

« Des singes de huit et neuf pieds de hauteur, je ne puis pas mieux les définir. Des singes de huit et neuf pieds de hauteur mais luisants, gluants, froids, verdâtres, couverts d'écailles, doués d'une force musculaire colossale, qui sont amphibies et qui nous regardaient avec des yeux féroces et phosphorescents! »

Un cri d'horreur jaillit par toute l'Académie à la suite de cette terrifiante description. Wilhelmine était devenue blanche comme une morte; Congo roulait des yeux larges comme des chronomètres; Jean Kerbiquet était le seul, peut-être, qui eût conservé son sang-froid.

— Ne t'inquiète pas, dit-il à son nègre, nous irons demander leur âge à ces singes-là.

Cette assurance parut rendre à Congo son égalité d'âme; il sourit, même, ce qui fit croire à ses voisins immédiats qu'on venait d'ouvrir un four de boulanger, ou qu'ils arrivaient à la gueule d'un tunnel.

« Ce qu'il y a de plus déconcertant et de plus invraisemblable, dit le président poursuivant sa lecture, c'est que ces hideux animaux sont des êtres intelligents, pensant, parlant et agissant comme nous. Quand je dis : parlant comme nous, ce n'est qu'une figure, car ils emploient un jargon auquel mon savant ami et collègue Van Tratter lui-même n'entendrait rien. Mais ils échangèrent leurs pensées au moyen d'un idiome articulé, et ceci seul indiquerait que ce sont des êtres supérieurs. La façon dont ils nous ont traités en serait une autre preuve. Leurs actions ne sont pas déterminées par l'impulsion de l'instinct, mais par celle du raisonnement; ils les concertent et se consultent avant de les accomplir; elles sont variées indéfiniment comme les nôtres. Ce n'est pas la collection de gestes que la Nature a permis à une certaine catégorie d'animaux en lui défendant les autres; c'est l'initiative humaine, s'inspirant de toutes les circonstances et sachant s'y approprier. Ces monstres sont des hommes; il m'est absolument impossible d'en douter. »

Un murmure de stupéfaction courut dans l'auditoire. Connaissons-nous donc si mal la Terre, disait clairement ce murmure, que des êtres pareils puissent y vivre sans que nous nous en doutions?

« Je ne sais, mes chers amis, poursuivit le président feuilletant toujours avec précaution la lettre de Cornélius Van de Boot, comment j'ai encore le sang froid nécessaire pour vous parler avec calme de ces choses. Il faut que je sois bien Hollandais. Car nous sommes dans une position terrible, et entièrement au pouvoir de ces êtres jusqu'à présent insoupçonnés.

« En les voyant apparaître, mes deux compagnes se sont évanouies. Moi, je ne me suis pas évanoui, mais j'étais dans un état d'horreur et de frayeur, que je n'ai pas pu tenter un seul mouvement pour me défendre ou m'enfuir. Qu'aurais-je fait, d'ailleurs, seul et sans armes, contre une vingtaine de géants? Ils nous ont emportés sur un rocher entouré d'eau de

toutes parts, ont examiné nos provisions, dont ils ont sur le
champ dévoré une partie, et se sont installés autour de nous,
assis dans la mer, pour nous surveiller.

« Ces *monastres* sont amphibies, comme je vous l'ai dit; ils
vivent aussi aisément dans l'air que dans l'eau. Ils ont le
pouce du pied opposé comme les quadrumanes, et un soupçon
d'appendice caudal. Ils sont d'une agilité surprenante dans
les deux éléments.

« Les Anglaises sont sorties l'une après l'autre de leur éva-
nouissement. Elles gémissent comme des âmes en peine, et
moi j'écris, sans savoir si ces feuillets arriveront jamais quelque part, et même si je pourrai les faire partir. Cependant,
j'ai auprès de moi un bocal que nos capteurs y ont laissé, et
le bouchon de ce bocal. Peut-être, avec un peu d'adresse,
arriverai-je à confier le tout à la mer. La Providence voudra
sans doute faire le reste.

« Les singes me laissent écrire *parce qu'ils ne comprennent*
pas ce que je fais. De temps en temps l'un d'eux se met
à la nage, gagne la côte, saute lestement jusqu'à une crête
voisine, et regarde dans la nuit. Ils attendent certainement
quelqu'un ou quelque chose.

« Quant à ce qu'ils veulent faire de nous, je n'en ai pas la
première idée. Ils causent entre eux et nous regardent beaucoup; parfois ils s'approchent pour nous examiner curieusement, *et ce sont leurs yeux phosphorescents qui nous éclai-*
rent, mais il est impossible de rien déduire de leurs gestes, si
différents des nôtres, ou de leurs paroles, *dont pas une seule*
articulation ne peut signifier quelque chose dans le langage
humain.

« Je suis cependant à peu près certain qu'ils ne nous mangeront pas. Ils ne sont pas carnivores. Dans les provisions du canot, il y avait des bocaux de viande de conserve et des bocaux de légumes ; ils ont dévoré ces derniers et jeté les autres sans songer à nous en nourrir, ce qui semblerait prouver qu'ils ignorent même qu'on peut manger de la chair.

« C'est une consolation : je n'aurais pas aimé avoir pour tombeau l'estomac de ces brutes hideuses.

« Mais il est temps de clore cette lettre, péniblement écrite à la lueur des étoiles, brillant au ciel depuis que la tempête a cessé. Il doit être très tard, et le jour ne va sans doute pas tarder à paraître.

« Adieu, mes chers amis, car je n'ose pas vous dire au revoir.

« Cependant, il faut tout prévoir, et même le cas où les simiesques géants ne nous voudraient pas de mal. Si cela était, et que vous vous sentiez au cœur la charité nécessaire pour secourir de malheureux naufragés, voici quelques indications qui pourraient servir à nous retrouver :

« L'île où j'ai abordé doit être, je vous l'ai dit, au sud du cap Horn. En ceci je ne crois pas me tromper, si j'en juge à la direction constante suivie par la tempête, à la vitesse du *Marcellous* et au temps qu'il a mis à parvenir ici. La face méridionale de l'île, la seule que je connaisse, se compose d'une sorte de boulevard de roches plates, et d'une falaise verticale qui peut avoir quatre-vingts mètres de hauteur. L'arête supérieure de cette falaise n'est ni horizontale ni régulière. Elle se détache admirablement sur le ciel clair, et dresse à son milieu, et à ses deux extrémités, trois pics aigus, sa

base n'est pas auprès des flots; on y accède par une succession de vagues roche .; celles où nos maîtres vont de
temps à autre se mettre en observation. C'est tout ce que je
puis remarquer dans la nuit.

« Adieu. Si je venais à ne pas reparaître, ce pourquoi il y
a, hélas! toutes sortes de probabilités, je salue à ma dernière
heure, mon ami Julius-Ludovic Van Tratter, mes collègues
de l'Académie des sciences de Saardam, et lègue à ma filleule
chérie, Wilhelmine Van Tratter, tout ce que je possède.
Adieu.

« CORNELIUS VAN DE BOOT. »

5 septembre 19 ...

Cette lecture fut suivie d'une longue minute de silence profond. Les Académiciens étaient stupéfaits et consternés. Van
Tratter qui était par hasard resté sur la terre pendant qu'on
lisait la lettre de son ami, se sentait l'âme pleine de mélan-
colie. Pour Lhelma, qu'aimait son parrain presque autant
que son oncle, elle pleurait doucement. Et elle était aussi
jolie, Lhelma, quand elle pleurait que quand elle ne pleurait
pas; davantage peut-être, parce qu'elle devenait alors infiniment touchante.

Jean Kerbiquet s'en aperçut, sans doute, car on le vit tor-
tiller sa moustache avec fureur pendant plusieurs secondes.
Puis d'une voix tonnante, et qui fit dans la salle des séances
l'effet d'un pavé dans la mare à grenouilles :

— Congo! s'écria-t-il. Ici, Congo!

Le géant s'approcha, docile.

— Congo, tu as entendu ce qu'on vient de lire?

— Oui, capitaine.

— Tu as compris?

— Oui.

— Eh! bien, cherche dans ta tête de bois. Et dis-nous si tu te rappelles, plus bas que l'Amérique, l'île à trois cornes dont on vient de parler.

Le nègre parut profondément réfléchir. Puis il dit:

— Moi rappelle. Grosse pierre noire, loin, là-bas, là-bas, après Buenos-Ayres.

— Parfaitement. Retourne à ta place. Et ne bouge plus; tu écraserais quelque chose ou quelqu'un. Ne t'approche pas de la demoiselle, tu pourrais la casser. Messieurs, vous voici fixés sur la latitude et la longitude de l'île où a naufragé votre ami Van de Boot comme si tous les sextants de la terre y avaient passé. Ce nègre connaît, je crois, tous les rochers du globe qui passent leur nez au dessus de la mer. Mademoiselle, je vous promets que nous empêcherons votre parrain d'être massacré par les monstres, si du moins il est possible d'arriver à temps pour l'empêcher. Messieurs de l'Académie des sciences de Saardam, mon yacht, le *Pétrel*, est à Dunkerque. Je le joindrai demain, et dans huit jours il sera prêt à prendre la mer à destination de la Terre de Feu, du Cap Horn et des environs. Nous sommes aujourd'hui le 27 janvier, le 2 février, à sept heures du soir, je lève l'ancre, j'accueillerai avec plaisir tous ceux, *et toutes celles*, parmi les personnes présentes, qui voudront me suivre, et faire avec moi la traversée. Tous les frais à ma charge; je suis très riche. Le *Pétrel* est un joli navire, fort bien aménagé, qui file ses quinze nœuds à l'heure sans se presser, et qui a déjà fait sept fois le tour du monde, n'est-ce pas, Congo?

— Oui, cap'taine, *Pétrel*, bon sabot.

— Vous l'entendez, Messieurs, *Pétrel* bon sabot, c'est Congo qui le déclare, et il s'y connaît. Allons, ne désespérons de rien. Van de Boot ne redoute pas d'être mangé, puisque ses singes sont herbivores. Et si les singes ne le mangent pas, pourquoi le tueraient-ils ? N'est-ce pas, Congo ?

— Oui, cap'taine.

— Alors, en route, mon garçon. Il y a suffisamment de temps que nous bavardons ici.

Le jeune homme salua l'assistance, descendit de l'estrade, et se dirigea rapidement vers la sortie, pour éviter les compliments et les remerciements qu'il sentait poindre et qui déjà se faisaient jour au milieu d'applaudissements discrets.

Mais arrivé à la porte, force lui fut de s'arrêter : Lhelma lui barrait résolument la route, et il était beaucoup trop courtois pour tenter de forcer un obstacle de cette nature.

— Monsieur, lui dit la jeune fille tandis qu'il se découvrait respectueusement, j'ai deux requêtes à vous présenter.

— Je regrette que vous n'en ayez pas davantage, Mademoiselle.

— Je désire aller au cap Horn avec le *Pétrel*, et emmener mon oncle.

— Vous aurez la cabine d'honneur, Mademoiselle, et votre oncle la sous-cabine d'honneur. Tu entends, Congo ?

— Oui, cap'taine.

— Cet homme sera votre serviteur particulier, et veillera pour votre sécurité, aussi bien à l'aller qu'au retour. Tu entends, Congo; si Mademoiselle manque de quoi que ce soit en route, ou si elle a perdu un cheveu quand nous reviendrons, je te fais fusiller.

— Oui, cap'taine, répondit le géant

— N'ayez pas peur de lui, Mademoiselle, il est effroyable à voir, mais doux comme un mouton... pour les gens qui ne veulent pas de mal à son maître. Voyons la deuxième requête?

— Vous acceptez une hospitalité de vingt-quatre heures chez mon oncle avant de regagner Dunkerque.

— Oh! Mademoiselle!..

— C'est entendu, n'est-ce pas?

— Mille remerciements.

Lhelma s'en fut chercher Julius Van Tratter, qui avait couvert déjà de sentences polyglottes un bout de papier et les comparait entre elles, oubliant à cette occupation qu'il était de ce monde, et tous trois sortirent de l'Académie des sciences de Saardam, suivis et dominés du gigantesque Congo, qui s'était remis à grelotter dans les corridors, et qui faisait sensation.

C'était mon Congo. (page 39)

CHAPITRE III

HOSPITALITÉ

Il pouvait être alors cinq heures du soir. La neige fondue qui tombait des nuages bas avait augmenté d'intensité, et le vent du nord avait augmenté de puissance. Le gaz était allumé dans les rues, mais menaçait à chaque instant de s'éteindre sous les rafales. C'était une très désagréable nuit d'hiver qui se préparait.

Van Tratter, sa nièce et Jean Kerbiquet montèrent dans le landau fermé qui avait amené le jeune capitaine, et Congo dut grimper sur le siège, auprès du cocher, où la bise aigre eut bientôt fait de transformer son teint noir d'ébène en faux vert olive

La jeune fille, cependant, disait au célèbre professeur linguiste :

33

3

— Mon oncle, le capitaine Kerbiquet veut bien retarder son départ, et rester vingt-quatre heures avec nous.

— Très bien, répondit le savant, qui n'avait pas entendu un mot de ce que lui avait dit sa nièce, parce qu'à la même minute il ruminait la réponse à faire, en sibérien pur, à une note récemment reçue de Tobolsk.

— Et dans huit jours, poursuivit Lhelma, nous prendrons passage à bord du *Pétrel*, pour aller au cap Horn chercher mon parrain Wilhelm.

— Bon ! dit encore Van Tratter, qui n'avait pas écouté la seconde phrase plus que la première, et qui n'était pas sorti de ses méditations.

En arrivant à la maison, il fallut asseoir Congo devant le fourneau de la cuisine et lui servir un grand verre de rhum. Il gelait ; il était déjà tout raide ; son vert olive avait tourné à l'aubergine. Catharina, une vieille servante qui avait vu naître Wilhelmine et qui faisait partie du *home* de Van Tratter à titre inamovible, faillit s'évanouir de peur en voyant entrer dans son domaine ce colosse titubant de froid. Il fallut un quart d'heure pour lui faire comprendre qu'elle n'avait absolument rien à en redouter, que l'ogre était inoffensif, qu'elle pouvait même le battre si tel était son plaisir, et qu'il n'y avait avec lui qu'une précaution à prendre : ne pas lui confier d'objets fragiles, parce qu'il les écrasait.

Congo, pendant ce quart d'heure, s'était réchauffé ; il souriait ; Catharina crut voir s'ouvrir un puits. Elle demeura à distance circonspecte du géant.

Van Tratter, Lhelma et Jean Kerbiquet se rendirent dans la salle à manger, où les accueillit un vaste éclat de rire,

tandis que s'avançait à leur rencontre un tout petit homme,
ventru comme une circonférence, chauve et blond, complé-
tement rasé et portant des lunettes d'or.

— Ah! mes chers amis, vous voilà!... Bonjour, fillette.
(Il s'était haussé sur la pointe des pieds pour embrasser
Wilhelmine). Comment vas-tu? Bien? Je m'en doutais; tu as
une mine de printemps. Et toi, Van Tratter, ce rapport?
Grand succès, n'est-ce pas? J'en étais sûr. Tu es un linguiste
incomparable, mon ami. Pour moi, j'ai découvert aujourd'hui
un très curieux sujet. Je ne croyais pas, je vous l'avoue, que
la pauvreté humaine pût prendre des formes semblables.
Figurez-vous... Mais dis donc, ma petite Lhelma, si tu me
présentais à Monsieur, que je n'ai pas l'honneur de connaître.

La jeune fille, souriant, prononça :

— Monsieur Jean-Fabien-Maurice-Noël-Alain de Kerbiquet, marquis de Plougoven, capitaine au long cours. Monsieur le docteur Andreus Francken.

Et comme elle avait parlé français, le petit homme usa immédiatement de cette langue, qu'il maniait agréablement.

— Très honoré, cher Monsieur. J'aime beaucoup vos compatriotes. Ils sont braves et loyaux. On les accuse aussi d'être
légers, mais ce sont surtout les gens lourds qui les accusent.
Et pour moi c'est un charme de plus...

Wilhelmine jugea prudent de lui couper la parole. Le petit
docteur l'avait, en effet, intarissable. Elle coulait de ses lèvres
comme jaillit l'eau d'une source bien alimentée. On ne le sup-
portait que parce que c'était un véritable savant, disant toujours des choses intéressantes, et parce que c'était un cœur
admirable, qui, sous couleur d'étudier le paupérisme, distri-

buait aux malheureux le plus clair de son revenu, quand ce n'était pas une partie de son capital.

— Mon bon ami, lui dit la jeune fille, le capitaine a retrouvé la trace de mon parrain Van de Boot. Nous partons dans huit jours sur son yacht, le *Pétrel*, pour essayer de le retrouver.

— Ah! ah! s'écria Francken, subitement intéressé. Et où? capitaine, avez-vous découvert des indices de la présence de cet excellent zoologue?

— Au cap Horn.

— Au cap Horn!... C'est excessivement singulier. Et tu vas t'en aller au cap Horn, petite?

— Oui, avec mon oncle.

— Avec ton oncle? Il le sait?

— Je ne sais pas s'il le sait, répondit en souriant Wilhelmine, mais je sais que je le lui ai dit.

— Ce n'est pas une raison. Je n'ai jamais rencontré d'être plus distrait dans ma vie. D'ailleurs, nous allons voir. Dis donc, Van Tratter!... Dis donc, Van Tratter!

Van Tratter, qui pouvait être en ce moment au Thibet, sursauta.

— Hé?...

— Comment feras-tu pour poursuivre tes travaux, au cap Horn?

— Au cap Horn? répéta l'académicien, qui paraissait complètement ahuri.

— Oui. Tu sais bien que tu pars dans huit jours pour le cap Horn?

— Non, je ne le savais pas, répondit simplement Van Tratter.

Et il se replongea dans ses pensées.

— Voilà! conclut le docteur. Dans trois minutes, il aura complètement oublié qu'il doit se mettre en voyage, et qu'on l'en a averti deux fois.

Là-dessus nos gens gagnèrent la salle à manger, et dînèrent comme on sait dîner en Hollande, dans une maison cossue et possédant un cordon bleu comme Catharina Van Tratter ne prononça presque pas un mot, mit du sel dans son verre et de la moutarde dans sa compote. Il avala d'ailleurs le tout sans s'en apercevoir. Francken eut le bon goût de fermer de temps à autre son robinet à paroles pour permettre à Jean Kerbiquet de conter quelques-unes de ses aventures. Le capitaine s'y prit avec humour et modestie; il n'en demeura pas moins que sa vie avait été déjà fort mouvementée, qu'il y avait rencontré des périls de toutes sortes, et que s'il s'en était tiré, c'était grâce à sa présence d'esprit, à son énergie et à son courage.

Lhelma, qui n'avait jamais bougé de Saardam, écoutait avec beaucoup d'attention les récits de batailles et de tempêtes, les descriptions de pays merveilleux, et se croyait reportée au temps de son enfance, où d'extraordinaires histoires emplissaient délicieusement son âme.

Et tout allait pour le mieux dans la petite maison du savant, intime et doucement chaude, tandis qu'au dehors le mauvais temps continuait à faire rage. On en vint au dessert, et Francken qui n'avait pas vu Congo demanda qu'on le lui présentât. On alla le chercher : il s'assit près du poêle et ne bougea plus.

— Comment, demanda Francken, avez-vous ce superbe nègre à votre service? Je les croyais peu marins. Je sais bien qu'on les emploie comme chauffeurs dans les mers chaudes, mais ils ne restent à bord, généralement, que le temps d'amasser un petit pécule qui leur permette de rentrer dans leur pays.

— C'est parfaitement exact, répondit Jean Kerbiquet. Et ce qu'il faudrait ajouter, c'est qu'on a tort de les faire servir dans les machineries, même en traversant les mers chaudes, parce qu'ils supportent la température spéciale du fond moins bien que les Européens.

— Vraiment?

— Je l'ai constaté cent fois. Ces gens-là sont habitués au soleil équatorial, en plein air. Ils vivent à leur aise sous une chaleur où nous cuisons, mais celle de la machine est toute particulière, et leur fait mal. N'est-ce pas, Congo?

— Oui, cap'taine. Chauffeur, pas bon.

— Pour en revenir à celui-ci, que je crois Congolais sans en être bien certain, je l'ai pris à mon service au moment où il allait être rôti, et mangé.

— Oh! s'écria-t-on de toutes parts avec horreur.

— Quand je dis que je l'ai pris à mon service, ajouta Kerbiquet, c'est inexact. C'est lui qui s'y est imposé. J'étais au Congo, voyageant à petites journées et sous une bonne escorte, lorsque nous arrivâmes à un village où tout semblait en l'air Quelque festin se préparait évidemment. Le roitelet du pays, à qui j'allai immédiatement rendre visite,

m'apprit qu'en effet il s'agissait d'une sorte de petite fête
nationale, pour commémorer une victoire sur une tribu voisine, remportée un mois auparavant. Au cours de cette réjouissance un prisonnier serait dégusté. Et les cannibales
manifestaient leur joie à l'avance, parce que le captif était
énorme et qu'il y en aurait beaucoup. Il y en aurait d'autant
plus qu'une partie des guerriers étaient en expédition, que
les femmes et les enfants n'avaient pas droit à la chair glo-
rieuse et que trente hommes environ restaient pour la partager.

« Je de   'ai à voir la future victime. Elle était enchaînée
à la hutte dr .nef, et l'air suffisamment consterné. C'était mon
Congo.

« Il était consterné — et il y avait certes de quoi — mais il
était gras et frais. Depuis un mois le village le gavait de
nourriture. On lui laissait même sa liberté; on avait confiance
en lui; c'est à peine si on le surveillait. Et il n'en profitait
pas, l'imbécile

« Les guerriers qui devaient le manger le soir, l'avaient
cependant attaché, par précaution dernière, et dans la crainte
que l'approche du dénouement l'incitât à quelque escapade.
Et ils se promenaient devant lui, gravement, par groupes,
discutant; de temps à autre, l'un d'eux s'approchait du prisonnier, l'examinait longuement, et dessinait avec un morceau de craie, sur la chair noire, la partie qu'il désirait se
voir adjuger. Il mettait là son signe particulier, et s'éloignait.
Un autre le remplaçait bientôt. Congo, qui connaissait son
sort depuis un mois, et qui savait très bien ce que signi-

fiaient ces ronds et ces carrés sur sa peau d'ébène, ne bronchait pas. Il était résigné.

— Pauvre garçon ! murmura Wilhelmine.

— Je résolus de le sauver. Ma première pensée avait été de l'acheter, tout simplement, en en donnant un bon prix et en disant que je désirais le manger moi-même. Mais je réfléchis que ni pour argent ni pour or ces gens-là ne renonceraient à un festin convoité depuis plusieurs semaines, et au cours duquel ils devaient célébrer la puissance de leurs armes. En outre, si j'avais fait cette proposition, c'était jeter la défiance parmi les anthropophages, me faire surveiller et rendre impossible l'exécution de mon projet. Je préférai employer un procédé classique, et qui réussit toujours, au Congo. Je fis ouvrir mes bagages, et en tirai du tafia en notable quantité. Le roi se grisa d'abord abominablement. Quand il fut ivre, il convia ses guerriers à boire avec lui. Et quand tous se trouvèrent hors d'état de lever une patte, j'enlevai mon Congo au nez et à la barbe des vieillards, des femmes et des enfants, qui nous auraient bien fait un mauvais parti s'ils l'avaient osé, mais que nos armes tenaient en respect. Quand mes gens se sont éveillés, nous étions loin. Leur régal est resté à l'état d'espérance.

« Mais croiriez-vous que ce nègre n'a plus jamais voulu, ensuite, se séparer de moi?... J'ai tout fait pour le perdre, et n'ai pas pu y arriver. Je voulais le reconduire dans sa tribu; il n'en a jamais dit le nom ; je l'ai battu, je l'ai chassé; le lendemain matin, je le retrouvais couché en travers de la porte de ma tente, et me regardant avec des yeux de chien qui reproche. Enfin, j'ai trouvé moyen de le distancer dans la brousse, et de m'embarquer à Quiloa pour Sydney. Je reste huit jours à terre, et en rentrant à l'hôtel, le neuvième, qu'est-ce que je trouve dans ma chambre ? Congo, qui m'avait suivi sur un steamer quelconque comme matelot ou comme cuisinier, je ne sais plus, il avait retrouvé ma trace, et ma destination. Notez qu'à cette époque il ne parlait pas autre chose que sa langue maternelle, une sorte d'impossible charabia où personne ne comprend goutte.

« J'ai désarmé. Depuis, il m'a suivi partout. Je ne le paie pas, je ne m'occupe jamais de lui; il couche en travers de ma porte quand je suis à terre, et je ne sais où quand je suis à bord. Il m'a sauvé la vie huit ou dix fois; il a massacré des hommes qui avaient seulement fait mine de lever un doigt contre moi ; il m'obéit comme si j'étais le bon Dieu; je crois que j'en ai pour la vie. N'est-ce pas, Congo ?

— Oui, cap'taine, répondit le géant.

— Voilà ! conclut gaiement Kerbiquet. Au moins il ne l'envoie pas dire.

— Mais, reprit le docteur, vous disiez tout à l'heure que votre matelot était probablement Congolais. Est-ce que vous n'en êtes pas sûr ?

— Non. Et lui non plus, du reste. Sa mère a été enlevée comme esclave et vendue d'une tribu à l'autre pendant toute l'enfance de Congo. Lui-même ne s'est à peu près fixé quelque part qu'à l'âge d'homme. En sorte qu'il ne sait exactement ni son lieu d'origine ni le nombre de ses années. Il aurait du sang cafre dans les veines que je ne m'en étonnerais pas outre mesure.

— Il y aurait un moyen de le savoir, poursuivit Francken,

— Lequel?

— Le faire causer dans son idiome maternel avec Van Tratter qui connait toutes les langues.

Wilhelmine eut un regard vaguement inquiet.

— Le professeur connait toutes les langues? demanda Kerbiquet, surpris. Il a donc beaucoup voyagé?

— Non, répondit la jeune fille avec quelque embarras. Je crois même qu'il n'a pas voyagé du tout Mais il a énormément étudié et sa mémoire est extraordinaire.

— Congo, dit alors le marin, demande à Monsieur s'il se porte bien, dans ta langue à toi.

Congo obéit; il prononça une courte phrase, dans une langue étrangement gutturale. En entendant sonner des syllabes exotiques, Van Tratter revint. Il pouvait se trouver à ce moment-là chez les Indiens Sioux. Il releva la tête, et huma l'air tiède de la salle à manger. Puis il réfléchit deux secondes, et répondit quelque chose. Kerbiquet entendit :

— *I am all right* (1) ; *otchine blagdariou vas* (2).

Congo ouvrit des yeux comme des fanaux de locomotive. Le capitaine et le petit docteur échangèrent des regards surpris, Lhelma mit le nez dans son assiette. Pour Julius Van Tratter, l'esprit tranquille et convaincu qu'il venait de parler le congolais le plus pur, il retourna immédiatement au Kamtchatka, ou quelque part d'approchant.

Et là-dessus, tout le monde s'en fut se coucher.

(1) En anglais : je vais bien.

(2) En russe : merci beaucoup.

Le Chinois frétillait et grognait. (page 51)

CHAPITRE IV

VAN AH FUNG FAIT DES SIENNES

Le lendemain matin, les journaux de Saardam parurent
avec un compte rendu détaillé de la séance de l'Académie
des sciences, et le lendemain soir Jean Kerbiquet regagna
Dunkerque, ainsi qu'il l'avait annoncé, dans l'intention de
mettre son yacht en état pour une croisière dans le sud de
l'Amérique méridionale.

Et dans l'intervalle, Van Ah Fung faillit mourir dix fois
de rage concentrée ou de bile en excédent. Il ne sortit pas de
la journée, et quand on le vit reparaître, il était plus jaune
encore qu'à l'état normal.

La réapparition de Cornélius Van de Boot, dûment mort
jusqu'à ce'te heure, c'était la ruine de toutes ses espé-

43

rances. Il ne fallait plus songer à remplacer à l'Académie de Saardam un homme qui n'avait pas définitivement péri, dont la fin n'était pas établie de manière indubitable. Et n'être pas membre de l'Académie des sciences, pour notre Hollandais-Chinois, prenait les aspects d'une catastrophe.

En sortant de chez lui, donc, à l'heure même où Jean Kerbiquet, suivi de Congo prenait place dans le train qui devait le reconduire en France, Van Ah Fung roulait des pensées qui ne brillaient ni par la gaieté, ni surtout par l'aménité vis-à-vis du jeune capitaine. Il l'aurait souhaité à cinq cent mille lieues de là; il l'aurait voulu déambulant au fond des Océans ou dans les espaces interplanétaires, il aurait désiré de grand cœur n'en avoir jamais entendu parler.

Mais il avait mûri des plans, tout en donnant libre cours à sa mauvaise humeur extrême, et griffonné, avant de quitter son logis, une assez grande quantité de lignes pleines de ratures. Il les tenait pour bonnes, cependant, puisqu'il les porta telles quelles à un journal de la localité, connu pour son inimitié contre l'Académie des sciences, et qui ne manquait jamais une occasion de la ridiculiser, pour cette seule raison que son directeur y avait été blackboulé avec fracas, quelques années auparavant.

Ce directeur se nommait Van den Tromp. Il avait inventé un appareil qui devait reproduire la gravitation des planètes et des astres dans l'espace infini, y compris, bien entendu, la perpétualité de leur mouvement. Le système, grand comme une petite maison, avait été soigneusement monté dans la cour de l'Académie des sciences, et au moment du solennel : « Lâchez tout ! », va te promener, pas une seule des sphères péniblement bariolées n'avait consenti à faire un pas en avant ou à tourner sur son axe.

Van den Tromp, furieux, avait donné deux ou trois grands coups de marteau dans sa machine, et n'avait jamais pardonné à l'Académie les sourires qui avaient accueilli l'expérience.

Ceci pour expliquer que Van Ah Fung fut reçu avec un certain empressement quand il se présenta muni de son petit papier. Il eut avec le directeur de l'*Eclaireur Saardamois* une assez longue et mystérieuse conférence, et le lendemain matin même parut la note suivante, à qui personne ne déniera une certaine virtuosité dans la perfidie :

Nous avons lu comme le demeurant de nos concitoyens le compte rendu de la dernière séance de l'Académie des sciences, et nous sentons véritablement très surpris de l'aisance avec laquelle ont été accueillies les fantastiques déclarations du capitaine au long cours Jean-Fabien, etc., etc., etc., Kerbiquet.

Nous imaginons même qu'aujourd'hui, où il a regagné la terre française, ce capitaine doit abondamment sourire en songeant à la confiance (disons confiance pour rester polis) avec laquelle on a écouté sa petite histoire. Il doit sourire plus abondamment encore, sans doute, en s'imaginant la tête que feront les Académiciens prêts à prendre passage sur le Pétrel, à Dunkerque, et qui n'y trouveront pas plus de Pétrel que sur la main.

Nous n'avons pas de conseils à donner aux membres de la très docte Assemblée en partance pour le cap Horn, et ils sont certes assez âgés pour savoir ce qu'ils ont à faire, mais si l'on nous avait conviés à la promenade extra-équatoriale qu'on leur propose, nous y regarderions probablement à deux fois avant de boucler nos valises.

L'aventure de l'infortuné Van de Boot nous paraît par trop extraordinaire; les fameux singes géants et amphibies nous font tout à fait l'effet de canards; les Français sont des gens très aimables, mais doués d'une imagination ardente, et qui ne dédaignent pas, à l'occasion, de mystifier leurs contemporains. Le capitaine Kerbiquet aurait voulu, comme on dit dans son pays, « s'offrir la tête » des Académiciens de Saardam que nous n'en serions pas davantage surpris. Et, sans doute, conviendrait-il à ceux-ci, avant de s'engager davantage, d'examiner s'ils ne sont pas en train d'exécuter un plongeon dans un océan de ridicule d'où ils ne se tireront jamais. Une quarantaine de profonds savants, bernés sans la moindre difficulté par un jeune fantaisiste, serait là un spectacle original pour la galerie, sans doute, mais peu fait pour rehausser le prestige d'une Assemblée qu'on accuse déjà d'être momifiée, ou fossilifiée, ou atteinte d'anémie cérébrale.

Nous croyons faire œuvre charitable en l'avertissant qu'il y a probablement des pièges à naïfs sur la route qu'elle se dispose à suivre.

Cet article ne tenait pas debout, très évidemment. Il suffisait de se rappeler que la note apportée par le capitaine Kerbiquet était de la main même de Cornelius Van de Boot — un indiscutable autographe — pour écarter de l'esprit du jeune marin toute suspicion d'irrespectueuse plaisanterie. Le zoologue avait écrit, donc il existait; quant aux singes, s'il les avait tirés de son imagination (pourquoi faire?) ou de son délire, le messager que lui avait donné le hasard n'en pouvait pas être rendu responsable.

L'Eclaireur de Saardam, avec son entrefilet habilement conçu, produisit néanmoins une certaine sensation. Etablissez n'importe quelle discussion sur n'importe quelles bases, même erronées ou invraisemblables, et vous serez sûr de recueillir des partisans, tant l'esprit humain est faible et accessible à l'illusion. Et c'est ce qui permet aux gens de mauvaise foi de se pousser aisément dans le monde. Van Ah Fung avait compté là-dessus, et avec quelque raison, comme on put le constater. La ville se partagea en deux camps, ce qui n'avait qu'une importance relative, mais l'Académie des sciences se divisa nettement aussi, ce qui faillit devenir beaucoup plus grave et étouffer dans l'œuf les velléités d'expédition.

Parmi les savants, les uns refusèrent positivement tout crédit à la communication du capitaine Kerbiquet; d'autres, sans nier catégoriquement son caractère d'authenticité, émirent l'avis qu'avant de s'embarquer pour le cap Horn, *vid* Dunkerque, il faudrait prendre la précaution d'une enquête sur la personnalité du jeune marin, et savoir s'il n'était pas dans sa coutume, comme l'insinuait l'*Eclaireur*, de « s'offrir la tête » de ses contemporains !

Van Ah Fung poussait naturellement au doute par tous les moyens que lui suggérait son esprit fourbe et astucieux; il travaillait ou faisait travailler personnellement les académi-

ciens, cuisinait l'opinion publique en lui servant tous les
matins des articles savamment dosés, se donnait enfin tout le
mal imaginable pour mener à bien l'œuvre détestable qu'il
avait entreprise.

Et il aurait réussi peut-être; le document venu du cap Horn
aurait été classé comme une mauvaise plaisanterie; l'infortuné Van de Boot aurait été abandonné aux monstres qui
s'étaient saisis de lui et des deux Anglaises, si un coup de
théâtre ne se fût produit, qui remit instantanément les choses
au point.

Trois jours avant celui qui avait été fixé pour le rendez-
vous à Dunkerque, le capitaine Jean Kerbiquet reparut à
Saardam, accompagné de son fidèle Congu.

Comment il avait été averti de ce qui se tramait, et de la
discussion dont il était l'objet, c'est ce dont personne ne se
rendit exactement compte. On soupçonna seulement que
Lhelma, dans son ardeur à sauver son parrain, n'était pas
étrangère à la manœuvre.

Il se rendit tout droit aux bureaux de l'*Eclaireur*, pénétra
jusqu'au cabinet de Van den Tromp, et y trouva celui-ci qui
pâlit un peu en lisant sa carte de visite.

— Monsieur, lui dit-il, voici trois ou quatre jours que votre
journal édite des choses destinées à nuire à mon prestige,
auquel je tiens beaucoup. Voulez-vous me nommer l'auteur
de ces articles?

— C'est en dehors de nos usages, commençait Van den
Tromp...

Mais Kerbiquet l'interrompit.

— Qu'à cela ne tienne, Monsieur; je ne désire pas absolu-

ment châtier en personne cet insolent. Vous êtes son éditeur
responsable ; vous me suffisez.

« L'opération va être courte et simple et je n'y prendrai
qu'une part indirecte. Je me contenterai de garder la porte, et
mon matelot, que vous voyez là, vous administrera votre
raclée. Il a une certaine expérience. Je conviens que cela manque un peu d'élégance. Mais il est une chose certaine, c'est
que les méchancetés de votre journal doivent être payées.
Or, mes principes m'interdissent le duel, et j'ai horreur de
mêler les tribunaux à mes affaires. Allons, Monsieur, décidez-
vous. Et pressez-vous un peu, je vous prie : il faut que je sois
rentré à Dunkerque ce soir.

Van den Tromp voulut crier.

— Monsieur, c'est intolérable!... On ne vient pas chez les
gens pour les menacer de mort.

— Faites moins de bruit, cher Monsieur; Congo n'aime
pas qu'on me parle fort.

Congo commençait, en effet, à rouler des yeux qui n'a-
vaient rien d'aimable, et à serrer des poings qui auraient fait
peur à un taureau.

Ces yeux et ces poings, ainsi que l'architecture du colosse,
impressionnèrent probablement le directeur de l'*Eclaireur
de Saardam*, car il revint très vite à des sentiments plus con-
ciliants. Il changea, comme on dit familièrement, son fusil
d'épaule.

— Monsieur, prononça-t-il, après y avoir réfléchi, je ne
vois pas du tout pourquoi j'endosserais des responsabilités
qui, normalement, appartiennent à un autre. Cet autre pourrait
même vous dire qu'au moment où il m'a apporté son premier

4

article j'étais disposé à admettre pour exacte l'aventure du
professeur Van de Boot, et à refuser l'insertion. Je ne l'ai
accordée ensuite que pour faire pièce à l'Académie des sciences de Saardam, et pas du tout pour vous nuire, puisque je
n'en avais aucun motif. Je vais donc vous mettre en relation
avec la personne dont je parle, et... et elle...

— Et elle se débrouillera comme elle l'entendra, conclut en
riant Kerbiquet. Parfaitement. C'est ce qu'on appelle en Amérique le système de la *self-protection*. Traduction libre :
« Protège toi toi-même et que les autres s'arrangent. » Quel
est le nom du coupable ?

— Ah Fung.

— Mais c'est un nom chinois ?

— Van Ah Fung. Il est naturalisé Hollandais.

— Où demeure-t-il ?

— 21, rue de la Montagne-des-Légumes-Cuits.

— Merci. Viens, Congo.

Jean Kerbiquet partit. Cinq minutes plus tard il arrivait rue
de la Montagne-des-Légumes-Cuits et rencontrait dans le
couloir de sa maison Van Ah Fung lui-même qui filait vers
l'extérieur avec toute l'agilité dont il était capable : Van den
Tromp lui avait téléphoné dès le départ de Kerbiquet pour le
mettre sur ses gardes, mais il n'avait pas pu obtenir la communication au moment même où il la demandait, et pendant
les quelques minutes perdues, la voiture avait marché. Ce qui
prouve, à défaut d'autre chose, qu'en Hollande les relations
téléphoniques rencontrent parfois des obstacles, tout comme
ailleurs.

La collision devait se produire ; elle se produisit.

Le petit homme jaune filait donc, son chapeau rabattu sur les yeux.

Le capitaine le reconnut toutefois à la forme orientale de son visage.

— Pardon, dit-il, j'ai à vous parler. Vous êtes Ah Fung ?

— Van Ah Fung, Monsieur. Et je crie au secours si vous m'approchez.

— Je ne vous approcherai pas, et vous pouvez crier au secours tant qu'il vous plaira. Congo, tu vas battre Monsieur. Quant à vous, je vous avertis que plus vous ferez de bruit et plus ça durera. En route, Congo, frotte ce Chinois. Ne l'abîme pas trop ; je veux lui donner une bonne leçon.

Congo, dans le couloir même de la maison, la porte d'entrée ayant été refermée, mit sous son bras Van Ah Fung, vert de rage impuissante, et commença de faire choir en cadence, sur les muscles ronds de son individu que nous ne désignerons pas davantage, d'énormes claques, qui sonnaient comme des coups de battoir de blanchisseuse. Le Chinois frétillait et grognait, mais il n'osait pas hurler, de peur d'allonger son supplice.

Jean Kerbiquet s'était adossé au mur, et, l'œil gouailleur, faisait un petit discours curieusement scandé par l'abaissement périodique de la gigantesque patte de Congo.

— Mon cher Monsieur... (pan !) quand on veut déblatérer sur les gens... (pan !) il faut au moins prendre la précaution... (pan !) de choisir des individus disposés à se laisser faire... (pan !) Moi, je ne suis pas disposé à me laisser faire... (pan !) J'ai l'exécrable habitude, quand on me frappe... (pan !)

de rendre deux coups pour un... (pan!) S'il s'agit d'un de mes pairs, j'opère moi-même... (pan!) Mais si c'est d'un ancien coolie comme vous... (pan!) je le fais fustiger comme on vous fustige en ce moment... (pan!). Combien, Congo?

— Dix, cap'taine.

— Ça suffit. Lâche Monsieur. Au revoir, Monsieur Ah Fung. N'abusez pas du journalisme; il ne vous réussirait pas.

L'Oriental, au moment précis où le nègre avait desserré sa formidable étreinte, s'était écroulé sur le carreau du couloir. Il se releva à demi, brandit le poing et cria, d'une voix étranglée par la fureur :

— Je vous tuerai.

— Prenez garde, lui répondit en se retournant Kerbiquet, qui avait déjà mis un pied dans la rue ; prenez garde ! Congo n'aime pas qu'on me menace.

Et il remonta en voiture.

Quelques instants plus tard, il entrait à l'Académie des sciences, où précisément on discutait ferme à son sujet, et demandait à présenter à l'assemblée un nouveau document.

Il y était admis, et prenait la parole en ces termes :

— Messieurs, j'ai appris, étant tranquillement à Dunkerque, que certaines personnes répandaient ici sur mon compte des bruits malveillants. J'ai lu, même, les articles auxquels ces bruits avaient donné naissance. J'aurais pu m'en froisser et retirer la proposition que je vous ai faite d'emmener votre

expédition sur le *Pétrel*, mais j'ai des raisons pour agir autrement. Et comme je ne veux pas qu'il puisse subsister un
soupçon de ma sincérité, j'ai l'honneur de mettre sous vos
yeux une attestation de l'amirauté de Dunkerque, consta-
tant que mon navire est parfaitement dans le port, en arme-
ment pour une destination déterminée : le cap Horn et les
environs.

« En outre, pour parer à toute insinuation ultérieure, j'*offre*
d'emmener à Dunkerque, ce soir, deux personnes qui ne quit-
teront pas le bord jusqu'au départ, et qui pourront ainsi surveiller mes faits et gestes heure par heure.

« Enfin, je vous prie de considérer que si j'avais voulu vous
mystifier en vous racontant l'extraordinaire histoire de Cornélius Van de Boot, je n'aurais pas pu le faire en vous appor-
tant un manuscrit *de sa main*, et rédigé *en hollandais*, dont
je ne comprends pas le premier mot.

« Et j'ajoute que l'organisateur de la campagne calomnieuse
est déjà puni, et que vous la verrez cesser demain comme par
enchantement. N'est-ce pas, Congo ?

— Oui, cap'taine.

A ce discours précis, rien ne répondit. Les académiciens
gagnés à la cause de Van Ah Fung eurent, comme on dit, le
nez dans le pupitre. Les autres triomphèrent assez bruyamment. Personne ne voulut donner au jeune capitaine une
marque de défiance en l'accompagnant à Dunkerque. Il s'en
alla donc seul avec Congo.

Le lendemain, comme par hasard, l'*Eclaireur de Saardam*
se donnait pas un traître mot de l'affaire Van de Boot.

Van Ah Fung, par une étrange et mystérieuse coïncidence, devenait subitement introuvable dans la ville. Et, trois jours après, le *Pétrel*, doucement balancé sur ses amarres, dans le port de Dunkerque, recevait sa collection de passagers.

———

— J'ai l'honneur de vous demander, capitaine... (page 61)

CHAPITRE V

PRÉPARATIFS DE DÉPART

Devaient prendre part au voyage :

1° Mademoiselle Wilhelmine Van Tratter, filleule de l'homme qu'on allait rechercher;

2° Julius Ludovic Van Tratter, oncle de Wilhelmine et ami de Cornélius Van de Boot;

3° Le petit docteur Andréas Francken, qui s'était laissé séduire par l'étrangeté de l'aventure, et avait sollicité du capitaine Kerbiquet l'autorisation d'accompagner l'expédition ;

4° Un autre académicien de Saardam, désigné par la faveur unanime de ses collègues pour prendre passage à bord du *Pétrel*, et qui se fit remplacer par un télégramme de la dernière heure annonçant qu'il contractait une attaque d'influenza au moment précis de fermer sa malle, et qu'on n'eût pas à compter sur lui. La chronique ne nous a malheureusement pas conservé le nom de ce courageux citoyen.

A cinq heures du soir les voyageurs avaient pris possession de leurs cabines et fait disparaître les traces du voyage en chemin de fer. Le *Pétrel* devait lever l'ancre à sept heures, après le dîner qui aurait lieu dans le port. Wilhelmine avait été soignée de façon toute particulière : on lui avait aménagé une ravissante chambre à coucher sous la tourelle d'arrière, avec un balcon sur la mer où elle pourrait s'isoler et rêver à son aise en contemplant les frisures murmurantes du sillage. Jean Kerbiquet avait engagé pour son service spécial une femme de chambre habituée à naviguer, et Congo, le gigantesque Congo, prit auprès d'elle, aussitôt son arrivée à bord, les fonctions de garde du corps qu'il ne devait plus quitter.

Van Tratter fut logé dans une vaste cabine, sur le pont, presque au-dessus de celle de sa nièce. On l'aurait mis ailleurs, au surplus, que cela lui aurait été parfaitement égal. Le digne savant, toujours tant soit peu éloigné des choses de ce monde, avait fait le voyage de Saardam à Dunkerque dans une assez nébuleuse disposition d'esprit, un dictionnaire syriaque à la main. En arrivant dans sa chambre, il y avait trouvé deux caisses de livres polyglottes que Wilhelmine avait eu la délicate attention d'expédier pour lui, et, tandis que grondaient les treuils, que traînaient les chaînes, que sifflaient les jets de vapeur, que se criaient les ordres, que se produisait tout le tintamarre accompagnant les préparatifs de départ d'un steamer, il composait paisiblement une adresse

en hébreu pour le prochain congrès sioniste. Il n'était pas
bien certain qu'il se sût parti de sa maison et flottant pour
plusieurs semaines.

Quant au petit docteur, jovial et frétillant comme à l'habitude, il avait, en dix minutes, fait la visite du yacht entier
et la connaissance de tout son personnel. Il était dans les
meilleurs termes avec le maître d'équipage et avec une
sorte de vieux marsouin privé de ses deux oreilles à la suite
d'aventures exotiques, et qui remplissait à bord les doubles
fonctions de calfat et d'éplucheur de légumes. Il avait fait la
conquête d'un petit singe et le promenait gravement sur
son épaule. Il avait serré la main à Congo, dans un couloir,
en se haussant sur la pointe des pieds, et glissé un billet
de cent francs dans la main d'une femme de matelot qui
venait embrasser son mari, traînant sept moutards, bar-
bouillés, dans les plis de ses jupes. Il avait pris des instantanés
de tout ce qui se passait autour de lui et rattrapé par le fond
de sa culotte un mousse, au moment où il allait piquer la tête
dans la grande tasse. Il avait bavardé comme une pie aveugle et ri de tout son gosier; il était devenu universel; on
l'adorait déjà.

Et tout allait pour le mieux sur le meilleur des *Pétrel*.
Il n'y avait plus qu'une heure à attendre pour le premier
tour d'hélice, quand se produisirent des incidents singuliers,
et qui n'auraient pas manqué de donner à réfléchir à Jean
Kerbiquet, s'il n'eût été aussi profondément absorbé par les
manœuvres du départ.

Le maître d'équipage arriva, son bonnet à la main, et paraissant assez embarrassé de ce qu'il avait à dire.

— Qu'y a-t-il, Plougonnec ? lui demandait Jean Kerbiquet.

— Ben... y a .. capitaine... y a... capitaine, que c'failli matelot d'Leurzon, qu'est mécanicien pour le quart d'heure, a parti sur la piquette de midi pour s'acheter un tricot su'l'port, et qu'y n'est point encore rentré. Pour lors que j'suis cordialement embêté, c'est le cas d'dire, capitaine, vu qu'c'est not'meilleur, et qu'les autres sont tous si bêtes comme des andouilles, au respect que j'vous dois. Et qu'on va déraper dans pas tant seulement une heure.

— Faites-le chercher dans les cabarets, et qu'on le rapporte comme on le trouvera.

— Fait'excuse, commandant, que j'l'ai déjà fait quérir, c'carcan d'marin d'eau douce, et qu'y n'est point à trouver nulle part.

— Est-ce qu'il boit, d'habitude?

— C'est pas qu'y boit d'habitude, capitaine? non, ça peut pas s'dire; seulement, quand il a sa tasse, il est comme vous et moi, n'est-ce pas, capitaine? il pense plus à son ouvrage.

— Nous ne pouvons pas partir sans lui?

— Dam! c'est difficile. Y a que lui qui puisse nous réparer, s'il nous arrivait une anicroche en route, les autres sont tant seulement pas bons qu'à s'taper sur les doigts d'avec un marteau d'enfant. C'est tous des crabes que j'en donnerais pas six liards d'une douzaine...

— Eh bien ! faites chercher encore. Si, au dernier moment, vous ne l'avez pas trouvé, vous embaucherez n'importe qui. Il n'en manque pas qui traînent à terre, des mécaniciens.

— C'est vrai, commandant. Mais ça sera pas d'Leurzon. Et puis, j'aime pas les figures neuves.

— Moi non plus; mais il n'y a pas moyen de faire autrement. Allez, Plougonnec, et parez à cette affaire-là vous-même.

Plougonnec remit son bonnet sur sa tête, sa chique dans sa bouche, et descendit de la passerelle.

Et il n'avait pas fait dix pas le long du bordage qu'une voix l'appelait de l'extérieur.

— Patron !... Eh ! patron !...

Plougonnec regarda sur le quai. Il y vit, dans l'ombre, un individu suffisamment grand, suffisamment sombre, suffisamment maigre, et qui, au premier abord, ne lui disait pas grand'chose de fameux.

— Quoi que tu veux, toi ?

— Si c'était un effet d'savoir s'y a de l'embauche à bord pour un bon ouvrier.

— Un bon ouvrier, toi ? T'as pas trop l'air d'un bon ouvrier. Tu ressembles à Jean-Roule-ta-Misère, qu'avait pas tant seulement une chemise pour s'en aller chez le diable.

— Faut pas toujours juger les gens sur la mine, patron. Y a des hauts et des bas, dans l'existence du pauv'monde. Et c'est pas toujours les plus huppés qu'est les plus braves.

— Pour ça, t'as raison, mon fils. Et quoi que tu sais fabriquer ?

— Mécanicien, à votre usance.

— Mécanicien ?

— Bon mécanicien, j'peux m'en flatter.

Plougonnec avait soulevé son bonnet et grattait sa tignasse grise.

— Mécanicien ?... Tu sais-t-y faire les réparations ?

— J'peux vous rhabiller vot'machine de bout en bout.

— Ah! ah!... Ça, c'est bon. T'as des papiers?

— V'là mon livret. Dernier passage sur l'*Arc-en-Ciel*, des Messageries.

— Pourquoi qu't'as quitté?

— Parce que j'voulais pas r'tourner en Chine.

— Eh ben! garçon, y a p't'être quéque chose à fricoter pour toi par ici, vu qu'j'ai un failli terrien d'malheur qu'a dérapé à midi pour s'acheter un tricot, et qu'a dû s'boissonner l'museau comme la bourrique à Robespierre. Sûr qu'y va rater la patache, c'calamar d'imbécile qu'il est. Reviens donc faire un tour dans l'tournant d'une bonne demi-heure. On verra voir à causer pour du bon, si l'autre n'est pas rentré.

Une demi-heure après, l'autre n'était pas rentré, contre toutes ses habitudes, et le mécanicien de hasard embarquait pour tenir sa place. Il s'appelait Johann Wurtzler.

Une autre scène, et qui celle-là non plus ne manquait pas d'originalité, comme on en jugera, s'était déroulée à bord du *Pétrel*. Les passagers étaient à table, et le capitaine était venu leur tenir compagnie quelques instants, quand on lui annonça qu'un étranger demandait à le voir pour affaire ne supportant aucun retard, et ayant trait au but de son expédition. Le matelot qui l'annonçait apportait en même temps une carte de visite au nom de William Richardson, journaliste à New-York.

Jean Kerbiquet remonta sur sa passerelle, et y vit bientôt apparaître un petit Américain tout à fait extraordinaire, moustache rasée, fer à cheval carotte, casquette minuscule

au sommet du crâne, lunettes bleues, ulster à carreaux écos-
sais l'enveloppant jusqu'à des pieds énormes. L'individu portait en outre, en sautoir, une jumelle marine, un appareil
photographique et une boîte de botaniste. Il avait laissé sur
le quai une sorte de négrillon juché au haut d'une pyramide
de valises.

Il était six heures et un quart du soir et on était au 3 février.
Il faisait donc nuit noire, n'oublions pas ce détail.

— Capitaine, dit le petit homme avec un accent anglais
des plus prononcés...

— Où diable ai-je entendu cette voix-là, se demandait
Kerbiquet.

— Capitaine, les journaux américains ont reçu par télégramme et enregistré en entier le document que vous avez
rapporté du cap Horn à l'Académie des sciences de Saardam,
et la promesse que vous avez faite d'aller à la recherche du
malheureux Cornélius Van de Boot.

— J'ai certainement entendu ce nasillement quelque part,
songeait Jean.

— Je suis chargé par le *Midday-Star (Etoile du Midi)*,
capitaine, de vous suivre pendant votre expédition, et de
faire part à nos lecteurs de vos découvertes. Et je puis, pour
cela, m'y prendre de deux façons : soit voyager avec vous,
si vous le permettez, en vous indemnisant de mes frais, bien
entendu, soit affréter un navire qui fera la même route que le
Pétrel.

Jean Kerbiquet paraissait chercher toujours. Soudain sa
figure s'éclaira. Il prit un sifflet dans sa poche, et en tira un
son aigu. Puis, très calme :

— Excusez-moi, monsieur, j'avais un ordre à donner. Continuez, je vous prie.

— J'ai donc l'honneur de vous demander, capitaine, poursuivit le petit Américain, l'autorisation de prendre passage à bord de votre yacht, en qualité de représentant du *Midday-Star* et à ses frais.

Depuis quelques instants, une ombre gigantesque croisait sur le pont, devant la passerelle. Il faisait sombre, et William Richardson ne l'avait pas remarquée. Jean Kerbiquet lui fit un signe mystérieux, et cette ombre, noire dans le noir de la nuit, vint, sans faire plus de bruit qu'un chat, se placer derrière l'Américain. Quand elle y fut :

— Les bras, Congo ! Tiens bon ! s'écria le jeune capitaine.

La recommandation de tenir bon était d'ailleurs superflue. Le géant avait serré autour des biceps de l'étranger ses pattes énormes, et il lui aurait aussi été impossible de bouger que si on l'eût amarré avec un kilomètre de câble.

Alors Kerbiquet s'avança, décoiffa le petit homme, lui ôta sa perruque et sa barbiche rouge, et, soulevant une lanterne, éclaira la face jaune de Van Ah Fung, à présent, comme on dit, dans ses petits souliers.

Kerbiquet le considérait gravement.

— Monsieur, dit-il enfin, ce que vous venez de faire mérite un châtiment exemplaire, et je vous avoue que je me sens tout disposé à vous le donner. Je suis maître absolu ici ; j'ai droit de vie et de mort sur tous ceux qui se trouvent à mon bord, et surtout sur ceux qui s'y trouvent en contrebande. Je pourrais vous faire corriger à coups de garcette ; je pourrais vous faire mettre à fond de cale et vous y laisser pourrir

pendant toute la traversée; je pourrais même vous faire
sauter la ..e ou vous suspendre au bout d'une vergue : personne n'aurait rien à y voir. En y réfléchissant, cependant,
j'aime mieux vous envoyer vous faire pendre ailleurs. J'ai
tort, sans doute, car on est toujours mal récompensé du bien
qu'on fait aux méchants, mais votre vue seule me répugne.
Je ne pourrais pas vous garder dix minutes à bord de mon
bateau.

« Rappelez-vous seulement ceci : le capitaine Jean Kerbiquet en a déjà vu de toutes les couleurs, et n'est pas aussi
facile à rouler qu'il en a l'air, même par un Chinois. Rappelez-vous encore ceci : Deux fois vous vous êtes attaqué à
moi sans qu'il vous en advienne d'aventures par trop pénibles : la première fois vous n'avez reçu que des claques, et ce
soir vous ne recevez qu'un avertissement. Méditez-le bien,
dans votre intérêt. La patience du capitaine Jean Kerbiquet a
des bornes, et il a les serpents en horreur. Ne vous retrouvez
plus sous sa botte.

« Et sur ce, je vous ai largement assez vu. Congo, emporte-
moi ça dehors. »

Congo, sans se faire prier, mit le faux Américain sous son
bras, comme il aurait fait d'un parapluie, et le transporta
jusqu'à la coupée du navire, d'où il le déposa sur le quai,
sans douceur. Puis il rentra paisiblement dans la salle à manger, où il reprit ses fonctions de maître d'hôtel, surtout auprès
de Lhelma, qu'il avait pour mission spéciale de ne laisser
manquer de rien.

Van Ah Fung, décoiffé, sans barbe et sans perruque, s'é-
tait ramassé comme il avait pu. Il était verdâtre de colère et

de peur. Le seul nom de Congo lui avait donné un tremblement significatif; le fait de se sentir saisi dans les étaux qui
lui servaient de mains lui avait rappelé, de fort désagréable
façon, son premier contact avec le géant, et c'est à peine s'il
n'avait pas ressenti, en imagination, les dix coups d'assom-
moir, jadis reçus sur une partie du corps qui ne s'assomme
pas d'ordinaire.

Il ne s'éloigna pas immédiatement, toutefois. Pendant
quelques instants, il resta dissimulé dans l'ombre et complètement immobile. Et quand il remua, ce fut pour se rappro-
cher prudemment du bordage du *Pétrel*, amarré à quai, et
murmurer dans une oreille toute portée pour recevoir cet
avis :

— Tout sera fait.

— Bien, répondit son interlocuteur mystérieux.

Van Ah Fung s'éloigna rapidement, alors, et un homme, à
bord, regagna le poste de l'équipage, à l'avant, en se coulant
doucement dans l'obscurité. Cet homme n'était autre que
Johann Wurtzler, le nouveau mécanicien.

Comment connaissait-il le Chinois-Hollandais, blackboulé
par l'Académie des sciences de Saardam? Pourquoi tenait-il
avec lui des conférences à voix basse? D'où venait qu'il
s'était présenté pour remplacer Leurzon au moment précis
où celui-ci manquait à son service, lui qui n'avait jamais
manqué, c'est ce qu'il aurait été facile d'expliquer, sans
doute, pour quelqu'un ayant suivi Van Ah Fung depuis trois
jours.

Et, de fait, puisque nous le savons, pourquoi ne pas le dire
tout de suite? Van Ah Fung avait formé le projet de voyager

à bord du *Pétrel*, pour empêcher, s'il était besoin, le retour de Van de Boot et pour se venger, si possible, de Kerbiquet. Mais il avait prévu le cas où son déguisement serait percé à jour, et où il serait lui-même ignominieusement chassé — ce qui était arrivé. Et il avait voulu, alors, laisser sur le yacht quelqu'un muni d'instructions spéciales, et qui pût l'aider, le moment venu, à l'exécution de ses plans.

Johann Wurtzler était certainement cet homme-là, puisqu'il avait abominablement grisé Leurzon, pris sa place, et reçu les ordres du Chinois.

Mais ce qu'ils avaient comploté, c'est ce que nous n'avons pas pu apprendre encore, malgré notre curiosité légitime, et ce que la suite des événements, seule, pourra nous découvrir. Contentons-nous de constater, pour le moment, que le *Pétrel* emportait, en s'éloignant, une vipère avérée, sous la forme d'un mécanicien bavarois.

Tous deux s'en furent sur la passerelle. (page 68)

CHAPITRE VI

TRAVERSÉE MOUVEMENTÉE

Le lendemain matin, quand le petit docteur Francken mit le pied hors de sa cabine pour respirer un peu d'air pur, le *Pétrel* était en pleine mer, et tout vestige du vieux continent avait disparu depuis de longues heures. Il faisait un temps radieux; une assez forte brise d'est gonflait la mer en une houle large et régulière; le yacht grimpait gracieusement à la lame et filait allègrement ses quinze nœuds à l'heure. Il ne faisait pas chaud, car on n'était qu'au mois de février, mais c'était dans une atmosphère, claire, saine, qu'on voyageait, propre à fouetter le sang et à stimuler l'appétit.

Le navire devait, après avoir doublé la presqu'île bretonne, mettre le cap droit sur la Terre de Feu. Il emportait

des vivres, du charbon et de l'eau en conséquence C'était
une perspective d'une vingtaine de jours au moins sans apercevoir autre chose que le ciel et l'eau. Mais personne ne s'en
plaindrait, si la traversée devait se poursuivre dans les
mêmes conditions.

Wilhelmine parut bientôt ; elle était bien portante et rose ;
le tangage léger ne l'affectait en aucune façon. Elle rejoignit
le docteur, et tous deux s'en furent sur la passerelle saluer le
capitaine Jean Kerbiquet, debout depuis longtemps. Elle
voulut voir le navire en détails, car elle ne connaissait en
aucune façon la vie de la mer, et ce fut le jeune marin qui
l'accompagna partout, montrant avec quelque fierté l'arran-
gement intérieur du bâtiment où il passait les trois quarts de
son existence, et vantant les qualités de sa construction.

L'heure du premier déjeuner rassembla bientôt tout le
monde Tout le monde, sauf cependant Julius-Ludovic Van
Tratter, qui n'avait sans doute pas entendu la cloche, et qu'il
fallut aller chercher. Sa nièce le trouva en presque costume
de nuit, congestionné, rouge, et déclamant en annamite, à
moins que ce ne fût en corréen, les paroles d'un grand papier
qu'il tenait à la main. Le célèbre professeur avait tenté de
déballer lui-même ses caisses de dictionnaires, et c'est sur un
véritable lit de gros volumes qu'il se promenait, car il lui
aurait été totalement impossible de trouver sur son parquet
l'espace d'une pantoufle. La jeune fille, après avoir déjeuné,
mit charitablement un peu d'ordre dans ce chaos. Van Tratter,
qui ne s'était aperçu de rien, se replongea incontinent dans
l'étude de ses textes. On ne le revit plus jusqu'au repas suivant, pour lequel il fallut également venir le chercher.

La vie coula ainsi, heureuse et sans incidents, à bord de *Pétrel*, pendant dix jours environ. Le beau temps se maintenait ; le vent, même, était complètement tombé ; la mer avait cessé d'être houleuse, et c'est sur un lac d'huile que le yacht paraissait filer. Le onzième jour, le point qu'on faisait à midi donna pour résultat : latitude sud, 0°2' ; longitude ouest, 32°5'. Le navire venait de franchir l'Equateur, et piquait droit dans la direction du pôle antarctique.

Dans une sorte d'antichambre, précédant le salon, était suspendue une mappemonde où Jean Kerbiquet avait la coutume de marquer, toutes les vingt-quatre heures, à midi, la route parcourue depuis la veille. Cette façon de procéder permettait aux passagers, et aussi aux chefs de service qui en avaient besoin, de se rendre compte du point sans interroger personne. Les hommes de l'équipage usaient généralement peu de ce renseignement, pour deux raisons : la première, c'est qu'ils se sentaient déplacés et gênés dans les parages habités par le beau monde, et la seconde, c'est qu'il leur était parfaitement égal, pendant la route, de se trouver ici ou là, en bas ou en l'air de la carte, pourvu qu'il y eût de l'eau sous la quille et que le « sabot » tînt ses mâts du côté du ciel.

Assez curieusement, toutefois, la veille, Wurtzler était venu jusqu'à cette carte et avait regardé la position du *Pétrel*. Il l'avait étudié longuement, l'air soucieux. Le capitaine était passé auprès de lui pendant cette opération ; il avait retiré sa casquette et s'était éloigné d'un mouvement indifférent.

Le jour où l'on venait de passer la ligne, comme disent les marins en traversant l'Equateur, il refit la promenade et

s'en retourna dans sa machine, un éclair aux yeux. Cette
fois il fut rencontré par le maître d'équipage Plougonnec,
qui lui dit avec sa brusquerie habituelle de vieux loup de
mer :

— Quoi que tu viens de fricoter, toi, dans le salon des
premières?

— Je ne viens pas du salon, répondit Johann Wurtzler;
j'ai été voir le point. C'est-il défendu?

— Non, mais je me demande ce que ça peut te faire, le
point? V'là quarante ans que j'bourlingue, moi, et j'lai tant
seulement pas regardé une seule fois, que j'crois. Pourvu
qu'les officiers sachent où qu'on est, est-ce que ça ne suffit
pas?

— Chacun son idée, patron. Moi j'aime bien me rendre
compte oùsque j'promène ma carcasse.

Wurtzler avait jusqu'à présent fait son service sans en-
courir une observation. Il était ponctuel à son quart, ne se
faisait jamais appeler pour descendre à la machinerie, ne
buvait pas plus qu'il fallait pour supporter la terrible chaleur
du fond, et prouvait souvent qu'il ne s'était pas vanté en se
donnant pour un habile ouvrier. A plusieurs reprises de
petits accidents étaient arrivés, comme il s'en produit toujours au cours des longues traversées. Il les avait intelligem-
ment réparées, ce que ses compagnons eussent été incapables
de faire. Le vieux maître d'équipage regrettait beaucoup
moins Leurzon.

Vers quatre heures, Jean Kerbiquet envoya voir ce qui se
passait, et le machiniste, qui, peu à peu, avait pris autorité
sur ses camarades, fit répondre qu'il y avait un coup de feu

aux tubulaires d'une chaudière, et qu'il lui fallait à peu près deux heures pour la réparer.

Le capitaine fit établir une voilure sommaire, non pas dans l'espoir d'avancer, car il avait à peine assez de brise pour gonfler la toile, mais dans le but de garder la direction, si c'était possible.

Et on attendit.

Vers sept heures, Wurtzler fit dire qu'il était prêt, et le *Pétrel* reprit sa marche. Mais tout le monde sentit, au bruit seul de la machine, et à la façon dont l'hélice tournait dans l'eau qu'il y avait quelque chose de changé, que le bateau n'avait plus son allure franche d'habitude, qu'il était pour ainsi dire blessé.

Jean Kerbiquet fit venir le mécanicien, et lui ordonna d'exposer nettement la situation.

— Nous ne sommes pas loin de la côte américaine, dit-il ; si la machine avait besoin d'une réparation sérieuse, si nous devions rester en panne demain ou après-demain, j'aimerais mieux relâcher tout de suite. Dites-moi donc exactement où nous en sommes.

— Capitaine, répondit Wurtzler, la machine n'a pas d'avarie importante, et les chaudières peuvent fonctionner trois mois, pourvu qu'on ne les chauffe pas trop. Si vous voulez avoir confiance en moi, je me charge d'arriver au cap Horn et de rentrer à Dunkerque par nos seuls moyens.

Plougonnec était présent à cet entretien ; il regardait Wurtzler avec beaucoup de surprise, et aussi avec beaucoup d'attention.

— J'ai confiance en vous, répondit Kerbiquet. Faites pour le mieux.

— Merci, capitaine.

Le mécanicien s'éloigna. Mais Plougonnec était resté sur la passerelle, et tournait son bonnet dans ses doigts. Plougonnec devait avoir quelque chose de très embarrassant à dire, car il en oubliait d'ôter sa chique.

— Que désirez-vous, maître ? lui demanda Kerbiquet.

— Faites excuse, commandant, que p'têtre j'ai raison et que p'têtre j'ai tort, et que je ne suis qu'une vieille bête, mais je viens d'entendre quéq'chose qui me sonne louche, j'crois qu'il vaudrait tout autant que je vous en fasse part.

— Ah!... Quoi donc ?

— C'est sauf votre respect, commandant, par rapport à ce particulier que j'ai mis dans la machine en partant de Dunkerque et qui vient de vous parler.

— Est-ce qu'il ne fait pas son service ?

— Pardon, excuse, commandant. Pour faire son service, il le fait, et même qu'il n'y a pas à y reprendre.

— Alors ?

— Mais j'viens de remarquer que c't'homme-là, quand y m'parle, y parle comme moi, c'est-à-dire comme l'âne le plus fieffé de la Bretagne qui ne sait ni A ni B. Et quand il vous cause, à vous, commandant, il cause comme vous, c'est-à-dire comme les gens éduqués. Ça ne me paraît pas clair, à moi, cette façon de se conduire. On est ce qu'on est, pas vrai, on est pas autre chose. Si je voulais faire des prêches bien travaillés comme les vôtres, qui vous sortent sans que vous ayez tant seulement l'air d'y penser, je m'empatau-

gerais toutes les trois paroles ; et si vous vouliez dégoiser
comme moi, sauf respect, commandant, j'aurais vite fait de
voir que nous n'avons pas lampé à la même écuelle. Pourquoi
donc qu'il a deux façons, ce négociant-là ? Moi, j'aime pas les
gens à double face, et, quand j'en vois, je me figure toujours
qu'ils fricotent quelque chose de pas fameux. J'avais ça dans
mon sac, commandant, et fallait qu'ça parte. Vous en pren-
drez ce qui vous fera plaisir.

Jean Kerbiquet, pendant le pittoresque discours de son
maître d'équipage, était resté soucieux. Lui, non plus, n'aimait pas les doubles visages, et l'attitude de Wurtzler, parlant comme les matelots quand il se trouvait avec eux, et
correctement pour les hommes de bonne éducation, ne laissait pas que de le faire réfléchir. Cet homme jouait donc un
rôle, quand il se trouvait mêlé à l'équipage, cherchant à faire
croire qu'il était du même monde ? Il venait donc incons-
ciemment de se trahir, dans une minute d'inattention ? Et
quel était son but ? Qui sait si la malveillance ne s'y mêlait
pas ?... Dans l'affirmative, c'était grave, car Wurtzler était
seul à bord à connaître à fond la machine, et de sa trahison
pouvaient dépendre de très grands malheurs.

Kerbiquet ne voulut cependant pas laisser paraître entière
l'impression qu'il avait ressentie de l'avertissement du vieux
matelot.

— Merci, Plougonnec, dit-il. Je ne crois pas qu'il faille
attacher beaucoup d'importance à ce que vous avez découvert. Je connais beaucoup de gens qui savent s'approprier au
milieu où ils vivent, au point qu'on croirait qu'ils en font
partie. Cependant, comme nous ne connaissons pas du tout

ce mécanicien, et puisqu'il vous paraît suspect, ayez un œil sur lui. Et au premier mouvement douteux, fourrez-le à fond de cale. C'est tout ce qu'on peut faire, je crois, pour le moment.

Plougonnec eut, on peut le croire, à dater de cette heure, un œil sérieux sur Johann Wurtzler. Le vieux maître d'équipage, droit comme un mât, avait instinctivement horreur de tout ce qui ne s'expliquait pas de la façon la plus naturelle, et il avait parfaitement remarqué, en outre, que son capitaine était très préoccupé, bien qu'il ne voulût pas en avoir l'air.

Mais la surveillance ne donna absolument aucun résultat, pour cette raison, sans doute, qu'elle se produisait trop tard.

Wurtzler devait quitter le quart à huit heures. Il déclara qu'il resterait au fond jusqu'à minuit, la machine ayant encore besoin d'être surveillée. A minuit, il remonta, et s'en fut directement au poste de l'équipage, où il s'étendit dans son hamac et s'endormit paisiblement.

Et, à deux heures du matin, le navire tout entier était secoué violemment, comme lorsqu'un gros tangage fait sortir de l'eau l'hélice qui s'affole. La machine s'était mise à battre des coups de pistons précipités, montrant qu'elle n'avait plus aucune résistance à vaincre. Un homme se jeta sur le levier de mise en marche et stoppa. Peu à peu, le *Pétrel* perdit sa vitesse et s'immobilisa sur les flots.

Tout l'équipage, Plougonnec en tête, Wurtzler, apparemment aussi effaré que les autres, avait sauté hors des couchettes. Kerbiquet s'était éveillé en sursaut et avait paru sur la passerelle, à demi vêtu. Congo, qui couchait en travers de la porte de Wilhelmine, accourait, suivi du docteur et de la jeune fille elle-même, prise d'une inquiétude instinctive dont elle ne comprenait pas le mot. Seul, Van Tratter n'avait pas bougé. Après avoir vécu tout le jour avec ses papiers polyglottes, il dormait sept ou huit heures d'un sommeil enfantin ; une charge d'artillerie, passant dans sa chambre, ne l'aurait peut-être pas éveillé.

Il y eut sur le navire quelques instants d'indescriptible désordre. Puis la voix de Jean Kerbiquet s'éleva, calme et forte dans la nuit :

— Tout le monde à son poste. Ici, Plougonnec.

Chacun se rangea. Plougonnec arriva.

— Un homme de la machine, commanda le capitaine.

Cet homme se présenta, pâle et tremblant.

— Qu'y a-t-il ? lui demanda Kerbiquet.

— Arbre de couche cassé, répondit-il laconiquement.

— Cassé ! Faussé, voulez-vous dire ?

— Non, capitaine, cassé, cassé en deux près de la sortie.

— Johann Wurtzler ! appela Kerbiquet.

Le mécanicien s'avança.

— Visitez, et rendez-moi compte.

Wurtzler partit et revint dix minutes plus tard.

— Eh bien ?

— Eh ! bien, capitaine, l'arbre de couche s'est brisé près de sa sortie. A l'instant même, pendant que je visitais, le poids de l'hélice a forcé le tronçon à passer par l'ouverture, et la pièce est tombée au fond de l'eau. J'ai fait aveugler la voie ; on y travaille en ce moment.

— Sondez ! commanda Kerbiquet.

— La sonde jetée marqua cent cinquante mètres de profondeur.

— Nous avons un arbre de rechange à bord. Si je faisais repêcher l'hélice, pourriez-vous l'ajuster ?

— Non, capitaine, répondit sans hésiter Johann Wurtzler.

— Tu as dit que tu pourrais rhabiller la machine entière, intervint Plougonnec.

— Je suis ouvrier mécanicien, je ne suis pas constructeur.

Jean Kerbiquet réfléchissait profondément.

— Et, demanda-t-il au bout de quelques instants, quelles sont les causes de la rupture ?

— La malveillance, répondit nettement le Bavarois.

— Vous dites ?

— Je dis : la malveillance. Les tourillons de cuivre qui fixent l'arbre de couche près de la sortie, ont été limés. L'arbre a ballotté et heurté. Le coup a été fait exprès.

— Par qui ?

— Je l'ignore, capitaine.

— Mais je le sais, moi.

Et regardant le mécanicien dans les yeux :

— C'est par Van Ah Fung, dit-il.

Johann Wurtzler se troubla visiblement.

— Je ne sais pas ce que vous voulez dire, capitaine, balbutia-t-il cependant.

— Je vous l'apprendrai. Et, sans doute, regretterez-vous de l'apprendre par moi. En attendant, je vous offre le moyen d'écarter les conséquences d'un soupçon qui, en ce moment, peut vous atteindre. (Vous voyez que je parle encore à mots couverts.) Dirigez la recherche de l'hélice et montez l'arbre de rechange.

— Je n'ai pas compris ce que vous venez de dire, capitaine,

et si votre soupçon m'atteint, c'est à tort. Quant à monter l'arbre de rechange, je ne le puis pas; je ne le sais pas.

— C'est bien, Plougonnec, que cet homme soit conduit aux fers. Je m'occuperai de lui plus tard.

Johann Wurtzler, sombre mais calme, fut emmené. Jean Kerbiquet fit mettre au yacht toute la toile qu'il pouvait porter, mais ce fut en pure perte : il n'y avait plus un souffle de vent. La mer dormait, complètement inerte, sous un de ces calmes désespérants qui, à l'équateur, durent souvent quarante et cinquante jours de suite. Les voiles pendaient le long des mâts comme des ailes mortes, et l'immobilité du navire était complète.

Le jeune capitaine eut alors l'idée de faire repêcher son hélice et de la faire mettre en place sur l'arbre de rechange sans le secours de Wurtzler. Le reste de la nuit, les canots se promenèrent autour du *Pétrel*, munis de grappins qu'ils traînaient au fond de la mer.

Au petit jour, l'hélice était accrochée, et un treuil la remontait à bord. Une équipe, formée de sous-mécaniciens, se mettait à l'œuvre, et entreprenait la tâche difficile que Wurtzler avait refusée. Mais qu'elle dût réussir ou non, et si le temps ne se modifiait pas, c'étaient quatre ou cinq jours au moins de perdus.

Le requin fondit sur le plongeur. (page 85)

CHAPITRE VII

UN AMPHIBIE ARTIFICIEL

A bord, personnel et passagers paraissaient plus ou moins
consternés. Sur le *Pétrel*, ce joli navire où tout le monde
était amical et confiant, une aventure pareille! Plougonnec
maugréait, sans s'arrêter, des choses à peu près incompré-
hensibles, mais où revenaient avec fréquence les faillis
chiens de matelots d'eau douce et les calamars de terriens de
malheur! S'il avait tenu Wurtzler dans un coin, malgré ses
soixante ans, le Bavarois aurait probablement passé un vilain
quart d'heure. Il l'avait bouclé lui-même, de crainte de surprise, et gardait dans ses poches la clef du cadenas qui lui
amarrait une cheville à la barre de fer.

A l'arrière, la préoccupation était aussi forte, bien qu'elle
se traduisit d'autre façon.

79

— Il n'y a pas à s'alarmer, expliquait le capitaine Jean Kerbiquet. Le pis qui puisse nous arriver est que mes hommes ne réussissent pas à remplacer l'arbre de couche. Et j'admets facilement qu'ils n'y réussissent pas, car c'est délicat et difficile, surtout en pleine mer. Mais, même en ce cas, nous ne serions pas le moins du monde en danger. Nous devons être tout près de terre, à cinquante mille à peu près du cap Saint-Roch. Le calme ne durera pas éternellement, et le premier coup de vent peut nous y conduire. En outre, nous sommes en ce moment sur le passage de trois grandes lignes de paquebots : la ligne de Pernambuco à Dakar et à Bordeaux, la ligne de Melbourne à Liverpool, et celle du Havre à Rio-de-Janeiro. Nous aurions bien du malheur si nous ne trouvions pas un bateau qui nous prenne en remorque jusqu'à un port quelconque où nous nous ferons réparer. C'est un retard, et c'est regrettable à cause de votre compatriote, qui est peut-être en danger pendant que nous nous immobilisons ici, mais ce n'est qu'un retard.

À midi, le point exact donna 3° de latitude sud, et 32° 5' de longitude ouest.

Tous les passagers étaient sur le pont, protégés par les tentes et surveillant la mer, qui donnait, à cet instant, l'aspect d'un immense miroir de plomb. On n'y voyait ni une voile ni une fumée ; l'air vibrait sous la chaleur torride, et de gros nuages cuivrés pendaient du ciel.

Tout à coup, retentit le cri sinistre que les marins n'entendent jamais sans frémir :

— Un homme à la mer par tribord arrière !

Il faut avoir entendu ce cri, surtout quand il est poussé par une sombre journée de tempête, pour savoir ce qu'il peut éveiller d'angoisses et faire naître de craintes dans les cœurs les plus courageux. Un homme à la mer, dans la brume, dans l'écume, dans l'écroulement irrésistible des lames, dans le bruit assourdissant de l'eau qui bouillonne, c'est presque toujours la perte d'une existence humaine, la lutte désespérée d'un malheureux contre la mort, et son abandon aux monstres de l'Océan. La manœuvre qu'il faut faire pour retrouver un homme à l'eau est longue et délicate. Le navire est lancé ; il lui faut du temps pour s'arrêter, faire route en arrière, et rencontrer le point exact où l'accident a eu lieu. Et quand c'est fait, souvent, le naufragé a déjà usé toutes ses forces ; il a coulé ; on ne le reverra plus.

Au cri de : « Un homme à la mer », tout le monde, à bord du *Pétrel*, s'agita. Le capitaine saisit sa jumelle, et se mit à étudier la surface de l'Océan. Plougonnec compta ses hommes, pour savoir lequel manquait.

Et, à l'instant même, Jean Kerbiquet commandait :

— Une baleinière et quatre hommes !

Le maître d'équipage lui criait, d'en bas :

— Capitaine, je ne sais pas qui ça peut être. J'ai tout mon monde.

— Votre prisonnier ?

Plougonnec se précipita.

— Il est là, capitaine.

Le problème devenait embarrassant. D'où pouvait bien sortir cet inconnu, qu'on voyait distinctement flotter sur la mer, et qui, d'ailleurs, n'avait pas le moins du monde l'air d'être en détresse, puisqu'il ne manquait personne à bord

6

et que les eaux étaient complètement désertes jusqu'à l'horizon ?

— Qu'on m'attende ! cria Kerbiquet. J'y vais moi-même.

— J'y voudrais bien aller aussi ? demanda Francken.

— Embarquez, docteur.

Tous deux montèrent dans la baleinière, ainsi que le patron Plougonnec et cinq hommes de l'équipage. Le docteur s'était muni de sa boîte à médicaments, en cas de besoin. L'embarcation tourna sur ses pistolets et descendit à l'eau. Les six hommes se mirent aux avirons de toute leur énergie, tandis que le capitaine barrait sur le naufragé en expectative, qui paraissait très tranquille sur la mer et faisait lentement la bouteille à rafraîchir.

Francken, sa jumelle aux yeux, ne le perdait pas du regard, et émettait tout haut ses réflexions :

— Eh bien ! capitaine, disait-il, voilà un individu que son danger n'impressionne pas beaucoup. Il nous regarde venir, une main en visière au-dessus des yeux pour se protéger du soleil, et ne fait pas un seul mouvement. Quel singulier noyé est-ce là ? Ma parole d'honneur, il a l'air chez lui, dans l'eau, comme nous sur le plancher des vaches. Je n'ai jamais rien vu de pareil.

La baleinière avançait à grande allure, cependant, et la distance entre elle et le bizarre nageur diminuait à vue d'œil. Bientôt, chacun put le distinguer nettement et sans le secours d'aucune lunette. L'homme était toujours immobile sur l'eau, la tête et les épaules dehors, la main en parasoleil sur les yeux. Francken déclara alors qu'il avait une sorte de masque sur le visage, et que son torse et ses bras étaient recouverts d'écailles vert sombre. La curiosité augmenta naturellement.

Et quand la barque ne fut plus qu'à une quinzaine de mètres, l'étrange individu s'enfonça lentement, sans un mouvement ressemblant à ceux de la natation ou de la plongée, comme un ludion dans son bocal. La vue des hommes ne paraissait d'ailleurs pas l'avoir effrayé. Il avait quitté la surface sans hâte, et s'était arrêté à deux mètres de profondeur, d'où il étudiait, sans se troubler, les faits et gestes des habitants de la baleinière du *Pétrel*. Le petit docteur, curieux par nature comme une femme et naturaliste très distingué par-dessus le marché, bouillait d'impatience. Il s'agitait sur sa banquette et poussait de vives exclamations. Jean Kerbiquet n'était pas moins intéressé. Le père Piougonnec, qui avait cependant « bourlingué » sur toutes les mers, comme il disait, et qui avait vu toutes sortes de bêtes aquatiques, se demandait à voix haute « ce que ça pouvait bien être que ce négociant-là, qui avait une tête, des bras et des jambes comme un homme, et qui respirait dans la tasse comme un poisson naturel ? »

— Existerait-il une race d'hommes amphibies ? demanda Jean Kerbiquet au docteur.

— Je n'en avais jamais entendu parler, répondit Francken, mais je vous avoue que ce que nous voyons me confond. Ceci est bien évidemment un homme, malgré les écailles ; il ne peut pas y avoir le moindre doute à ce sujet ; son attitude, sa façon de nous observer le prouvent surabondamment, et cependant, voici près de cinq minutes qu'il est sous l'eau sans en paraître le moins du monde incommodé. Je n'y comprends rien.

— Faisons-lui des signes, dit Kerbiquet. Si c'est un homme, il nous répondra

Et le jeune capitaine allait essayer une télégraphie transmarine inédite, lorsqu'un cri d'effroi partit de la poitrine des matelots qui se tenaient à l'avant. Ces hommes venaient de voir passer sous la quille de la baleinière une grande ombre rapide, et cette ombre se dirigeait droit sur l'être inconnu qui se tenait entre deux eaux.

— Un requin! s'écria Francken. Le malheureux est perdu!

Il y eut une minute d'inexprimable angoisse. Le tigre des mers, comme on l'a si justement appelé, décrivait de grands cercles autour de ce qu'il considérait déjà comme sa proie, et cherchait la façon dont il allait l'attaquer.

L'homme cependant, ou de quelque façon qu'on voulût l'appeler, l'être sous-marin qui se trouvait à cette heure exposé à un aussi grave péril, n'avait pas bougé de sa place; il ne donnait pas le moindre signe de terreur. On le vit seulement, quand le requin raccourcit le rayon de sa promenade circulaire, tirer de sa peau — de sa propre peau écailleuse aurait-on dit — une sorte de courte dague qu'il garda dans la main.

— Vous voyez bien que c'est un homme, disait Jean, puisqu'il a des armes.

Tout le monde, à bord de la baleinière, suivait avec anxiété les péripéties de cette lutte inégale, entre un monstre dans son élément, et un être humain, jouet chétif perdu en plein Océan.

Ce ne fut d'ailleurs pas long. Le requin, après avoir tourné quelques minutes dans l'eau transparente, fondit tout à coup sur le plongeur qui l'attendait. Il s'était légèrement enfoncé pour l'attaquer en remontant et lui happer un membre au passage. Le requin en effet a la bouche disposée en dessous et ne peut pas aborder ses ennemis de front, mais seulement en leur présentant le ventre.

L'homme fit avec beaucoup d'aisance une sorte de demi-culbute qui eut pour résultat d'éloigner ses jambes des mâchoires meurtrières. Et quand l'énorme poisson, ayant manqué son coup, et lancé de bas en haut, passa devant son visage, il le piqua, mais sans y mettre de force, dans la blancheur jaunâtre de sa face abdominale. Instantanément, le monstre entra en convulsions : pas une goutte de sang ne rougit la mer ; deux secondes après, le requin flottait à la surface, inerte.

— Dague empoisonné d'un poison violent, murmurait Francken. Décidément, nous sommes bien en présence d'un homme.

Le nageur, victorieux, avait tranquillement remis son arme dans sa gaine, et reprit son observation des passagers de la baleinière du *Pétrel*.

Évidemment, ce qui venait de lui arriver ne le troublait en aucune façon et faisait partie de la série d'incidents de sa vie journalière.

Jean Kerbiquet eut l'idée d'agiter au bout d'un aviron son mouchoir blanc. Le nageur changea immédiatement d'attitude. A la vue du symbole de paix, il regagna la surface, et se rapprocha de la barque.

Puis, il ôta de ses yeux et de sa bouche un masque spécial, et dit :

— Qui êtes-vous ?

— Jean-Fabien-Maurice-Noël-Alain de Kerbiquet, marquis de Plougoven et capitaine au long cours, répondit le marin.

— Et moi, Messieurs, je suis André-Phocas de Haute-Lignée, président de la République Centrale, répondit l'inconnu en saluant gracieusement de la main.

Tout le monde le contemplait, légèrement ahuri.

Nous étions bien définitivement perdus. (page 100)

CHAPITRE VIII

RÉCIT DU PRÉSIDENT DE LA RÉPUBLIQUE CENTRALE

Jean Kerbiquet fut le premier à reprendre son sang-froid. Le petit docteur regardait avec des yeux aussi ronds que son ventre cet homme-poisson qui venait de se transformer en homme ordinaire, et même en président d'une République dont il n'avait jamais entendu parler. Les matelots s'écarquillaient devant cet individu couvert d'écailles, qui tuait les requins d'un coup d'aiguille, restait sous l'eau comme dans le hamac, et venait ensuite causer français comme s'il n'avait jamais fait autre chose. Plougonnec mâchait des choses étranges, et se tirait les cheveux pour s'assurer qu'il était bien éveillé.

— Voulez-vous, Monsieur le Président, dit Jean Kerbi-

quet, me faire l'honneur d'accepter l'hospitalité et un lunch à
bord du *Pétrel*, que vous voyez là-bas, immobilisé par un
accident de machine?

— Monsieur, répondit l'étranger, je regrette de répondre
à votre politesse par un réfus, mais j'ai rompu depuis quelque temps toutes relations avec les hommes qui vivent à la
surface de la terre. Le commerce d'autres hommes m'est
devenu beaucoup plus agréable, et je n'éprouve aucunement
le désir, je vous l'avoue franchement, de revenir à mes rapports anciens.

— Permettez-moi d'insister, Monsieur le Président. En
dehors du plaisir que j'aurais à vous recevoir, et de l'honneur
que vous me feriez en acceptant mon invitation, je désire
avoir recours à votre expérience des choses de la mer, que je
crois grande, pour m'aider dans l'œuvre que j'ai entreprise,
et d'où dépendent sans doute le salut et la vie de plusieurs
personnes.

— S'il en est ainsi, Monsieur le marquis, je ne saurais me
faire prier plus longtemps. Mon expérience est à votre service, et elle est ancienne, sinon grande comme vous l'avez
supposé. Ayez l'obligeance de vous rendre à bord ; je vous y
rejoindrai dans quelques minutes. Je n'y vais pas avec vous
dans votre baleinière, parce que sous ce soleil torride, je fondrais. Ayez l'extrême obligeance, en arrivant, de me faire
préparer une cabine où je puisse retirer mon costume de mer.
Je vais trouver les gens de ma suite, qui sont ici dessous, à
vingt mètres environ de profondeur, et qui me donneront de
quoi me vêtir convenablement. J'accepterai à bord du *Pétrel*
l'hospitalité pour vingt-quatre heures. C'est tout le temps

dont me permettent de disposer les affaires de l'Etat. A tout à l'heure, Monsieur le marquis.

André-Phocas de Haute-Lignée, président de la République Centrale, salua aimablement, remit son masque, et s'enfonça dans la mer, verticalement, sans un seul mouvement du corps.

Il n'avait pas encore dit grand'chose, mais il faut convenir que ce qu'il avait dit était de nature à éveiller la curiosité. « République Centrale... ma suite est à vingt mètres de fond... je fondrais si je restais au soleil... » Il y avait de quoi, sans doute, dans ces bizarreries, provoquer les réflexions des auditeurs. Et l'homme n'avait pas le moins du monde l'air d'un mystificateur. Il paraissait fort sérieux et fort distingué, au contraire, et ce qu'on avait vu de lui venait à l'appui de ce qu'il annonçait. C'est en plein mystère que Jean Kerbiquet, que le petit docteur nageaient à présent, tandis que l'extraordinaire amphibie, récemment découvert, se promenait entre deux eaux.

Ils revinrent à bord, mirent Wilhelmine au courant de ce qui venait de se passer, et Kerbiquet fit préparer une cabine, ainsi qu'on le lui avait demandé. Congo se multiplia pour installer le lunch dans le salon du bord ; on débarrassa le pont du mieux qu'il fut possible des morceaux de fer qui l'encombraient, et, pour la circonstance, on tira Van Tratter de sa cabine, où il pâlissait sur un texte japonais. Le brave homme, en bras de chemise, était, comme d'ordinaire, absent de la planète et ébouriffé ; il avait des zébrures d'encre sur la figure, et ne soupçonnait en aucune façon ce qui s'était passé auprès de lui, la nuit précédente : l'accident de machine,

l'arrêt dans la marche et l'incarcération de Johann Wurtzler.
Peut-être ignorait-il qu'il eût quitté Saardam. Chaque fois
qu'on le traînait parmi ses semblables — aux heures de
repas, par exemple — il y arrivait avec l'air d'un Sélénite
changé de globe, et personne n'avait pu le décider encore à
paraître sur le pont. La dernière bouchée au bec, suivant
l'expression populaire, il filait s'enfermer avec ses chers dictionnaires, et le *Pétrel* aurait pu alors naviguer les mâts
dans l'eau et la quille en l'air qu'il ne s'en serait probablement
pas ému.

En entendant parler, cependant, du président de la République exotique, il consentit à se laisser coiffer, à se laisser
enlever l'encre qu'il avait sur la figure, et à se laisser mettre
une redingote. Puis, ses bons yeux toujours surpris derrière
ses lunettes, il pénétra au salon, qu'il voyait pour la première
fois.

Quelques instants après, le nageur mystérieux émergeait
auprès des murailles du *Pétrel*, dont l'échelle avait été
abaissée. Il y prenait pied, se baissait sur l'eau, recevait
d'une personne, dont on ne vit que la main, une cassette
assez volumineuse et hermétiquement close, et montait sur
le pont, où Jean Kerbiquet l'accueillait et lui souhaitait la
bienvenue, son équipage rangé derrière lui. En même temps,
les deux canons du yacht commençaient la salve de vingt
et un coups, dite d'honneur, qu'on accorde aux chefs d'Etats.

Le président de la République Centrale parut flatté. Il retira
son masque, et répondit par des paroles cordiales au salut du
jeune capitaine.

Et maintenant, tout le monde pouvait l'examiner à l'aise.

C'était un homme grand, très droit, le port aisé et noble, les traits du visage réguliers. Il était couvert d'écailles des pieds au col, mais à présent qu'on le voyait de plus près, il était facile de remarquer que ces écailles ne constituaient pas autre chose qu'un vêtement. L'homme paraissait un peu trop gros pour l'apparence de son visage, qui était plutôt maigre, mais la forme du costume devait encore produire cette impression. Il portait une ceinture, et à cette ceinture cinq ou six poignards semblables à celui dont il avait usé pour combattre le requin.

On le conduisit à la cabine qui lui avait été préparée. Il y demeura quelques minutes, et en ressortit sous la forme d'un parfait gentleman, habillé comme pourrait l'être le plus méticuleux de nos élégants, ses vêtements coupés, seulement, dans une étoffe qui ne rappelait que fort vaguement nos draps terrestres. Jean Kerbiquet le mena vers le salon, où eurent lieu les présentations.

— Monsieur le Président, voici mademoiselle Wilhelmine Van Tratter, engagée à la recherche de son parrain, un savant membre de l'Académie des sciences de Saardam, disparu à la suite d'un naufrage, et dans des circonstances toutes particulières dont je vous demanderai la permission de vous faire part en réclamant l'aide de vos lumières. Mademoiselle est de nationalité hollandaise, mais elle parle le français comme nous... mieux que moi, devrais-je dire.

« J'ai le plaisir, Monsieur le Président, de vous présenter Monsieur le docteur Andreus Francken, de nationalité hollandaise, également, et qui s'est joint à notre croisière par goût personnel pour les aventures.

92   UNE DESCENTE AU MONDE SOUS-TERRIEN

Le président eut un regard vague pour le ventre circonfé-
rent du tout petit homme. Mais il était beaucoup trop courtois pour laisser voir sa surprise.

— Tous mes compliments, Monsieur, dit-il. Il y a déjà
quelque temps que je ne vis plus sur la terre, mais il me
semblait, lorsque je l'ai quittée, que le goût des aventures
s'y perdait de plus en plus, et je suis heureux de constater
que mes anciens compatriotes n'ont pas oublié toute ardeur
et tout entrain. L'amour des aventures mène à de fort belles
choses.

— Enfin, Monsieur le Président, j'ai l'honneur de vous
présenter Monsieur Julius-Ludovic Van Tratter, membre de
l'Académie des sciences de Saardam, oncle de Mademoiselle,
et linguiste distingué. Monsieur Julius-Ludovic Van Tratter
passe pour parler et écrire toutes les langues du globe.

André-Phocas de Haute-Ligaée eut un sourire indulgent.

— Je félicite Monsieur de sa profonde érudition, dit-il,
mais je doute qu'il connaisse tous les langages de la terre.
Ah ! si vous aviez dit, capitaine, toutes les langues qu'on
parle *sur* la terre, je m'inclinerais. Mais il en existe d'autres,
sans sortir de la planète, et celles-ci, je ne crois pas que
Monsieur Julius Van Tratter en ait jamais entendu prononcer
un mot.

Van Tratter, à ces propositions exorbitantes, avait consenti à descendre des étoiles. Il s'était légèrement hérissé. Un
idiome dont il ne connaîtrait rien... dont il ne soupçonnerait
pas l'existence... sans sortir de la planète !... Etait-ce à lui
qu'il fallait raconter de semblables billevesées ? Van Tratter
aurait volontiers éclaté tout de suite, mais il réfléchit qu'il

avait sous les yeux un président de République, et se con-
tenta d'esquisser un demi-sourire de pitié.

— Vous ne me croyez pas, Monsieur, poursuivit le haut
dignitaire. Il m'est cependant aisé de vous convaincre. Tra-
duisez, si vous pouvez, la phrase suivante. Je vais vous la
dire de deux façons, comme on la prononce dans l'air et
comme on la prononce dans l'eau. Et je vous prie, à l'avance,
de me croire incapable d'une plaisanterie de mauvais goût.

Le président dit alors :

— En l'air : « A matra, parabara katradaça rarapabatra,
dapa, sarasarapa, dama.

Puis, ayant annoncé qu'il allait parler dans l'eau, il répéta
des lèvres les mêmes articulations, mais sans faire entendre
aucun son. On reconnut seulement les syllabes aux mouvements de la bouche.

Van Tratter regardait, médusé. Malgré l'assurance qui
venait de lui être donnée, il n'était pas très certain de ne pas
servir de jouet au président central. De fait, *a matra, parabara, et cætera*, ne disaient rien à sa prodigieuse mémoire,
et le discours qu'on venait de prononcer avait été aussi complètement perdu pour lui que si on le lui eût versé de Jupiter
ou de Saturne. Kerbiquet, Francken et Lhelma paraissaient
d'ailleurs aussi surpris que lui.

— Si j'avais mes dictionnaires... balbutia le vieux savant...

— Vos dictionnaires ne vous seraient ici d'aucun secours,
Monsieur Van Tratter; aucun livre humain ne vous donnera
la clef du langage que je viens de parler devant vous, pour
cette raison que ce langage, ce n'est pas sur la terre, qu'on en
use, mais dessous.

— On parle sous la terre! bégayait Van Tratter, abasourdi.

— On parle sous la terre une cinquantaine de langues complètes, répondit tranquillement l'homme qui venait de sortir des flots, et un millier d'idiomes ou de patois particuliers.

A ces mots, il se passa quelque chose de tragique. Julius-Ludovic Van Tratter se dressa de toute sa haute taille. Puis il étendit les bras, les yeux au plafond, et s'écria :

— Mon Dieu!... mon Dieu!... jamais je n'aurai le temps d'apprendre mille idiomes avant de mourir!... Mon œuvre est détruite et je suis déshonoré !

Il chancela et parut vouloir s'abattre. Congo se précipita pour le recevoir dans ses bras. Mais il se redressa et quitta le salon à grandes enjambées, défendant à sa nièce de le suivre. Lhelma fit semblant de lui obéir, mais elle alla, deux minutes après mettre l'œil à la serrure de sa cabine. Le savant avait ôté sa redingote; il était ébouriffé; il avait déjà de l'encre après la figure; il feuilletait avec frénésie un immense bouquin; il était sauvé! Van Tratter avait oublié; rien ne subsistait plus dans son esprit encombré de la terrible peur qu'il venait d'éprouver en voyant se dresser devant lui plus de mille langues nouvelles à apprendre.

Lhelma reparut au salon, tranquille, et ce fut elle que le capitaine Kerblquet chargea d'exposer pour le président de la République Centrale le but de l'expédition du *Pétrel*. André de Haute-Lignée avait promis d'ailleurs, après ce récit, d'expliquer le mystère dont il se montrait environné, et c'est avec une impatience facile à concevoir qu'on attendait ses éclaircissements.

Wilhelmine raconta en grands détails ce que nous savons déjà et qui était relatif à son parrain Van de Boot et aux deux Anglaises. Elle fit une traduction orale du document tracé, *in extremis* pourrait-on dire, par le savant.

André de Haute Lignée, qui l'avait jusqu'alors écoutée avec beaucoup d'attention, ne put retenir un vif mouvement de surprise quand elle vint à l'apparition des quadrumanes géants. Mais il n'interrompit pas, et garda son calme. Quand tout fut terminé, quand il connut par le menu les détails du naufrage et de la capture, il demeura quelques instants silencieux.

Puis, d'une voix grave :

— Mademoiselle, dit-il, Messieurs, j'ai peine, je vous l'assure, à augmenter vos inquiétudes, mais j'estime qu'en toute circonstance il vaut mieux connaître la vérité que vivre dans un espoir condamné à ne conduire à rien. Ceux qui entretiennent cet espoir, sachant qu'il mènera fatalement à la déception, sont à mon avis coupables, et je ne les ai jamais imités. Messieurs, vous êtes des hommes ; Mademoiselle, vous êtes courageuse et forte, ce que vous faites en ce moment le prouve. Ecoutez donc, sans trembler, ce que je crois devoir vous dire à la suite de votre récit : Cornélius Van de Boot, et les deux femmes qui ont été enlevées en même temps que lui, sont très probablement perdus. Ces singes géants...

André de Haute Lignée s'arrêta.

— Ecoutez, reprit-il au bout d'un instant ; je vais vous faire, en quelques mots, le récit de ma vie. Vous y trouverez tout ce qui peut vous renseigner sur la situation actuelle des

gens que vous recherchez. Je m'offrirai aussi à vous aider
dans votre tâche, et je puis vous y aider grandement. Je vais
plus loin ; sans moi vous ne pourriez rien faire. Mais, c'est à
une condition : que rien de ce qui va se dire maintenant ne
dépassera les limites de ce salon ; que vous le considérerez
comme un secret de vie et de mort, et que rien ne pourra
jamais vous l'arracher des lèvres. Il le faut ainsi pour éviter
l'incursion des hommes dans un domaine jusqu'à présent inconnu d'eux, et pour empêcher une guerre si affreuse que
notre planète n'en aurait encore jamais vu de semblable, elle
qui a déjà bu tant de sang. Puis-je compter sur votre absolue
discrétion, sur une discrétion qui dure entière jusqu'à votre
mort, et même après ?

— Vous avez ma parole de gentilhomme, dit Jean Kerbiquet.

— Vous avez ma parole de médecin, dit Andreus Francken.

— Je vous le promets, dit simplement Lhelma.

Congo sortit sur un signe de son maître, et le président
commença :

— Merci, dit-il. Je compte sur vous. Sachez donc que ce
que vous avez appris, ce que les savants croient, ce qu'ils
publient sur la conformation intérieure de notre planète est
erroné et faux.

— Oh ! s'écria-t-on de toutes parts.

— Absolument faux. Je suis probablement le seul homme
qui, à l'heure actuelle — car je suis un homme pareil à vous,
Messieurs — connaisse l'exacte vérité des choses. Et si je la
connais, je me hâte de l'ajouter, ce n'est pas que j'ai été plus

audacieux ou plus perspicace que les autres : c'est que le
hasard m'a pris par la main et m'a conduit vers le secret.
Toujours est-il qu'il faut abandonner, dès maintenant et pour
toujours, vos croyances anciennes sur la constitution du globe.
Le feu central n'existe pas; la croûte terrestre est vide, ou
du moins remplie d'air, à l'exception d'une sphère lumineuse
qui éclaire la cavité intérieure. La pesanteur ne s'exerce pas,
comme on le pense ici, de la surface au centre, mais bien des
deux faces de la croûte au milieu de son épaisseur. Et ces
deux faces sont habitées. Voilà, Messieurs, ce qu'il faut
croire, parce que je l'ai vu.

— Oh ! s'écriait Francken, émerveillé.

— Est-ce possible ! disait Jean Kerbiquet.

— Pourquoi pas? demandait tranquillement Lhelma, qui,
en brave petite Hollandaise qu'elle était, n'avait pas perdu
un seul instant son calme.

— Pourquoi pas, en effet? reprenait le président. C'est
Mademoiselle qui a dit le mot de la situation. Pourquoi pas?
Pourquoi un monde habitable ne serait-il pas habité? Pourquoi, dans la Création, y aurait-il une place perdue? Pourquoi la vie ne serait-elle pas installée là comme ailleurs,
puisqu'il y avait tout ce qu'il faut pour qu'elle s'installe?
Parce que nous ne le savions pas? Ce n'est pas une raison
suffisante, il faut en convenir, et l'Organisateur des Mondes
nous montrerait bien d'autres surprises, sans doute, le jour
où il nous permettrait de franchir les limites de notre
atmosphère.

Tout en parlant, l'homme amphibie avait pris un crayon et

7

un morceau de papier, et dessinait une figure schématique de
sa théorie

Kerbiquet, le petit docteur et Lholma étudièrent assez longuement le croquis tracé à la hâte. Et les deux hommes,
après avoir réfléchi, finirent par dire ce qu'avait dit la jeune
fille en conséquence d'une simple intuition : « Pourquoi
pas ? »

— Il faut, maintenant, poursuivit le président, que je vous
raconte comment j'ai découvert ces vérités, qui révolution-
neraient la surface de la terre si elles y étaient connues, ce
qui, je l'espère, ne se produira pas de longtemps. Soyez tranquilles, mon intention est d'être bref.

« Il y a dix ans, Mademoiselle, il y a dix ans, Messieurs,
j'étais simple terrien supérieur comme vous, et capitaine au
long cours comme Monsieur le marquis. Je suis né à Québec,
et ceci vous expliquera, que je parle aussi aisément le
français.

« Il y a dix ans, donc, le navire que je commandais, le *Canadien*, un joli trois-mâts dont il ne reste pas une planche,
partit pour un voyage entre Québec et Buenos-Ayres avec
un chargement de pétrole. Il fut pris par le mauvais temps
jusqu'à sa sortie du Saint-Laurent, c'est-à-dire après avoir
doublé l'île du cap Breton, et la tempête ne nous quitta plus
jusqu'à notre arrivée dans les parages où nous sommes en ce
moment même. Ce que fut cette traversée, je n'essaierai pas
de vous le décrire. Je préfère vous le laisser imaginer, et
prier le capitaine Kerbiquet d'en chercher un tableau dans ses
plus mauvais souvenirs. Je naviguais depuis longtemps déjà,
et n'avais encore rien rencontré de pareil. Nous étions pour-

chassés sans un instant de répit par une mer en furie; le pont du *Canadien* était rasé comme si vingt volées d'obus y eussent passé. Nous n'avions plus ni bordages, ni passerelle, ni boussole; nous dirigions notre gouvernail au moyen d'un cabestan qui, par hasard, était resté debout; nous avions perdu deux hommes de l'équipage, enlevés par les lames et qu'on n'avait même pas pu songer à secourir; nous étions à demi-morts de froid, de fatigue et de faim, car le gros temps ne nous laissait même pas le loisir de casser un morceau de biscuit. Nous étions dans un état lamentable, continuellement trempés par les paquets d'eau qui nous arrivaient de l'arrière et nous couvraient en grand; nous étions amarrés par des cordages à tout ce qui voulait bien tenir encore, et près, je vous assure, de nous abandonner définitivement, tant nous nous sentions démoralisés.

« Un jour — cette course à la mort durait depuis longtemps déjà et la tempête redoublait de violence — un jour je venais de faire le point tant bien que mal et de constater que nous nous trouvions juste au nord des îles Fernando-Noronha, c'est-à-dire tout près de l'endroit où nous sommes en ce moment, lorsqu'une fumée intense et nauséabonde se mit à sourdre par les interstices des capots fermant les soutes à pétrole. L'acharnement du sort n'avait pas été complet jusqu'alors, paraît-il. Nos épreuves n'avaient pas été suffisamment cruelles : le chargement brûlait.

« Comment s'était-il allumé, sur ce navire à voiles où on ne faisait pas de feu, même pour la cuisine, depuis plusieurs jours? D'où était partie l'étincelle qu'il fallait pour ce nouveau désastre? Je ne l'ai jamais su et ne le saurai jamais.

Mais une chose était bien certaine et indiscutable : quelque chose se consumait, et ce quelque chose ne pouvait être que du pétrole, dont nous reconnaissions parfaitement l'odeur.

« Affolés, nous cherchâmes à noyer les cales, au risque de sombrer. Le danger de la mer disparaissait pour nous devant la perspective d'être brûlés vifs. Mais nous étions mal outillés ; l'Océan nous avait presque tout enlevé ; l'eau que nous pûmes envoyer en trop petite quantité excita l'incendie au lieu de l'apaiser. Vers trois heures, le pont d'avant éclata sous une explosion formidable, qui tua deux hommes encore.

« Les autres se réfugièrent à l'arrière, et se mirent à contempler, hébétés, la haute colonne de flammes qui jaillissait des cales. Cette fois, nous étions bien définitivement perdus. Le navire, entièrement en bois, allait être mangé par l'incendie en quelques minutes, et quand le feu nous atteindrait nous n'aurions qu'une ressource : nous jeter à la mer furieuse qui, elle aussi, aurait bientôt fait de nous dévorer.

« Deux matelots, excédés de désespoir, devinrent subitement fous et se jetèrent dans les flots. Ils furent instantanément engloutis ; nous ne les vîmes même pas reparaître.

« Et je restai seul, sur le couronnement d'arrière, avec le cuisinier du *Canadien* et un mousse, un pauvre gamin de quinze ans qui pleurait d'épouvante.

« Quelques minutes passèrent ; une lame traîtresse le cueillit à mes côtés sans qu'il m'eût été possible de le retenir. La flamme gagnait, cependant, vers l'arrière, avec une grande rapidité ; nous en sentions la chaleur, qui deviendrait bientôt intolérable. Devant nous, c'était comme un immense bol de punch qui flambait, violemment secoué par la mer démontée.

« Et nous recommandions notre âme à Dieu ; ce n'était plus pour nous qu'une question de quelques secondes, lorsqu'un choc effroyable se produisit. Les îles Fernando-Noronha, sur lesquelles nous courions et que la grandeur du péril nous avait fait oublier, venaient d'un coup de leur éperon rocheux de compléter la catastrophe. Le *Canadien* s'écrasa dans un énorme feu d'artifice, et continua de flamber au sec, sur une sorte de boulevard de pierres plates où la force d'impulsion de la tempête l'avait lancé.

« Je vis mon compagnon décrire en l'air une énorme parabole, et piquer sa tête droit dans le brasier. Pour moi, je fus aussi projeté en avant, bien entendu, mais mon heure dernière n'avait pas sonné. Je tombai sur le côté du navire, dans une lacune de la chaussée rocheuse remplie 'a ''. ''. blement, je me tirai hors de l'atteinte des lames qui déferlaient avec fureur autour de moi ; j'eus la force aussi de me traîner assez loin du bateau, qui continuait de brûler à grand bruit et dont la chaleur me suffoquait, et au-dessus de la ligne d'algues qui m'indiquait la limite de la haute mer.

« J'eus fait, alors, tout ce qu'il m'était humainement possible de faire pour la protection de ma vie, et, m'abandonnant pour la suite aux soins de la Providence, je m'évanouis... »

Je me crus sous l'empire d'une hallucination. (page 103)

CHAPITRE IX

APPARIT⸱ ⸱ES SOUS-TERRIENS

« ... Quand je repris conscience, poursuivit le président de la République Centrale, je n'étais plus à la même place, j'entendais encore la rumeur violente de la mer, mais je ne la voyais plus ; j'eus l'impression de me trouver au sommet d'une montagne et au flanc intérieur d'un cratère de volcan. Il faisait nuit noire, et des hommes m'entouraient.

« D'abord, je n'eus de tout ceci qu'un sentiment très vague. Puis l'intelligence me revint par degrés, et je remarquai que ces hommes n'étaient pas semblables à moi. Ils en étaient même si différents que, pendant quelques instants, je me crus sous l'empire d'une hallucination causée par la fièvre.

« Les individus qui me soignaient, qui me gardaient peut-être, étaient plus petits, généralement, que la moyenne hu-

maine ; leur corps nu, sauf une ceinture où pendaient des poignards, était couvert d'une peau sombre où je croyais voir le
reflet d'écailles de poissons, mais d'écailles excessivement
fines. Quant au visage, il me sembla tout particulier. La bouche était figée dans la position que nous donnons à la nôtre
pour prononcer certaines voyelles, A, O, U, par exemple.
Le nez était à peu près pareil au nez humain, mais les ailes
des narines étaient mobiles : non pas légèrement dilatables
comme les nôtres, mais susceptibles de s'appliquer entièrement contre la cloison médiane et de former une fermeture
hermétique. Les yeux étaient puissamment phosphorescents ;
la scène étrange, à laquelle je prenais part n'était éclairée
d'aucune lumière extérieure ; on ne voyait au ciel ni lune ni
étoiles, puisque la tempête était encore dans toute sa violence
et que les nuages noirs se suivaient sans interruption. Et,
cependant, j'en voyais tous les détails presque aussi bien que
si elle se fût passée en plein jour.

« Je restai pendant quelques minutes comme aburi Je vous
l'assure, il me semblait vivre un cauchemar. Je n'étais cependant pas au bout de mes surprises. Les hommes étranges
m'avaient étendu sur un lit de sable doux ; ils étaient age-
nouillés autour de moi ; ils paraissaient me soigner avec
sollicitude et surveiller anxieusement mon retour à la conscience. Quand ils me virent ouvrir les yeux, un cri de joie
sortit de leurs poitrines. Deux ou trois sur les vingt qui se
trouvaient là, me parlèrent ensemble, et je tombai dans la
plus profonde stupéfaction. L'un avait dit :

« — Para Kasara ?

« Un autre :

« — Poro Kosoro ?

« Et le troisième :

« — Piri Kisiri ? ·

« Ils avaient demandé la même chose, évidemment, et ce quelque chose s'inquiétait de l'état de ma santé. Mais dans quelle langue, je n'en avais pas la première idée, et pourquoi les mêmes articulations sur trois voyelles différentes, c'est ce que je ne pouvais pas m'expliquer non plus. Mais, puisque j'avais deviné le sens de la question, je voulus instinctivement y répondre, et je dis :

« — Je me sens beaucoup mieux, merci », ou quelque phrase approchante. Alors il se passa quelque chose d'excessivement singulier. Les hommes aux yeux phosphorescents se regardaient entre eux ; puis, ils me considéraient avec une expression de physionomie qui paraissait être de l'admiration : ils se désignaient ma bouche, très différente des leurs, et échangeaient des réflexions avec volubilité. Mais je remarquai que des lèvres du même individu sortait toujours la même voyelle, sur les articulations les plus diverses. Celui qui avait dit : « Para Kasara » ne prononçait que les A ; celui qui avait dit : « Poro Kosoro » ne prononçait que les O, etc., etc. Et chacun d'eux semblait ne pas pouvoir produire d'autre son que celui que j'avais entendu dans sa bouche.

« Le premier me dit, comme s'il eût voulu faire une expérience :

« — Za mapa ratara calpa.

« Je crus comprendre qu'il désirait m'entendre répéter, et je répondis, sans savoir naturellement ce que je disais :

« — Za mapa ratara calpa.

« Un autre me dit :

« — Zu mupu ruturu culpu.

« Et je répétai :

« — Zu mupu ruturu culpu.

« Un troisième articula :

« — Zo mopo rotoro colpo.

« Et je répétai :

« — Zo mopo rotoro colpo.

« Alors les hommes écailleux devinrent graves ; la sollicitude qu'ils me témoignaient se teinta d'un respect profond ;
certains d'entre eux s'éloignèrent comme s'ils ne s'étaient
pas sentis dignes de m'approcher, et les autres ne me parlèrent plus qu'après avoir incliné la tête comme pour un salut.

« Et je soupçonnai que je devais cette déférence subite à la
faculté que je possédais, et qu'ils ne possédaient pas, de prononcer toutes les voyelles. Je m'en assurai, en disant des
phrases quelconques en français. A chacune d'elles, l'expression de l'admiration s'accusa. Quant au respect qu'on me
montrait, il s'était rapidement transformé en vénération ;
c'est à peine si les Sous-Terriens, car vous avez deviné que
depuis quelques instants je vous parle d'eux, ne se prosternaient pas devant moi

« Et voici, car je ne veux pas vous la faire attendre plus
longtemps, l'explication de leur attitude, que je ne saisis,
moi, qu'à la longue.

« Les Sous-Terriens viennent au monde avec la bouche con-
formée de telle façon qu'ils pourront, dans le cours de leur
existence, prononcer toutes les articulations, toutes les consonnes et les combinaisons de consonnes, mais une seule

voyelle. Celui qui est né pour dire A ne dira jamais autre
chose que A ; celui qui est né pour dire O ne dira jamais autre
chose que O. Ils parleront tous la même langue, ou du moins
les articulations de la même langue, celle du pays où ils sont
venus au monde — car il y a sur la face interne du globe
autant de nations différentes que sur la face extérieure — mais
ce sera chacun sur sa voyelle particulière, et sans pouvoir en
changer. Ils se comprendront, bien entendu, parce que malgré
la différence des sons c'est le même idiome qu'ils pratiquent,
mais ils seront marqués dès la naissance d'un signe indélé-
bile, et qui les distinguera jusqu'à la mort. Car on meurt sous
terre comme dessus, bien qu'on y vive beaucoup plus longtemps.

« Mais ce n'est pas tout : non seulement les Sous-Terriens
sont marqués pour toute leur existence du signe de leur
voyelle particulière, mais encore l'espèce de la voyelle qui
leur a été attribuée, ou imposée par la Nature, sera en rapport
direct avec leur intelligence, avec leur esprit, avec le génie
qu'on leur verra déployer. Je ne sais pas si je me fais bien
comprendre.

— Oui, monsieur le président, répondit le petit docteur
Francken, et ce que vous nous dites est certainement ce que
j'ai entendu de plus intéressant dans ma vie. Mais un exemple
préciserait utilement, sans doute, une théorie aussi nouvelle
pour nous.

— Un exemple ?... Attendez. Un supplément d'explication,
plutôt. Vous savez que les voyelles de la langue française sont
normalement divisées en trois groupes :

« 1° Voyelles franches : A, E, I, O, U ;

« 2° Diphtongues : EU, OU;

« 3° Nasales : AN, ON, IN, UN.

« Les gosiers Sous-Terriens prononcent, individuellement, toutes ces voyelles, et quelques autres encore que nous n'imitons qu'avec une extrême difficulté. Eh ! bien, tous les individus qui articulent sur des voyelles franches sont remarquablement intelligents; on rencontre parmi eux les novateurs, les orateurs, les guerriers, les politiques, tous ceux qui, à un titre quelconque, doivent briller, percer comme nous disons, et arriver à la notoriété. Les Sous-Terriens, qui prononcent leur langue sur des diphtongues, en EU ou en OU, sont d'une intelligence moyenne, et ne feront jamais rien de très extraordinaire, quoi qu'ils entreprennent. Ce sont eux qui forment la majeure partie des populations. Ils suivent ceux de leurs compatriotes qui parlent en voyelles franches; ils les admirent, mais ils ne les égalent pas. Ils indiquent le niveau ordinaire de l'intellectualité de leur pays. Et voilà bien le mot qui leur convient : ils sont ordinaires, très capables de bénéficier d'un progrès acquis, mais incapables de le réaliser eux-mêmes. Vous ne les verrez jamais faire œuvre d'imagination, ou inventer, ou créer un mouvement d'initiative. Ils sont ce qu'ils sont, et cela leur suffit, tandis qu'il faudrait aux voyelles franches une activité perpétuelle, une recherche sans arrêt, une marche ininterrompue vers l'amélioration.

« Quant à ceux des Sous-Terriens qui parlent en voyelles nasales, et qui sont très peu nombreux, fort heureusement, ce sont de pauvres êtres assez ternes, assez tristes, assez lourds, et qui ne comptent pas beaucoup dans les nations. Je

suppose qu'ils seraient très malheureux s'ils vivaient sur
terre au lieu de vivre dessous, car ils sont inoffensifs et doux,
sans défense, sans aucune rapidité de spéculation, et se ver-
raient bien vite accablés par les intrigants et les méchants.
Ils vivent machinalement et matériellement, sans penser à
grand'chose; on les protège quand ils ont besoin d'être protégés, parce qu'ils ne pourraient pas le faire eux-mêmes. Ils
naissent, traversent l'existence, et disparaissent sans laisser
plus de trace qu'une pierre dans l'eau. Ils restent indifférents
à tout, et tout reste indifférent pour eux; ce sont les zéros de
l'humanité sous-terrienne.

« Vous devinez si, dans les familles, on attend avec anxiété
le premier bégaiement des petits enfants, pour savoir sur
quelle voyelle il se produira. Si c'est sur un A ou sur un O, joie
générale! Si c'est un EU ou sur un OU, les gens se résignent:
un ordinaire de plus. Mais, si c'est sur un AN ou sur un ON
bien caractérisé, sur le grognement que chacun redoute, vous
verriez les figures s'allonger, et la consternation devenir
complète. C'est un incurable innocent qui vient de s'affirmer.

« Pour en revenir, donc, à mon histoire, le jour où je fus
recueilli par des Sous-Terriens après l'incendie et le naufrage du *Canadien*, c'était la première fois que des voyelles
franches avaient eu l'audace de monter par une des chemi-
nées que traversent l'écorce terrestre; c'était la première fois
qu'ils voyaient le dessus du *Globe*, et c'était la première fois
aussi, par conséquent, qu'ils apercevaient un homme d'ici.
Tout était aussi nouveau pour eux, sous le soleil, que tout le
fut pour moi chez eux, quand ils m'eurent décidé à y aller.
Mais n'anticipons pas.

» Ma taille, d'abord, les étonna beaucoup, et les invita à penser que je pouvais bien être d'une essence supérieure à la leur. J'étais cependant assez mal au point quand ils me découvrirent, évanoui sur les rochers, mourant presque de fatigue ou de faim, près d'un objet inconnu, près d'un bateau qui dut leur faire l'effet d'un monstre vomissant des flammes.

» Et quand j'eus parlé, l'idée qu'ils avaient pu avoir intuitivement de ma supériorité ne fit qu'augmenter. Un homme, qui prononçait aussi aisément toutes les voyelles, ne pouvait être pour eux qu'un profond génie. J'avais, en articulant quelques phrases banales, gagné pour jamais leur admiration.

« Nous passerons, si vous voulez bien, sur la longue série d'efforts qu'il nous fallut pour arriver à nous comprendre. Quand nous y fûmes à peu près parvenus, je dus leur expliquer ce qu'était la face supérieure de la Terre ; ce qu'étaient surtout les jours et les nuits dont ils n'avaient aucune idée, la cavité intérieure étant continuellement éclairée de la même façon par une sphère centrale dont l'éclat ne varie pas.

« Quand nous en fûmes là, les Sous-Terriens en voyelles franches, qui s'approchaient seuls de moi, les autres se tenant toujours à distance respectueuse, tinrent une conférence mystérieuse, puis m'arrivèrent dans l'attitude de gens qui ont une requête embarrassante à présenter.

« Ils m'expliquèrent alors que l'intérieur de la croûte terrestre est divisé en trois zones habitables, indépendamment des frontières des différentes nations : la zone centrale, un anneau limité à peu près par des lignes correspondant à nos tropiques du Cancer et du Capricorne, et deux zones extrêmes, placées sous nos calottes polaires. Entre elles se trou-

vent, me disaient encore les Sous-Terriens, deux espaces
arides et déserts, où personne ne va jamais, parce qu'il n'y
existe pas d'eau. J'ai oublié de vous dire que les Sous-Terriens sont amphibies. Dans la zone centrale habitent les
humains que je vous ai décrits, et dans les zones polaires, où
on les relègue aussi soigneusement que possible, des sortes
de monstres... ceux que votre ami Van de Boot a vus au cap
Horn, bien que je ne les eusse pas cru capables de découvrir
le chemin qui mène à la surface de la Terre. Ces monstres
sont des Sous-Terriens inférieurs, si je puis m'exprimer ainsi.
Ce ne sont pourtant pas des animaux; ce sont des hommes.
Ils n'obéissent pas à l'instinct; ils pensent et ils parlent. Et
je serais bien embarrassé pour les comparer à quoi que ce
soit qui existe sur la Terre.

« Les Sous-Terriens en avaient une peur folle, et cette peur
était justifiée, malheureusement. De temps à autre, les Kra-
jas traversaient l'anneau désertique et pénétraient dans la
zone centrale, où ils massacraient tout ce qu'ils trouvaient.
Ils le faisaient, non pas dans le but d'emporter du butin ou de
conquérir des territoires, mais simplement pour assouvir leur
soif de sang. Leurs incursions, jusqu'à ces dix dernières années, étaient à peu près périodiques ; elles se produisaient
environ tous les deux ans. Dès que leur retour était prévu,
les Sous-Terriens entraient dans une agitation extraordinaire. Ils ne manquent pas de courage, ils étaient disposés à
se défendre, mais ils étaient mal armés : ils ne possédaient
que des poignards et des lances, et ne parvenaient pas à re-
pousser leurs ennemis sans se faire décimer. Quand les Kra-
jas repartaient, les malhéureux pays qu'ils avaient envahis

étaient couverts de sang et de cadavres. Et quand ils avaient disparu, les gens vivaient dans l'attente affreusement angoissée de leur retour.

« Les Sous-Terriens, qui m'avaient recueilli, et qui me prenaient pour un génie transcendant, m'expliquèrent qu'une attaque allait se produire dans six mois environ contre leur pays, et me demandèrent d'aller avec eux, et de prendre la direction de la défense.

« — Quelles armes possédez-vous? leur demandai-je.

« Ils me montrèrent leurs poignards et leurs lances.

« — Quelles armes possèdent les Kra-las?

« — Ils n'en ont pas, me répondirent-ils.

Alors, j'acceptai. L'idée m'était venue de faire confectionner aux Sous-Terriens des armes à feu, voire des pièces d'artillerie, et de massacrer si bien les monstres qu'ils n'eussent plus envie de revenir de longtemps.

« Et les choses eurent lieu suivant ce programme. Je passe rapidement sur mon curieux voyage et sur mes découvertes, car mon intention est à présent de vous emmener sous terre, si vous voulez m'y suivre, et là, de vous aider à retrouver Van de Boot, si c'est encore possible. Et je veux vous laisser le plaisir de la surprise au cours de cette peu banale expédition. Sachez seulement que six mois furent employés à confectionner des fusils, des canons, de la poudre, des boîtes à mitraille, et à former des artilleurs. Et que, lorsque les Kra-las se présentèrent, prêts à tout égorger comme c'était leur habitude, on les laissa tranquillement venir à bonne portée, et on les accueillit par une telle volée de fer et de plomb qu'il n'en resta pas beaucoup debout, et que ceux-ci s'enfuirent dans un

désordre facile à imaginer. Il y a de cela dix ans, et on ne les
a pas revus, du moins sur ce point du territoire central, car
d'autres nations, qui n'ont point voulu nous imiter, reçoivent encore leur désastreuse visite.

« A la suite de cette aventure, les Sous-Terriens ont absolument voulu que je fusse leur chef. Ils ont déposé, purement
et simplement, le roi qui avait cessé de leur plaire, et m'ont
élu à sa place. Je n'ai cependant pas voulu accepter le titre
de souverain, j'ai pris celui de président de la République
Centrale. Et, depuis, j'ai toujours habité là-bas, pour des raisons que je vous expliquerai en détail plus tard, mais spécialement parce que je me trouve beaucoup mieux sous la terre
que dessus.

« Et maintenant revenons, si vous le voulez bien, à votre
ami Cornélius Van de Boot et aux deux dames qui ont été
capturées en même temps que lui par les singes géants. Ainsi
que je vous le disais tout à l'heure, il y a, hélas ! quatre-vingt-
dix-neuf chances sur cent pour qu'ils aient été massacrés à
l'heure actuelle. Les Kra-las ne font habituellement pas de
prisonniers, et je suppose que s'ils en font, par extraordinaire,
ils ne doivent pas les garder longtemps. Cependant, s'il reste
un seul espoir de sauver ces malheureux, l'humanité la plus
stricte nous fait un devoir de ne pas le négliger. Voici donc
ce que je vous propose :

« Je vais vous équiper pour la vie sous-terrienne, et vous
emmener, — ou du moins ceux d'entre vous qui en sentiront
la curiosité — dans la capitale de la République dont je suis
le président.

« Arrivés là, je lèverai un corps de volontaires, car j'en ai le

8

pouvoir, et nous tenterons une expédition contre les Kra-las du pôle sud, dans le but de les contraindre à restituer leurs prisonniers... s'ils les ont encore. Que dites-vous, Mademoiselle et Messieurs, de cette proposition ?

— Que ce serait folie à nous de ne pas l'accepter, Monsieur le Président, puisque c'est la seule chance qui nous reste de revoir les gens que nous nous sommes promis de secourir. Pour mon compte, je suis prêt à vous accompagner, déclara Kerbiquet

— Pour mon compte, ajouta Francken, je serais désolé qu'on me laissât en arrière.

— Et je voudrais être du voyage, dit Lhelma, pour être la première à embrasser mon parrain, si nous le retrouvons.

Mais elle s'arrêta soudain.

— Ah !... Et mon oncle, que j'oubliais ?

— Pour ce qui est de ton oncle, ma chère enfant, lui dit le petit docteur, je te conseille de le laisser où il est pendant le temps que nous passerons sous terre. Il ne pourrait pas emporter ses quintaux de dictionnaires; il s'ennuierait profondément, et ne nous serait d'aucune utilité. En outre, si nous venions un jour à nous trouver dans une situation dangereuse, ou seulement difficile, tu sais aussi bien que moi qu'il est incapable d'un geste pour s'en tirer. Je crois qu'il est préférable de le laisser à bord du *Pétrel* jusqu'à notre retour. Le capitaine donnera des ordres pour qu'on le surveille et pour qu'on en ait soin. Et, sois tranquille, si nous l'avons quitté récitant du thibétain, nous le retrouverons écrivant du lapon et ne se doutant même pas que nous nous sommes absentés.

— Mademoiselle, dit alors le président, ce que je vais

ajouter n'est pas pour vous dissuader de venir avec nous,
mais il est de mon devoir de vous avertir que l'expédition à
laquelle nous nous préparons sera pénible et, à certains mo-
ments, périlleuse. La zone centrale est fort agréable à habi-
ter, mais nous aurons un long voyage à faire à travers la
contrée déserte pour nous mettre en contact avec les Kra-las
et, dans cette région, il faut que vous en soyez prévenue,
nous ne pourrons employer que des moyens de transport
extrêmement primitifs. Quand nous serons chez les quadrumanes, nous aurons à compter avec leur résistance Ce que
nous allons faire ne s'est encore jamais vu chez les Sous-
Terriens. Une incursion au pays des Kra-las, ce sera quelque
chose comme le monde renversé, puisque eux seuls, jusqu'à
présent, envahissaient chez les autres. Ils ne se laisseront pas
faire, et nous aurons probablement à nous battre. Vous serez
protégée, bien entendu, et à vrai dire je ne crois pas que la
lutte dure longtemps, puisque nous avons des armes à feu et
qu'ils n'en ont pas, mais il faut prévoir les hasards des com-
bats, et les mauvaises chances momentanées qui peuvent se
produire. En outre, si vous nous accompagnez, vous devrez
revêtir, ainsi que ces Messieurs, un costume semblable à
celui que je portais tout à l'heure et qui est indispensable là-
bas, la plupart du temps, car l'eau est la règle générale et,
la terre ferme l'exception, sauf dans la région déserte. Réflé-
chissez donc bien; voyez s'il n'y a rien dans ce que je viens
de vous dire qui vous effraie, et ne prenez votre décision qu'à
bon escient.

— Mes réflexions sont faites, Monsieur le président, répondit simplement Lhelma; je pars.

— J'en suis très heureux. Je suis heureux surtout de vous avoir bien jugée dès le premier abord. Vous êtes une brave jeune fille.

A partir de cet instant, les préparatifs du départ furent poussés avec une extrême activité. Le président de la République Centrale revêtit son costume de mer et son masque, et s'en alla faire sous les flots une course mystérieuse d'où il revint avec trois équipements semblables au sien, et au sujet desquels il donna les explications suivantes :

— Pour vivre avec les Sous-Terriens, qui sont des amphibies naturels, il a fallu, de toute nécessité, que je me transforme en amphibie artificiel. Et voilà comment j'y suis arrivé : ce costume, qui m'enveloppe entièrement, est bardé de fer et très pesant, pour me permettre de m'enfoncer dans l'eau quand je le désire. Quand je veux, au contraire, remonter à la surface, je n'ai qu'à y faire pénétrer une partie de l'air comprimé que contient mon masque, et, allégé, je reviens vers l'atmosphère. En outre, sous l'écaille, on a placé une épaisse couche de graisse qui m'empêche de souffrir du froid ou de l'humidité. Inutile d'ajouter, n'est-ce pas, que les Sous-Terriens natifs n'ont pas besoin de toutes ces précautions, et qu'ils vivent dans l'eau, — comme nos hippopotames et nos baleines, par exemple, — sans en être le moins du monde incommodés.

« Quant au masque, c'est une sorte de merveille. Il a été inventé par un Sous-Terrien à voyelle franche d'une intelligence remarquable, qui est maintenant sous le *Pétrel*, dont j'ai fait mon secrétaire particulier, et que je vous présenterai bientôt, car il fera le voyage avec nous. Ce masque est cons-

truit de façon à protéger complètement du contact liquide la
bouche, le nez et les yeux. Il comporte un réservoir d'air
comprimé à haute tension, et un régulateur qui donne à mes
poumons la quantité exacte d'oxygène qu'il leur faut. Ce
qu'a d'admirable cet appareil, c'est de contenir, sous un
volume extrêmement réduit, de l'air pour de longues heures,
et même de quoi gonfler le costume et permettre la remontée
quand il le faut.

« Vous avez pu remarquer que je porte à la ceinture cinq ou
six poignards de petites dimensions. Vos costumes en sont
pourvus aussi. Ces armes sont destinées à combattre, et à
vaincre sûrement les gros animaux qu'on rencontre dans la
mer. Je vous recommande, par-dessus toutes choses de ne
pas vous piquer avec ces joujoux. Ils paraissent assez inoffensifs, mais la pointe en a été trempée dans un terrible poison,
qu'on obtient en distillant le suc de certaines plantes sous-
terrestres, et la blessure en est invariablement et instantanément mortelle. »

Kerbiquet, Lhelma et le docteur Francken s'en furent
essayer leur costume de mer. Les deux premiers s'y intro-
duisirent sans difficulté; pour le troisième, ce fut une autre
affaire; il ne dut d'y pénétrer qu'à l'extrême élasticité des
tissus, et quand il rentra dans le salon, ainsi équipé en sauvage obèse, ce fut par un éclat de rire homérique qu'on l'accueillit. Le petit homme riait d'ailleurs plus fort que tous les
autres, et le spectacle de sa face ronde, rose et chauve, sur-
montant son corps trop grassouillet et sanglé dans l'uniforme
sous-marin, n'était véritablement pas banal.

Le départ fut fixé au lendemain matin. Il était entendu que

le président, Kerbiquet, Francken et Lhelma se rendraient
par mer, et en compagnie de la suite restée au fond, jusqu'aux
îles Fernando-Noronha, et que là aurait lieu la plongée dans
la croûte terrestre, par une cheminée connue des Sous-
Terriens.

Quand la nuit eut passé, Jean Kerbiquet fit venir Plougonnec et lui dit :

— Patron, je m'en vais en expédition avec M. le président, avec le docteur et avec Mademoiselle Wilhelmine.
Il se peut que je sois absent un mois, trois mois six mois,
un an, ou même davantage. Vous ne vous en inquiéterez
pas. Dès que l'arbre de couche sera réparé, ou avant, si le
vent s'élève, vous rallierez les îles Fernando-Noronha, qui
sont dans le plein ouest ; vous vous mettrez à l'ancre dans
une baie abritée, et vous m'attendrez. Voici la clef de la
caisse du bord. Vous en userez pour vos besoins comme vous
l'entendrez.

« Vous aurez soin d'une façon toute particulière du passager
que nous laissons avec vous. S'il veut aller à terre, vous ne
l'en empêcherez pas ; mais vous le ferez accompagner pour
qu'il ne lui arrive rien.

« Quant au prisonnier... »

Ici, Plougonnec rougit violemment, et fit tourner son
bonnet dans ses doigts avec plus de vitesse. Kerbiquet ne
s'en aperçut pas.

— Quant au prisonnier, comme nous ne pouvons pas le
garder indéfiniment, comme d'ailleurs nous n'en avons pas le
droit, vous trouverez sur mon bureau, dans ma chambre, la
plainte que j'ai formée contre lui à l'adresse des autorités

françaises. L'île où vous allez relâcher se trouve sur la ligne
de paquebots de Pernambuco à Marseille. Vous vous arran-
gerez pour en attendre un au passage, pour lui faire des
signaux, et pour lui remettre Wurtzler et le papier. C'est
bien compris?

Plougonnec continuait à tourner sa casquette et ne répondait pas

— Eh bien! s'écria le capitaine, dont la patience n'était
peut-être pas la vertu dominante, vous n'avez pas compris ?

— Pardon, excuse, commandant, répondit enfin le vieux
marin, pour ce qui est d'avoir compris, ça y est, vu qu'un
mousse y pourrait s'tirer d'affaire dans une consigne comme
ça ; seulement...

— Seulement?

— Seulement, que pour donner ce failli chien de mécanicien à un navire de passage, je n'sais point trop comment
j'pourrai m'y prendre.

— Pourquoi donc?

— Parce que, commandant, quand j'ai été tout à l'heure
pour lui porter sa pitance, j'ai trouvé la cage vide et l'oiseau
déniché.

— Qu'est-ce que vous dites?

— La vérité du bon Dieu, capitaine. C'calamar de terrien
de malheur a trouvé le moyen d'ouvrir un sabord, cette nuit,
et où il a pu filer, c'est ce qu'il faudrait demander au diable.

.   .   .   .

Dix minutes plus tard, le président de la République Cen-

trale, en costume de mer, descendait l'échelle du navire et
faisait sur les eaux calmes un signe mystérieux. Les marins
du *Pétrel* voyaient surgir du fond une vingtaine d'hommes
sombres, qui ne montaient cependant pas jusqu'à la surface,
mais dont les yeux éclairaient la profondeur de la mer.
Ils se rangeaient en cercle, entre deux eaux, comme pour
accueillir et escorter André de Haute-Lignée. Celui-ci descendait dans les flots. Lhelma, Kerbiquet et le docteur
Francken le suivaient. Tous quatre se mettaient à un mètre
de la surface, et le cortège entier s'avançait vers la proue
du *Pétrel*, en ce moment tournée vers les îles Fernando-
Norbona.

Et comme il passait le beaupré, sous l'œil surpris des
hommes de l'équipage, un énorme paquet noir tomba dans la
mer dont il fit rejaillir l'eau de tous côtés ..

Et les Sous-Terriens ayant, au bout de quelques brasses,
émergé à la surface, parce qu'ils voulaient respirer et n'a-
vaient plus d'indiscrétions à redouter, les Sous-Terriens re-
parurent aussi, le président d'abord, puis Francken frétillant
et joyeux, quoique son masque l'empêchât de causer et que
ce fût pour lui un supplice, puis Kerbiquet, calme et fort
comme à l'habitude, puis Lhelma, qui ne paraissait pas trop
dépaysée dans son nouvel élément, et, enfin, près de la jeune
fille, une tête crépue et colossale, soufflant bruyamment et
légèrement ahurie, la tête de Congo.

— Veux-tu rentrer, mauvais matelot ! hurlait Plougonnec,
debou' à l'extrême-avant du *Pétrel*. Veux-tu rentrer ! Le capitaine, il n'a pas dit que tu pars. Veux-tu t'en revenir ?

Mais Congo fut superbe. Il se retourna, mit les épaules

hors de l'eau, puis une main à la hauteur de son visage, et décocha au vieux maître d'équipage le plus magistral pied de nez des temps contemporains.

Il reprit ensuite tranquillement sa coupe, et vint se replacer auprès de Wilhelmine, qu'il n'abandonna plus.

Ce n'était plus qu'un paquet inerte. (page 131)

Il la laisse glisser à l'eau. (page 137)

CHAPITRE X

FAITS ET GESTES DE CORNÉLIUS VAN DE BOOT

Nous avons laissé Cornélius Van de Boot sur une roche, au rivage d'une île située au sud du cap Horn, en compagnie de Jeux Anglaises, et gardé par une escouade de singes géants qui lui faisaient horreur parce qu'ils étaient singes et peur parce qu'ils étaient hommes.

Il trouva moyen de couler son manuscrit dans un bocal, de le boucher avec vigueur, et de le laisser glisser à l'eau sans attirer l'attention des geôliers de sa singulière prison. Puis il surveilla, sans avoir l'air de rien, l'appareil, car le jour commençait à poindre, et le vit avec bonheur chevaucher de vaguelette en vaguelette, et finalement franchir le cercle des monstres sans avoir été pêché ou examiné.

— Flotte ! lui disait tout bas l'excellent zoologue ; flotte, et que la Providence te conduise sur le chemin d'un navire !

Nous avons vu que ce vœu devait être exaucé, par suite du passage du capitaine Kerbiquet au sud de l'Australie.

Mais ceci n'était une précaution qu'en ce qui concernait l'avenir, et même un avenir dont l'éloignement restait douloureusement indéterminé ; le présent demeurait baigné dans toutes les incertitudes et dans toutes les angoisses.

Il se compliqua bientôt, ce présent, d'une scène inattendue, et dont le calme Cornélius Van de Boot n'avait certainement pas rêvé. Les deux Anglaises, que la lassitude avait terrassées, s'éveillèrent. La jeune, car il y en avait une jeune, ne dit trop rien ; mais l'autre, car il y en avait une autre, traversa le rocher, vint droit au savant, et lui dit :

— Parlez-vous anglais ?

— Oui, répondit-il imprudemment.

Et, s'il avait su ce qui devait fondre sur lui à la suite de cette confidence, l'académicien de Saardam aurait soigneusement dissimulé sa connaissance de la langue de Shakespeare et de Charles Dickens.

Mais c'était un esprit tant soit peu candide, que le professeur Van de Boot, et il ne soupçonnait pas le mal. Il répondit donc « oui » en toute confiance. Et la vieille insulaire, brandissant une mâchoire qui aurait dû servir d'enseigne à une fabrique de pianos, déclara d'un ton aussi peu aimable que possible :

— J'ai faim.

Van de Boot leva vers elle des yeux doux, des yeux de gazelle.

— Moi aussi, Madame, dit-il.

Et ces trois mots, où il n'avait cependant pas placé la moindre intention agressive, eurent pour effet de mettre la mégère en fureur.

— Que vous ayez faim ou non, cela m'importe peu, s'écria-t-elle. Et elle agitait ses mains d'inquiétante façon. Mais moi, moi, vous entendez bien, je n'ai rien mangé depuis hier après-midi, et j'ai l'estomac dans mes bottines. Trouvez-moi quelque chose pour déjeuner.

Le zoologue jeta autour de lui un œil éloquent. Les naufragés se trouvaient sur un rocher aussi nu qu'une boule de rampe, les quelques algues qui se balançaient autour n'avaient rien de comestible, et les bocaux de viande non dévorés par les Kra-las, gisaient épars dans les rochers de l'île, en dehors du cercle des gardiens.

— Si j'avais quelque chose, je vous le donnerais, Madame, dit Cornélius Van de Boot, mais vous voyez vous-même que je n'ai rien.

— Ça m'est égal, Monsieur, il faut inventer quelque chose. Je suis une femme ; je suis même plus qu'une femme ; je suis une « lady », et la courtoisie vous fait un devoir de ne pas me laisser mourir d'inanition. Arrangez-vous.

Van de Boot eut un geste de désespoir Cependant, il essaya d'entrer en pourparlers télégraphiques avec les gorilles, et de se faire apporter, si c'était dans les choses possibles les bocaux de viande abandonnés.

Il s'approcha du bord du rocher, choisit le moins hideux des quadrumanes, et l'appela.

— Hé ! là-bas !... Hep !... la !...

Le Kra-la leva la tête.

Alors le zoologue, qui n'avait cependant jamais joué la pantomime de sa vie, se mit à en exécuter une des plus expressives, agitant les mâchoires, faisant le geste d'enfoncer quelque chose dans sa bouche du bout de ses doigts joints, et désignant de l'autre main les flacons restés dans les rochers.

Le monstre parut faire des efforts pour comprendre. Mais il ne comprenait pas; puisqu'il ne mangeait pas de chair, il ne lui venait pas à l'esprit que d'autres en pussent manger.

Et l'Anglaise continuait à gesticuler. Elle gesticulait même si près du visage de Van de Boot qu'il en sentait le vent et avait des reculs involontaires.

Le malheureux homme voulut changer d'alphabet télégraphique : il lança un caillou dans la direction des bocaux. Les singes commencèrent à le regarder de travers. Il voulut descendre de son roc et se diriger, en sautant d'une pierre à l'autre, jusqu'à l'objet de ses convoitises. Ses geôliers lui sautèrent dessus tous ensemble, et le ramenèrent rudement à sa place.

— Vous voyez bien, dit-il à l'Anglaise, qu'il n'y a rien à faire.

Cependant, l'un des monstres avait fini par comprendre. Il s'en fut chercher un bocal et l'apporta. La vieille fille d'Albion s'en empara d'autorité, et l'aurait certainement vidé à elle seule, si Cornélius Van de Boot, indigné et songeant à sa jeune compagne qui souffrait en silence, ne se fût interposé. Il arracha le flacon des mains osseuses, mais reçut des calottes. Il partagea cependant le repas en trois, et fut payé de ses peines par un sourire touchant, venu des lèvres de sa seconde co-naufragée.

Et quand les appétits furent calmés, ce qui ne se produisit pas sans provoquer chez les Kra-las quelques grimaces de dégoût, l'Anglaise recommença les hostilités sous une autre forme. Elle se mit en tête que Van de Boot devait la tirer des pattes des gorilles géants, et le lui intima durement.

— Toutes les fois, dit-elle, que j'ai lu des livres où il était question de femmes enlevées ou séquestrées, il se trouvait à point des « gentlemen » pour les tirer d'affaire. C'est le moment ou jamais de les imiter, si vous n'êtes pas le dernier des lâches.

— Et comment voulez-vous que je m'y prenne ?

— Comme il vous plaira, ce n'est pas mon affaire. Mais il faut qu'avant une heure nous soyons hors des griffes de ces gens-là. Pourquoi me regardez-vous de cet air ahuri ? Allons, remuez-vous, Monsieur ; entrez en pourparlers ; combattez s'il le faut ; ne restez pas là planté comme un bœuf devant un train qui passe...

Et, tout en parlant, la vieille dame avait saisi Cornélius Van de Boot par un bras, et le secouait avec violence. Le naturaliste se laissa faire d'abord sans rien dire, mais la persistance de l'exercice l'irrita peu à peu, puis finit par l'exaspérer, malgré son calme ordinaire. Et il s'écria :

— Mais laissez-moi donc tranquille, vieille folle !

L'Anglaise se mit à pousser des cris aigus. Et, comme elle ne s'en sentait pas suffisamment soulagée, elle tomba sur le bonhomme à poings raccourcis et le boxa dans toutes les règles de l'art. Ce fut le tour de Cornélius Van de Boot à hurler ; la jeune Anglaise voulut s'interposer et reçut sa part de horions. En quelques secondes, le rocher devint le théâtre d'un combat acharné.

Les Kra-las s'émurent, enfin. Ils séparèrent les belligérants, les ligottèrent dans des cordes confectionnées avec de l'algue marine, de façon qu'il leur devint impossible de bouger un doigt, et reprirent leur faction tout en continuant à surveiller la grève et à aller voir de temps à autre si ce qu'ils attendaient ne paraissait pas.

Enfin, une dizaine de nouveaux singes se montra dans les roches, et tous se réunirent pour un conciliabule aussi mystérieux qu'animé. Van de Boot, immobilisé dans ses liens, put constater une fois de plus que ses ravisseurs paraissaient avoir une mentalité voisine de celle de l'homme Son appréciation était probablement exacte, car les Kra-las, sans montrer aucun des signes qui distinguent l'homme civilisé, agissaient certainement sous l'impulsion de la raison, et non sous celle de l'instinct.

Lorsque leur conférence fut terminée, ils se mirent à grimper les vagues rocheuses qui menaient au massif principal de l'île. Trois d'entre eux étaient revenus prendre les prisonniers ligotés et inertes. Ils les avaient soulevés dans leurs mains puissantes et chargés sur leurs épaules ni plus ni moins que des paquets de linge et avec aussi peu de précautions.

La jeune Anglaise, résignée à son sort, et qui croyait sa fin prochaine, n'avait rien dit; elle se contentait de pleurer doucement. Mais l'autre s'était lancée dans un discours véhément, au cours duquel elle menaçait son porteur du consul d'Angleterre, de la Chambre des Lords, et même du roi de la Grande-Bretagne et empereur des Indes. Le Kra-la l'écoutait

avec d'autant plus de patience qu'il ne comprenait pas un
mot des imprécations de la dame, et qu'elle était ficelée de
partout. Il continua son bonhomme de chemin, comme on
dit, sans s'émouvoir une seconde.

Pour Cornélius Van de Boot, qui pouvait être un esprit
naïf, mais qui était aussi une intelligence éclairée, il notait
avec soin dans sa mémoire les particularités du chemin qu'on
lui faisait suivre, de manière à pouvoir le retrouver s'il avait
jamais la chance d'échapper à ses ravisseurs.

Bientôt, la bande entière fut rassemblée à l'entrée d'une
grotte ouverte dans la muraille verticale de l'île. L'un des
quadrumanes, qui paraissait commander aux autres, jeta un
ordre guttural, et tous s'engagèrent dans le souterrain, que
la phosphorescence de leurs yeux éclairait.

Van de Boot remarqua que le sol, après avoir été horizon-
tal pendant une centaine de mètres, descendait tout à coup
par une pente assez rapide. En outre, ce n'était pas dans une
grotte fermée par le fond, qu'on se trouvait, mais dans une
galerie de vingt mètres de hauteur, de dix mètres de largeur
environ, ménagée dans la terre par un caprice du boulever-
sement des couches géologiques. Le sol en était rugueux et
semé d'obstacles, mais les Kra-las y manœuvraient avec dex-
térité, leurs pieds et leurs mains leur servant également à se
cramponner aux aspérités.

Quant aux naufragés, serrés dans leurs cordes et immobiles, inutile de dire qu'ils souffraient beaucoup du cabote-
ment violent auquel ils étaient soumis. Tous trois espéraient
que la promenade serait de courte durée, que leurs porteurs

9

les déposeraient bientôt dans la caverne où ils habitaient sans doute.

Mais ils n'étaient qu'au début de leur supplice. Après avoir suivi pendant deux kilomètres à peu près le tunnel en pente, les gorilles géants arrivèrent au bord d'un puits de cinq à six mètres de diamètre, et qui paraissait s'enfoncer verticalement dans le sol. Ils s'y engagèrent résolument, et alors commença une gymnastique effroyable, au cours de laquelle Van de Boot et ses compagnes pensèrent avoir cent fois les membres rompus.

Les monstres ne se servaient ni de cordes ni d'accessoires quelconques pouvant les aider dans leur périlleuse descente. Ils sautaient d'une aspérité à l'autre, dans le puits, toujours en descendant, et leurs pattes s'y accrochaient. Ils marchaient naturellement en file indienne, et ce n'est que quand l'un d'eux avait quitté une corniche que l'autre pouvait s'y élancer. Celui qui marchait le premier était le chef. Il *éclairait* d'un rayon de ses yeux l'endroit où il voulait sauter; cet endroit était parfois à dix mètres plus bas, et il fallait pour l'atteindre franchir toute la largeur du tube. Il s'y élançait, cependant, d'un bond puissant, et tombait toujours exactement où il voulait tomber; c'était heureux, d'ailleurs, car la moindre erreur ou le moindre faux mouvement auraient signifié la chute irréparable, l'écrasement définitif dans cet abîme qui paraissait sans fond.

Le Kra-la, qui le suivait, répétait geste pour geste sa manœuvre, et les autres les imitaient. C'était un spectacle fantastique et quelque peu terrifiant, dans la nuit du gouffre, que celui des trente corps des quadrumanes énormes, dont les

yeux émettaient une lueur violette, se suivant en silence
dans cette cheminée colossale et tourmentée, et descendant,
descendant toujours.

Les trois naufragés, au cours de cet extraordinaire voyage,
souffraient le martyre. Les Kra-las qui les portaient les
avaient assujettis sur leurs épaules pour avoir la libre disposition de leurs bras, mais les malheureux vivaient dans une
angoisse qu'il est facile d'imaginer, se demandant jusqu'à
quel point de l'épaisseur terrestre on les emportait, perdant
tout espoir de revoir jamais le jour, et rudement meurtris
contre les parois du puits chaque fois que le saut les mettait
en contact avec la roche dure. Ils avaient, en outre, la peur
continuelle d'une chute qui les aurait massacrés, eux et leurs
Kra-las, dans le fond du gouffre

La vieille Anglaise ne vociférait plus depuis longtemps;
elle était anéantie; son intelligence se troublait sous l'empire
de la terreur, et elle s'imaginait que des démons l'emportaient en enfer La plus jeune s'était évanouie de nouveau, ce
n'était plus qu'un paquet inerte que transportait son ravis-
seur. Pour Cornélius Van de Boot, il attendait la mort, qui
devait inévitablement clore cette aventure, avec la résignation qui faisait le fond de son caractère de vieux savant.

Et c'est à ce moment-là que tous trois faillirent être
noyés.

La descente que nous décrivons durait depuis huit heures
environ, et la jeune Anglaise venait de reprendre connaissance sous l'excès même de la douleur, lorsque le Kra-la qui
conduisait les autres, disparut tout à coup dans le noir, comme
s'il y eût piqué la tête. Les autres le suivirent avec rapidité,

et bientôt tout le monde se trouva entre deux eaux, sous la surface d'un lac souterrain et glacé.

Pour les Sous-Terriens, c'était un répit, un soulagement, et un repos; mais pour les Terriens ordinaires, qui n'étaient pas amphibies, et qui, en outre, ne pouvaient faire un seul mouvement, c'était la mort à brève échéance.

Ils suffoquaient déjà, que les Kra-las prenaient leurs ébats, et se disposaient à goûter un repos durement gagné Ces êtres organisés pour vivre dans l'eau, et qui n'avaient jamais vu de créatures purement aériennes, ne pouvaient pas deviner que leur élément fût fatal à qui que ce soit. Et ils avaient plongé avec joie, avec reconnaissance, pourrait-on dire, sans se douter le moins du monde qu'ils emportaient vers une fin certaine leurs colis humains.

Cependant, ils s'aperçurent rapidement que quelque chose ne marchait pas, dans les profondeurs liquides où ils se trouvaient pour le moment. Et ils remontèrent à la surface. Ils avaient assurément des raisons pour conserver vivants leurs prisonniers. Ils les portèrent jusqu'à la rive du lac, où ils les déposèrent à demi-asphyxiés, leurs vêtements naturellement ruisselants, glacés et dans un état lamentable Pendant quelques instants, les trois malheureux, quoiqu'ils eussent été déliés, demeurèrent sur la berge, incapables d'un mouvement. Puis ils purent s'aider un peu. Cornélius Van de Boot ramassa dans les roches avoisinantes de hauts lichens desséchés dont il fit un tas volumineux. Puis, il s'ingénia à produire du feu au moyen d'un morceau de silex et d'un trousseau de clefs qu'il avait gardé dans ses poches. Une partie du lichen, qu'il avait ramassé, possédait heureusement l'appa-

rence et la structure de l'amadou. Il put arriver à l'allumer.
Et bientôt une haute flamme jaillit, que les Kra-las considéraient avec surprise, car ils n'en avaient probablement jamais
vu Les naufragés s'y réchauffaient et s'y séchaient avec
délices. Ils agissaient à présent librement; leurs ravisseurs
paraissaient avoir compris qu'il leur était désormais impossible de regagner la surface de la terre, et qu'en outre il leur
fallait autre chose pour vivre que ce qui leur suffisait à eux-
mêmes. Ils ne se montraient ni brutaux ni violents; ils surveillaient, seulement, et faisaient de longues réflexions chaque fois que les humains exécutaient devant eux des actes
qu'ils ne connaissaient pas.

Quelques-uns d'entre eux étaient restés dans les eaux du
lac; ils en sortirent portant des brassées de plantes sous-
marines qu'ils se mirent à manger telles quelles. Ils en posè-
rent un fagot devant leurs prisonniers, qui restèrent longtemps avant de se décider à y toucher. Enfin, Van de Boot reconnut une espèce d'algue comestible, et en fit cuire quelques tiges. Les deux femmes en mangèrent un peu, non sans
répugnance. La vieille Anglaise ne songeait plus à protester;
l'excès de son malheur l'avait pour ainsi dire guérie de ses
ridicules; elle était plus pitoyable que les autres, simplement.

— Où ces monstres nous conduisent-ils? demandait-elle.
Où sommes-nous à présent?

— Je ne le sais pas exactement, répondait Van de Boot,
mais nous avons certainement enfoncé de beaucoup dans
l'épaisseur de la croûte terrestre.

— Peut-être n'irons-nous pas plus loin, suggérait la jeune
fille. Peut-être ces animaux vivent-ils sur le bord du lac.

— Je voudrais l'espérer, répondait le savant, mais s'ils habitaient ici nous y aurions retrouvé des êtres semblables à eux, car ils ne peuvent pas être les seuls représentants de leur race, et, en outre, nous verrions des traces de leur existence habituelle. Non, je crois qu'il faut nous résigner à aller plus bas, ou plus loin, et que nous sommes ici qu'au repos.

— Mais que veulent-ils faire de nous? gémissait la vieille dame, maintenant sage. Si ce voyage doit continuer long-temps dans les mêmes conditions, je mourrai. Je suis déjà brisée et bien malade.

— Je ne puis pas deviner ce qu'ils veulent de nous, répondit le zoologue, mais une chose est certaine déjà pour moi, c'est qu'ils ne prétendent pas nous faire de mal. Ils nous trai-tent grossièrement et rudement, parce que ce sont des êtres primitifs, mais vous voyez qu'ils ne se sont livrés contre nous à aucune violence. Ils nous ont déliés, nous laissent une liberté relative, et se sont préoccupés de nous nourrir. Tout ceci n'indiquerait pas, de leur part, de mauvaises intentions.

— Nous n'avons qu'une chose à faire en ce moment, je crois : nous armer de courage et les laisser agir comme ils l'entendront. Il nous serait d'ailleurs impossible de leur résister. Plus tard, s'ils nous emmènent ailleurs, nous trou-verons peut-être le moyen de tromper leur surveillance et de remonter vers les hommes.

En parlant ainsi, Cornélius Van de Boot cherchait à faire entrer dans le cœur de ses compagnes un espoir qu'il ne res-sentait déjà plus. S'ils parvenaient à s'échapper, ce qui déjà paraissait plus que problématique, comment un vieillard et deux femmes parviendraient-ils jamais à faire l'ascension de

la cheminée où les Kra-las n'avaient pu descendre qu'en exécutant sans relâche des bonds prodigieux ? Non, c'était bien
fini ; le savant le comprenait à la façon dont le regardaient
les deux Anglaises ; il devinait bien qu'elles ne le croyaient
pas, et que toutes deux s'attendaient à finir leurs jours sous
terre.

Bientôt leur feu baissa, et les quadrumanes ayant fermé
leurs yeux phosphorescents pour s'endormir, l'obscurité
complète régna dans l'immense grotte où s'étendait le lac
souterrain.

Quelque huit heures après, le voyage recommença. Van
de Boot et les deux Anglaises furent reficelés et amarrés sur
les épaules de nouveaux porteurs. Les grands singes quittèrent le bord de l'eau noire, s'engagèrent dans des failles de
roches, sautèrent dans des trous, grimpèrent des pics, descendirent aux flancs de gouffres insondables, par des routes
fantastiques sur lesquelles ils ne paraissaient pas hésiter,
cependant.

Ils s'arrêtaient toutes les huit ou dix heures, déliaient leurs
prisonniers, les nourrissaient d'une réserve d'herbes aquatiques, se reposaient et les laissaient reposer.

Cette épouvantable existence dura encore trois jours. Et le
quatrième, Van de Boot remarqua qu'il se passait des choses
bizarres, et en évidente contradiction avec ce qu'il savait des
lois de la physique naturelle.

Les Kra-las, qui jusqu'alors n'avaient pas dépassé dix
mètres dans leurs bonds déjà énormes, en franchissaient au
moins vingt avec la même facilité. Ils retombaient beaucoup
plus légèrement et faisaient de moins grands efforts pour s'en-

lever du sol. Le professeur lui-même se sentait peser moins fort aux épaules du quadrumane qui le portait. Quand celui-ci sautait, l'arrivée au but ne lui était pas aussi pénible qu'au commencement du voyage.

— Que se passe-t-il donc? se demandait le savant. Nous ne sommes certainement pas près du centre de la terre, où notre poids devrait normalement devenir nul. Nous ne pouvons être à peu près qu'au milieu de ce qu'on nous a habitués à considérer comme l'écorce terrestre.

Le soir même il eut l'explication. Le soir, ou du moins ce qui lui semblait être le soir parce qu'on s'arrêta pour le repos à peu près quotidien.

Il y avait dix heures à peu près qu'on descendait, et les Kra-las, qui, jusqu'alors s'étaient montrés d'une agilité prodigieuse, étaient devenus d'une légèreté telle qu'ils faisaient aisément des sauts de cinquante mètres, et qu'ils retombaient presque avec grâce, si une telle expression peut être employée en parlant de monstres aussi hideux. Vers la fin de l'étape, c'était mieux, ils paraissaient devoir faire un effort pour rallier le sol ; si ce n'eût été aussi invraisemblable, on aurait cru qu'il leur fallait dépenser quelque énergie *pour ne pas rester en l'air.*

Et bientôt, malgré leurs efforts, *ils restèrent en l'air!* Celui qui les guidait voulut sauter, dans le sens vertical, de haut en bas, d'une roche à une autre, et il ne put pas atteindre cette dernière. Après avoir descendu, très lentement, pendant une vingtaine de mètres, il demeura complètement immobile, planant. Au-dessous de lui, le gouffre continuait, ouvrant sa terrible gueule noire, mais il n'y tomba pas.

D'ailleurs, ce n'était probablement pas la première fois qu'il passait à ce point fantastique où la pesanteur n'existait plus, car le phénomène qui confondait l'entendement de Cornélius Van de Boot ne parut pas le surprendre le moins du monde. Il demeura tranquillement *en l'air*, dans l'axe du tube où l'on descendait depuis la dernière halte, et jeta un appel à ses compaguons, qui lâchèrent instantanément la paroi pour se laisser tomber à ses côtés, tout doucement.

Cornélius Van de Boot fut libéré de ses liens, et simplement déposé dans le vide, où il resta. Son poids n'existait plus. Debout sur une aspérité de la paroi rocheuse, il lui suffisait d'un très léger effort pour traverser le gouffre, qui avait à cet endroit plus de vingt mètres de largeur Et s'il ne donnait qu'un effort beaucoup moins grand encore, de manière à n'arriver qu'au centre du puits, il y restait suspendu, sans aucune tendance à tomber nulle part.

En outre, il remarqua bientôt qu'il n'y avait plus pour lui ni haut ni bas, suivant les idées conventionnelles que nous nous sommes faites de ces deux directions.

Il pouvait se tourner dans l'air avec une facilité extrême, et avec plus de légèreté, certes, que ses soixante années ne lui en laissaient d'ordinaire. Et que sa tête fût tournée vers la surface de la terre, ou vers le centre de la terre, il se sentait également à son aise, et debout.

Par dessus le marché, quand il voulait quitter le point du tube où flottaient les Kra-las, que ce fût dans un sens ou dans l'autre, vers le soleil ou vers l'intérieur du globe, il lui fallait toujours *monter* et changer sa tête de direction.

Van de Boot en conclut qu'il était arrivé au centre de gravité de notre planète. Et son esprit de savant se mit à travailler, comme c'était assez naturel.

Mais il ne travailla pas longtemps. Un cri de douleur rappela le digne zoologue aux choses de ce monde, et il aperçut la jeune Anglaise flottant, désespérée, autour de l'autre.

— Monsieur ! Monsieur ! criait-elle, venez vite ? Elle est morte !

Van de Boot s'élança. Il franchit avec la rapidité de l'hirondelle la distance qui le séparait des deux femmes, et constata qu'en effet la vieille dame avait rendu le dernier soupir. Les Kra-las, suspendus en l'air autour du groupe, les uns la tête en bas et les autres la tête en haut, la considéraient avec toutes les apparences de la consternation.

Le zoologue s'assura que la vie avait bien définitivement quitté le corps étendu dans le vide. Puis il l'emporta, le tira derrière lui, plutôt jusqu'à une saillie de roche où il le coucha respectueusement.

La jeune Anglaise dit une prière, et, ces obsèques réduites à leurs plus simples expressions terminées, les deux captifs des Sous-Terriens revinrent auprès de leurs ravisseurs, où ils mangèrent un peu d'herbe, et se préparèrent au repos.

Le vieillard et la jeune fille se mirent en marche. (page 132)

CHAPITRE XI

LE SOUS-SOL DU MONDE

Van de Boot, cependant, cherchait toujours la solution du problème qui préoccupait son esprit de savant. Pourquoi, à une distance relativement courte de la surface de la terre, trouvait-on l'équilibre parfait et la disparition de la pesanteur? Sa jeune compagne, dont il ne savait pas encore le nom, mais qui lui était très sympathique en raison de son malheur et de sa résignation, l'interrogeait aussi au sujet de ce phénomène. Elle s'étonnait de se sentir légère, et de pouvoir se transporter dans l'air à la façon des oiseaux, sans jamais sentir la fatigue, et sans éprouver le besoin de se poser.

— Je crois, ma chère enfant, lui dit enfin Van de Boot,

avoir trouvé la solution du problème. Et je vais vous la donner aussi clairement que possible. Ecoutez-moi bien. Ce qui nous arrive, si les théories humaines étaient exactes, ne pourrait se produire qu'au centre de la terre, puisque la pesanteur part de tous les points extérieurs du globe pour aboutir à ce centre. En d'autres termes, si la planète était percée d'un tube vertical passant par son centre, un objet pesant qu'on abandonnerait à l'une des extrémités de ce tube y tomberait jusqu'à ce centre, mais n'irait pas plus loin, ou du moins il irait plus loin, mais ce serait en raison de la vitesse acquise, et ce ne serait que pour un balancement plus ou moins long, et semblable à celui que subit un pendule avant de s'arrêter. Finalement, il se tiendrait immobile au centre exact, puisque ce centre exact est le point où viennent aboutir toutes les pesanteurs. Vous me comprenez bien?

— Oh! oui, dit la jeune fille.

— Eh! bien, nous sommes précisément ici dans les conditions où se trouverait cet objet, en équilibre parfait dans l'air, et nous n'avons plus conscience de notre poids. Cependant, nous ne sommes pas au centre de la terre; il est matériellement impossible que nous y soyons; quelque pénible qu'ait été notre voyage, ma pauvre enfant, il n'a pas duré le vingtième de ce qu'il faudrait pour que nous ayons atteint ce point mystérieux. Si mon appréciation est exacte, nous devons nous trouver en ce moment au milieu de la couche solide que nous avons appris à considérer comme la croûte terrestre, et que nous supposions entourer le feu central. Vous me suivez toujours?

— Oui, Monsieur.

— Je constate donc que les hommes se sont trompés en affirmant que la pesanteur conduirait au centre de la terre. Et s'il me faut une preuve de cette erreur, je la trouve en faisant quelques pas comme si je voulais continuer la descente à laquelle nous sommes soumis depuis plusieurs jours. Si je veux poursuivre cette descente en dépassant le point où nous sommes, *il me faut monter.* En outre, ce que je considérais jusqu'ici comme *le bas*, là où je mettais mes pieds pour marcher, devient *le haut*, et il faut que j'y place ma tête pour me sentir debout. Vous vous en rendrez compte demain matin, quand nous nous remettrons en voyage.

« Le point mort, l'endroit où les pesanteurs contraires : < rencontrent et s'annulent, n'est donc pas au centre de la terre comme on le croyait jusqu'à présent, mais bien au milieu de la croûte solide. Il y a là une sphère concentrique aux deux autres, à l'extérieure et à l'intérieure, et où se trouvent coupés tous les rayons du globe. Là, il n'y a plus ni poids ni mouvements déterminés par la pesanteur. Et nous sommes en ce moment sur un des points de cette sphère. »

Le vieux professeur s'intéressait à sa conférence et s'y emballait ; il en oubliait la position terrible dans laquelle il se trouvait, et la présence des Kra-las suspendus autour de lui. La jeune fille l'écoutait avec beaucoup d'attention Van de Boot, avec cet auditoire autour de lui, finissait par avoir l'illusion de se trouver dans sa chaise, au collège royal de Saardam, et de s'adresser à ses élèves ordinaires. Il s'était redressé ; son œil s'était animé, et sa voix montait plus haute dans l'extraordinaire silence des couches profondes.

— Mais, continua-t-il, si la pesanteur s'exerce des deux

surfaces de la croûte terrestre au milieu de cette croûte, il
s'ensuit que si un objet quelconque est placé au delà de la surface intérieure et livré à lui-même, au lieu de gagner le centre
de la terre, comme nous l'avons eu jusqu'à présent, il sera
sollicité de bas en haut, *tombera de bas en haut* si rien ne
l'arrête, et se posera sur le sol inférieur si ce sol s'interpose.
Il s'ensuit encore que ce sol peut être habité, au même titre
que le sol supérieur, mais par des individus ayant la tête
tournée vers le centre de la terre.

« Et si nous considérons les êtres qui nous entourent, et qui
nous ont enlevés; si nous les voyons très différents de nous,
si nous remarquons qu'aussitôt notre capture opérée ils se
sont remis en voyage vers la profondeur, nous pouvons en
conclure qu'ils n'étaient là-haut qu'en expédition, que le but
de cette expédition a été atteint quand ils ont réussi à s'emparer de nous, qu'ils rentrent maintenant chez eux, et que ce
chez eux est précisément la surface intérieure de la croûte
terrestre. Que pensez-vous de cette théorie? »

Les gorilles géants écoutaient à présent bouche bée; ils
paraissaient éprouver une virulente admiration pour cet être
doué de la faculté de parler ainsi pendant plusieurs minutes
sans s'arrêter, tandis qu'eux-mêmes ne pouvaient faire entendre que de courtes propositions, sur leurs grognements arti-
culés. Ils n'avaient, naturellement, pas compris un mot de ce
qu'avait dit le professeur, mais leur surprise du discours lui-
même était telle qu'ils en oubliaient de fermer leurs yeux phosphorescents et de dormir. Et, quand ce fut achevé, il y eut
chez eux une sorte d'explosion de joie, comme s'ils s'étaient dit:

— Enfin ! nous avons trouvé ce que nous cherchions !

Pour la jeune Anglaise, elle paraissait, maintenant, ne pas vouloir accepter sans objection la théorie suivant laquelle la croûte terrestre posséderait deux surfaces habitables, et habitées

— Je vous demande pardon, dit-elle timidement ; je ne suis qu'une modeste institutrice, et mon audace est grande certainement d'oser entrer en discussion avec un savant tel que vous, mais il y a dans ce que vous venez de dire des choses qui me gênent.

— Lesquelles ?

— Que faites-vous, dans votre supposition, du feu central ?

— Je le supprime, simplement. Le feu central n'existe pas. Le feu central n'est qu'une vieille balançoire inventée par les hommes, parce qu'elle leur était commode pour expliquer un tas de choses, mais qui disparaît de ma science comme le centre, point de réunion des pesanteurs, en a déjà disparu.

— Mais .. les volcans ?.. disait la jeune fille.

— Les volcans ne m'embarrassent pas le moins du monde, poursuivit le professeur, très animé. Je ne les supprime pas, bien entendu, parce que je les ai vus et qu'ils sont tangibles, mais je les explique autrement. Et ce ne sont pas les moyens qui me manquent. En voulez-vous un, au hasard ? Vous savez qu'au contact de l'eau certains corps déflagrent violemment et produisent une énorme quantité de gaz ! Supposez un dépôt d'un de ces corps cachés au sein du sol terrestre, et l'eau de la mer arrivant jusqu'à lui par une fissure de ce sol En voilà plus qu'il ne faut pour faire éclater la croûte, et pour provoquer une éruption complète, avec jets de pierres, jets de cendres, coulées de lave et destruction d'une ville si elle se

trouve à portée. Vous voyez qu'on peut très bien expliquer
le phénomène sans l'intervention du feu central.

— Bien. Mais les sources thermales?

— Ah! pour ce qui est des sources thermales, l'explication
n'est pas encore trouvée. Mais je suis sûr, dès aujourd'hui,
que le jour où elle le sera, nous découvrirons qu'il fallait la
demander à une réaction chimique permanente, où à une
action électrique quelconque, mais point du tout au feu intérieur. Les hommes, voyez-vous, collectionnent ainsi, depuis
qu'ils se préoccupent de leurs conditions d'existence, une certaine quantité d'erreurs auxquelles ils tiennent beaucoup, et
auxquelles ils ne renoncent que contraints et forcés par l'évidence. Le feu central est certainement une de ces erreurs-là.
Et je sens que nous en aurons bientôt la preuve.

Ces mots mirent fin à la conversation, et tout le monde
songea au sommeil. Cornélius enveloppa soigneusement sa
jeune amie dans une vaste houppelande qu'il portait au moment du naufrage du *Marcellous* et qu'il n'avait heureusement pas abandonné depuis. Il régnait, en effet, dans le tube
où ils voyageaient un courant d'air assez violent, et la captive
des Kra-las aurait pu prendre froid pendant la nuit. Or, Cornélius Van de Boot se prenait peu à peu d'une affection pater-
nelle pour cette malheureuse enfant, engagée sans l'avoir
mérité dans la plus terrible des aventures, et qui probablement ne reverrait jamais le soleil. Il lui épargnait autant que
possible les souffrances de la route, et la soignait autant qu'il
était en son pouvoir. Il ne l'avait pas interrogée encore, ne
savait d'elle ni son nom ni les détails de sa vie, mais se sentait
infiniment apitoyé par sa grâce touchante et par sa douceur.

Puis, lui-même se livra au repos. Et si, dans le tunnel vertical traversant l'épaisseur terrestre, les Kra-las n'eussent pas fermé leurs yeux phosphorescents et aboli ainsi toute lumière, ç'aurait été un spectacle curieux pour l'observateur, sans doute, que celui de ce dortoir de gens, deux humains et trente monstres, étendus sur l'air, étendus sur rien, flottant dans le vide et dormant profondément.

Sept ou huit heures plus tard, les quadrumanes géants s'éveillaient et se disposaient à se remettre en route.

Le zoologue et la jeune Anglaise s'en furent dire un dernier adieu à la dépouille de leur compagne, qui reposait pour toujours sur une margelle de granit, et l'étrange caravane repartit.

Cette fois, les prisonniers n'étaient pas portés par leurs ravisseurs; ils marchaient comme eux, ils le faisaient d'ailleurs avec une légèreté et avec une facilité extraordinaires, exécutant sans effort des bonds prodigieux, volant, pour ainsi dire, d'une saillie à l'autre du tube.

— Je vous prie de remarquer, dit le savant à sa compagne, que nous poursuivons notre route dans la même direction qu'hier, vers le centre de la terre, *et que cependant nous montons.*

Les Kra-las et leurs captifs firent pendant cette journée un chemin considérable. Les deux humains constatèrent, le soir, toutefois, qu'ils ne se sentaient plus aussi légers, et qu'ils n'auraient plu pu dormir en l'air. La pesanteur avait recommencé à agir sur eux. Pour se reposer, il leur fallut s'étendre sur le sol d'une grotte ouverte aux parois du tunnel. Et,

10

couchés sur le dos, ils avaient la face tournée vers le centre
de la terre.

En route, Cornélius Van de Boot avait appris de la jeune
Anglaise ce qu'il en désirait savoir. Elle s'appelait Margaret
Flower, était institutrice, et se rendait au Brésil, au moment
où le naufrage du *Marvellous* l'avait supprimée du nombre
des habitants de la terre, pour prendre les fonctions de gou-
vernante auprès des enfants d'une riche famille de Rio-
de-Janeiro. On devait l'y croire morte, assurément, et ce
n'était qu'une demi-erreur, car il était bien probable qu'elle
ne regagnerait jamais la surface supérieure.

Van de Boot la réconforta du mieux qu'il put, lui versa des
espérances qu'il ne partageait pas, et se présenta lui-même.
Et la communauté de leur malheur établit immédiatement
entre ces exilés une intimité et une sympathie qui ne devaient
plus se démentir. Margaret considéra Van de Boot comme
son père, et Van de Boot considéra Margaret comme sa fille.
Et cela leur fut d'autant plus aisé à tous deux, et d'autant plus
doux, qu'ils étaient, chacun de son côté, seuls au monde, et
complètement privés d'affection.

Le voyage dura dix jours encore. Le zoologue estima du
moins qu'il avait pu durer dix jours. Plus on montait dans la
direction du centre de la terre, et plus il devenait pénible,
plus les étapes se raccourcissaient, car la pesanteur reprenait
de plus en plus impérieusement ses droits à mesure qu'on
s'éloignait de la zone neutre. Les Kra-las réglaient leur ascension sur celle du professeur et de sa compagne ; l'un n'était
plus jeune, et l'autre avait naturellement la fragilité de son
sexe. En outre, la route était semée d'obstacles énormes, et

qu'il leur était absolument impossible de franchir. Les géants
les reprenaient alors dans leurs bras, et les transportaient.
Van de Boot avait fini par s'habituer au contact des quadrumanes, et il n'en souffrait plus. Mais Margaret ne le subissait
jamais sans un frisson de répugnance et de frayeur. Le soir,
tous deux s'arrêtaient exténués, se demandant combien de
temps durerait encore cette montée à travers les couches terrestres, et surtout s'ils auraient la force d'arriver au bout.
L'étrangeté, même, du spectacle qu'ils avaient sous les yeux
ne les distrayait plus, ils traversaient des épaisseurs d'or à
peu près pur, sans s'en apercevoir; d'énormes pierres précieuses, enchassées dans la roche, scintillaient devant eux
sans qu'ils y donnassent un regard; la collection des plus
rares minerais défilait sous leurs pas sans attirer l'attention
de Van de Boot, naturaliste fervent, et qui, habituellement,
aurait donné beaucoup pour les contempler. Ils n'avaient plus
qu'une hâte : arriver, arriver n'importe où, et se reposer.

Vers le soir du dixième jour, Van de Boot aperçut au-dessus
de sa tête une lueur. D'où pouvait venir cette lueur, à la profondeur énorme où la caravane était parvenue? Il était sur
les épaules d'un Kra-la, et Margaret aussi, car la cheminée
dans laquelle ils voyageaient était redevenue presque verticale, et il fallait, véritablement, que les gorilles de sous la
terre fussent doués d'une force musculaire incomparable pour
pouvoir la gravir comme ils le faisaient, en s'accrochant aux
moindres saillies.

Une heure après, le premier d'entre eux parut prendre pied
sur une espèce d'entablement, et disparut aux yeux de ceux
qui demeuraient encore dans le tube. La lumière avait aug-

menté; on y voyait presque aussi bien qu'avec notre jour
solaire. La chaleur, une chaleur douce et agréable, avait rem-
placé la fraîcheur désagréable du tunnel, et les deux fugitifs
percevaient indistinctement un bruit qui leur rappelait celui
des lames déferlées.

Cornélius Van de Boot réfléchissait curieusement; il en
oubliait le péril où il se trouvait d'un faux mouvement de
son porteur le précipitant en arrère et le massacrant contre
les roches. Ce bruit, cette chaleur, cette lumière, c'était sa
théorie qui se vérifiait; c'était la face interne de la terre habitable et habitée; c'était la disparition du feu central dont il
avait soupçonné déjà la non existence; c'était le triomphe
d'une conception qu'il avait établie presque sans bases, avec
une hardiesse d'esprit vraiment admirable, et qui se réalisait
de point en point.

— Ah! quel livre je vais écrire! songeait-il, sans réfléchir
un seul instant, le pauvre homme, que personne ne le lirait
probablement jamais, son livre, à part la jeune Margaret, et
que ce serait de la lumière perdue pour les hommes.

Le Kra-la qui le portait prit pied à son tour; puis ce fut
celui qui portait la jeune fille, et tous deux furent doucement
déposés sur le sol. Les singes sous-terriens s'étaient dispersés
autour d'eux, et broutaient. Ils arrachaient de terre des plantes
d'une apparence voisine de celle de nos fougères, et en dévo-
raient les feuilles. Ils le faisaient avec un tel plaisir qu'on en
aurait conclu avec sûreté à la rencontre de leur nourriture
habituelle, retrouvée après une longue privation. Puis quelques-uns, dès qu'ils furent repus, dégringolèrent avec rapidité la pente qui conduisait à une plage, et se jetèrent à l'eau

en poussant des hurlements de joie. Evidemment, les monstres étaient chez eux; cette île, où aboutissait la gigantesque
cheminée partie du cap Horn, faisait partie de leur domaine.

Emus, très tristes aussi, les larmes près des yeux, Cornélius Van de Boot et Margaret considéraient le paysage dont
il étaient entourés, et qui n'avait avec les paysages sur-
terrestres que d'assez vagues ressemblances.

Ils étaient au haut d'un îlot cônique, dont le sommet était
dénudé, sauf de fougères naines, et dont les flancs, au contraire, étaient couverts d'une prodigieuse végétation. Au
pied de la forêt régnait une grève très large, en pente très
douce, et au delà c'était la mer, une mer immense et d'une
singulière coloration jaune-rouge, supportant de nombreuses
îles noyées de verdure. Au-dessus de leur tête, directement
leur jetant l'ombre entre les pieds s'ils se baissaient pour considérer le sol, luisait un soleil à peu près aussi grand, en apparence, que le nôtre, d'un éclat sensiblement égal, et
versant une chaleur que le zoologue put comparer à celle
des pays situés sous l'équateur. Mais ce soleil paraissait
plus près que l'autre. En outre, il était fixe; le professeur et Margaret remarquèrent bientôt que, sur le sol, les
ombres étaient immuables en longueur et en situation. Certaines d'entre elles, portées par des objets inertes et sur un
terrain favorable, étaient pour ainsi dire imprimées sur ce
terrain; il suffisait de déplacer la branche ou le caillou qui les
portait pour constater la différence des teintes. Indice sûr de
l'immobilité de l'astre central, ou plutôt de la façon exacte
dont cet astre suivait les divers mouvements de la terre, dont
il était enveloppé, au centre de laquelle il demeurait sus

pendu parce que la pesanteur le sollicitait également de toutes parts.

Mais ce qui surprit le plus Van de Boot et Margaret, dans le monde où ils venaient de pénétrer, c'était la forme singulière de l'horizon, à laquelle ils furent assez longs à accoutumer leurs yeux.

Ici, au-dessus de la terre, pour peu que nous ayons gravi une hauteur, nous découvrons une assez grande étendue de pays, et nous sentons que si notre regard n'en embrasse pas davantage, c'est à cause d'une convexité. Si nous voulons nous en convaincre, il nous suffit de nous rappeler que, sur la mer, nous voyons encore les mâts d'un navire, par exemple, alors que la coque a déjà disparu derrière l'horizon, ce qui établit bien que la surface plane, fuit en descendant.

Ici, c'était exactement le contraire qui se produisait; sous les yeux de Van de Boot et de Margaret surpris, la mer remontait comme fait la concavité d'une cuvette ; on ne cessait de la voir qu'à cause de l'éloignement, qui en faisait une brume indistincte, et si un navire avait flotté sur cette mer on l'aurait vu tout entier, à quelque distance qu'il se fût trouvé. La ligne d'horizon, la ligne de brumes, plutôt se trouvait bien au-dessus des yeux de l'observateur, et, contrairement à ce qui se passe sur la terre, où derrière l'horizon nous sentons le vide, on devinait derrière celle-ci la continuation de l'ascension de la surface liquide, indéfiniment. Toutes proportions gardées, nos naufragés sentaient l'impression de se trouver à l'intérieur d'une sphère creuse, et Van de Boot disait à Margaret, confondue par ce spectacle nouveau :

— J'avais deviné ! L'écorce terrestre est habitée sur ses deux faces, et nous venons d'arriver sur la face que nous ne connaissions pas.

Cependant, tandis que durait leur contemplation, la grève s'était animée. Les Kra-las qui s'étaient jetés à l'eau étaient sans doute des émissaires chargés de porter à d'autres une grande nouvelle, et des centaines d'êtres semblables à eux sortaient de la mer, pour se mettre à bondir sur la plage et à gravir la colline. Il en sortait de tous les flots. Ce fut bientôt un grouillement extraordinaire, une nuée de monstres si effroyable qu'en leurs plus affreux cauchemars le professeur et la jeune fille n'eussent rien pu imaginer de semblable.

Margaret tomba sur les genoux et récita sa prière, elle croyait sa dernière heure venue. Van de Boot, malgré son âge et sa faiblesse, se mit en devoir de la défendre. Il ramassa un caillou et le tint dans sa main, prêt à en assommer le premier qui approcherait de la jeune fille. Qu'aurait-il fait avec cette arme, le pauvre être, contre un peuple de géants ?

Les Kra-las s'approchaient, cependant, en poussant des cris qui pouvaient être aussi bien des cris de joie que des cris de fureur. Margaret était prête à défaillir d'épouvante.

Mais ceux qui avaient fait la traversée de la terre avec les naufragés du *Marvellous* formèrent un cercle autour d'eux, et se mirent à parler d'une voix puissante. Et c'étaient des chefs, sans doute, des gens qui avaient autorité sur les autres, car ceux-ci ralentirent l'allure et s'arrêtèrent bientôt. On ne leur permit d'approcher qu'à cinq ou six mètres, ils s'arrêtèrent là, sans oser avancer davantage. Leurs yeux, dont en plein jour on n'apercevait plus la phosphorescence, saillaient d'étonnement, et leurs lèvres laissaient échapper de courtes phrases émerveillées. Les plus favorisés, en très petit nombre, purent entrer dans le cercle et toucher les vêtements des captifs. Ils se retirèrent lentement, l'admiration dans leurs yeux vifs.

D'ailleurs, aucun des monstres ne témoignaient de colère; ils paraissaient mûs seulement par une intense curiosité, et si les chefs avaient cru devoir protéger leurs prisonniers, c'était contre une bousculade dont ils auraient souffert, et non contre des sévices.

Van de Boot se rassura bientôt.

— Ces gens-là, dit-il à Margaret, ne nous veulent pas de mal. Nous sommes seulement pour eux un spectacle nouveau; n'ayez plus peur.

— Mais qu'allons-nous devenir?

— Du moment qu'ils ne nous maltraitent pas, et puisqu'ils sont certains de ne pas nous voir leur échapper, peut-être nous laisseront-ils la liberté d'organiser notre vie comme nous l'entendrons. Si vous m'en croyez, essayons Cherchons un abri contre ce terrible soleil, quelque nourriture, et confectionnons-nous des lits avec des feuilles de fougères. Nous ne pouvons, en agissant ainsi, que leur donner confiance, nous verrons bien ce qu'ils feront.

Le vieillard et la jeune fille se mirent alors en marche, lentement, sur la déclivité de la colline. Les Kra-las ne semblèrent pas vouloir les en empêcher. Ceux qui les gardaient les accompagnèrent, seulement, conservant leur formation circulaire. Les autres suivirent, tandis que de la mer sortaient continuellement d'autres gorilles géants.

Van de Boot et Margaret traversèrent une forêt épaisse, presque uniquement composée d'arbres, rappelant nos chênes-liège, et de fougères arborescentes superbes. Ils parvinrent ainsi jusqu'à la grève, qu'ils longèrent pendant quelque temps, leur cortège autour d'eux, grossissant et toujours aussi vivement intéressé. Bientôt, le professeur remarqua dans la falaise basse et rocheuse une grotte naturelle. Il s'y dirigea en disant à Margaret :

— Voici tout au moins un abri provisoire. Voulez-vous que nous y entrions ?

— Oui, oui, répondit vivement la jeune fille. N'importe où, pourvu que nous soyons soustraits à la curiosité de ces monstres, dont j'ai peur, malgré tout.

Elle y pénétra derrière Van de Boot. C'était une chambre spacieuse, et déserte. Le professeur ressortit un instant pour aller couper aux environs des feuilles de fougères. Mais il n'en eut pas la peine. Aussitôt que les Kra-las l'eurent vu détacher les palmes gigantesques et les déposer devant l'entrée de la grotte, ils se précipitèrent, et, soit par désir d'être utiles, soit par par esprit d'imitation, en apportèrent rapidement de quoi confectionner vingt lits épais.

La jeune fille s'étendit, car la dernière étape et les émotions de l'arrivée l'avaient brisée. Mais quelque chose la gênait encore, car elle dit:

— Est-ce qu'il ne fera pas bientôt nuit?

Mais Van de Boot lui répondit :

— Ma pauvre enfant, si nous sommes bien où je crois, il faudra nous accoutumer à dormir au jour. Ici, le soleil est un astre fixe, et la nuit, par conséquent, inconnue.

Alors, Margaret ferma lentement les yeux, et, malgré la peur, malgré la douleur, malgré l'angoisse de l'avenir, la fatigue était en elle si impérieuse qu'elle s'endormit profondément.

Pour le zoologue, il s'assit à l'entrée de la grotte, et songea :

— Pourquoi les quadrumanes sous-terriens étaient-ils montés à la surface supérieure ? Pourquoi s'étaient-ils emparés d'êtres humains ? Que prétendaient-ils en faire ? Pourquoi ne les maltraitaient-ils pas ? Pourquoi cherchaient-ils, au contraire, dans la mesure que permettait leur intelligence, à les aider et à leur rendre service ?

Autant de questions auxquelles il était pour le moment impossible de répondre.

Van de Boot vit pendant quelque temps les Kra-las s'agiter sur la grève. Puis la lassitude l'accabla à son tour, et ses paupières s'abaissèrent insensiblement. Il distingua encore, comme dans un brouillard, les étranges habitants de l'île s'éloignant et se dispersant, tandis que cinq ou six d'entre eux s'installaient dans les roches, comme pour une garde. Il ouvrit péniblement les yeux, deux ou trois fois encore, dans une sorte de scrupule à s'endormir au milieu de tout cet inconnu, et en laissant sa compagne, peut-être, exposée à un danger quelconque. Mais la fatigue fut la plus forte ; elle l'abattit. Quelques instants après, il avait oublié qu'il vivait sous terre au lieu de vivre dessus, qu'il était entouré de monstres au lieu d'être entouré d'hommes, et que toute l'épaisseur de la croûte terrestre le séparait de ce qu'il avait aimé pendant la première partie de son existence.

Quand il s'éveilla, longtemps après, rien n'avait changé

dans l'étrange décor où il s'était endormi. Le soleil central
luisait avec la même immobilité ; la mer étendait sa surface à
peine agitée d'une houle à perte de vue, montant vers le ciel,
et des Kra-las, nonchalamment, s'ébattaient dans l'eau.

Près de lui, Margaret, assise sur le sol, surveillait les derniers instants de son sommeil. Ils se regardèrent tristement,
puis jetèrent les yeux sur le paysage silencieux, et des
larmes montèrent à leurs paupières. Enfin, la jeune fille éclata
en sanglots, et se jeta dans les bras du vieillard qui se sentait
bien près de faire comme elle. Il la reçut avec tendresse,
comme si elle eût été sa fille, appuya la jolie tête blonde sur
son épaule, caressa doucement les cheveux soyeux en
bégayant :

— Mon enfant... ma chère enfant... calme-toi... ne pleure
pas... Ces gens ne vous veulent aucun mal... Nous pourrions
être beaucoup plus malheureux... Si tu étais seule, ici, ou si
j'y étais seul... Quel malheur! si l'un de nous était seul ici...
Mais je t'ai, moi, et mon affection ne te manquera jamais.
Allons, calme-toi Sans doute, ce qui nous arrive est affreux,
et je ne te demande pas de t'en consoler. Je ne m'en conso-
lerai probablement jamais moi-même. Mais il faut nous dire
une chose, qui nous aidera à la résignation, peut-être : Moi,
qui avais toujours vécu seul, j'ai une fille; et toi, tu retrou-
veras en moi une partie de la tendresse...

— Hélas ! j'étais seule aussi! s'écria Margaret, dont les sanglots redoublèrent.

— Tu vois bien... tu vois bien... ne pleure donc plus... tu
as un père, maintenant, un père qui t'aimera bien, je te le
promets...

Il était tant soit peu ridicule, le vieux professeur Van de Boot, de l'Académie des sciences de Saardam, avalant ses larmes et bredouillant pour consoler la jeune Anglaise. Mais il était aussi infiniment touchant. Elle le sentit, essuya ses yeux pour ne pas l'attrister davantage, et lui tendit son front pur.

Et tous deux, moins désespérés, purent sans trop de douleur songer à l'avenir.

Au bout d'un instant le zoologue murmurait :

— Tu dois avoir faim ?

— Oui. Et vous aussi, sans doute ?

— Oui. Je n'ai rien mangé depuis vingt-quatre heures. Et mon dernier repas était de l'herbe. Je vais à la découverte. Il nous faut savoir ce que ce pays produit de comestible.

— Je vais avec vous.

Ils descendirent jusqu'à un roc qui s'avançait à une vingtaine de mètres dans la mer. Les Kra-las les suivaient dans l'eau, mais sans chercher à les empêcher d'avancer.

A la pointe de ce cap en miniature, le professeur cherchait des coquillages ; il n'en vit point, par un hasard. Mais il aperçut, filant dans les flots jaunâtres et transparents, d'énormes anguilles.

Alors il fit signe à un des Kra-las, et renouvela la tentative de pantomime qui lui avait déjà réussi une fois. Il désigna les poissons, en imitant d'un mouvement de la main leur fuite dans l'eau. Puis il fit le geste de manger. Le Sous-Terrien comprit, plongea, et remonta quelques instants après, tenant par les ouïes une anguille de deux mètres de long qui se débattait avec fureur. Il lui écrasa la tête d'un coup de poing sur

le bord de la pierre, et la jeta pantelante aux pieds de Van
de Boot. Celui-ci fit du feu par le procédé qu'il avait déjà em-
ployé au bord du lac souterrain, et une partie du poisson rôti
fut mangée séance tenante.

— Nous ne mourrons pas de faim, disait le vieillard ; la mer
paraît giboyeuse.

Il ne croyait pas si bien dire. Les Kra-las les avaient sur-
veillés pendant leur repas. Tous s'étaient jetés à l'eau ensuite,
et avaient ramené au jour une montagne de poissons de toutes
espèces, de quoi nourrir un régiment.

Margaret ne put s'empêcher de rire ; Van de Boot l'imita.
Tous deux s'enfuirent devant cette avalanche de marée.

Et quand ils revinrent à leur grotte, ils y trouvèrent un
gorille accroupi, un de ceux qui avaient fait l'expédition à la
surface de la terre, et qu'on reconnaissait à leur taille gigantesque. Il les attendait, évidemment, et tenait dans ses mains,
en travers sur ses genoux... un fusil !

Dès que Van de Boot et Margaret se furent approchés, il se
mit à parler très haut, et à gesticuler avec véhémence.

Le professeur et la jolie enfant, qu'il appelait déjà sa fille,
le regardaient, ahuris.

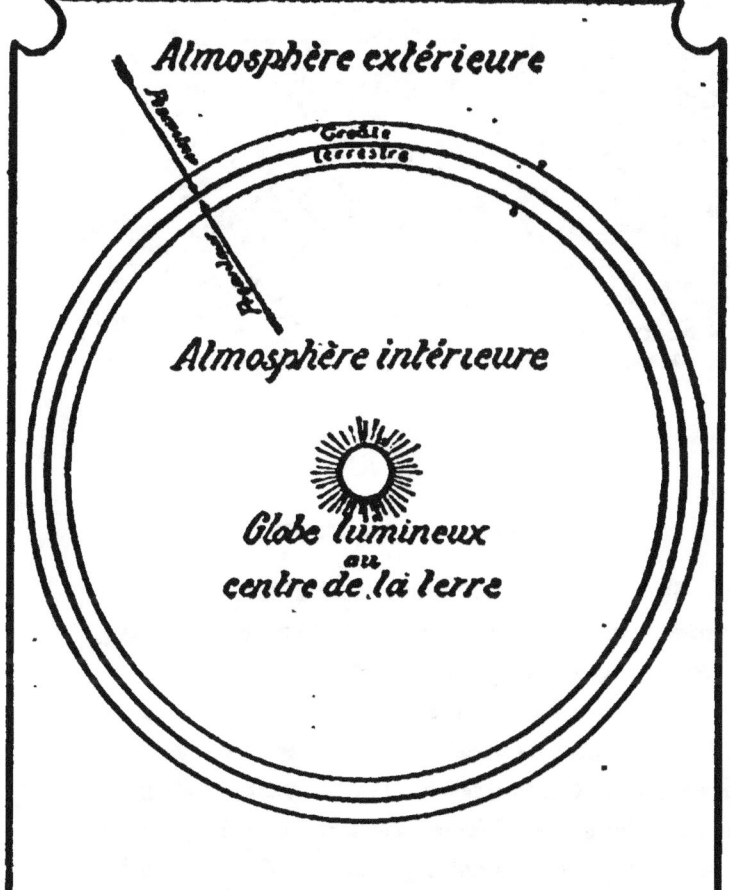

Atmosphère extérieure

Croûte
terrestre

Atmosphère intérieure

Globe lumineux
au
centre de la terre

Théorie de la croûte terrestre
habitée sur les deux faces.

Je vous ai dit que je n'aime pas à être injurié. (page 165)

CHAPITRE XII

FAITS ET GESTES DE VAN AH FUNG

Remontons sur la terre, si vous le voulez bien, et occupons-nous un peu de ce qu'y faisait notre cher ami Van Ah Fung, que nous négligeons depuis trop longtemps.

La dernière fois que nous le vîmes, c'était sur le quai du port de Dunkerque, où venait de le déposer assez rudement l'énorme Congo. Il s'était relevé et avait, avant de s'éloigner, glissé dans l'oreille de Johann Wurtzler, prête à l'entendre, une phrase mystérieuse qui signifiait : « Tout ce que j'ai ordonné s'accomplira. »

Nous avons pu voir qu'une partie de cette consigne s'était exécutée, puisque la machine du *Pétrel*, excellente d'habitude, s'était inopinément détraquée, et puisque Johann Wurtzler lui-même avait disparu.

159

Lorsqu'il eut parlé à l'oreille de Johann Wurtzler, Van Ah Fung s'en fut vers son négrillon, qui, malgré la vive fraîcheur de ce soir de février, s'endormait sur les valises. Et, comme il était furieux, il le réveilla d'une calotte à lui retourner la tête, et lui dit :

— Suis-moi.

Les Chinois se croient infiniment supérieurs aux nègres ; et c'est sur cette assurance qu'ils ne manquent jamais de les brutaliser, surtout quand ils se sentent plus forts qu'eux Avec Congo, Van Ah Fung n'aurait probablement pas risqué l'expérience.

L'enfant, pleurnichant, reprit cependant ses valises, et suivit. Van Ah Fung l'emmena vers un cabaret borgne du port, et le fit attendre devant la porte, tandis qu'il y pénétrait.

Il alla droit vers un gros homme qui portait un collier de barbe rousse, des anneaux d'or aux oreilles, un tricot bleu, un pantalon café au lait, malpropre, dans des bottes, et un surtout de toile cirée.

— Où est le capitaine ? demanda-t-il.

L'individu se retourna. C'était le second d'un caboteur à l'ancre dans le port. Il ne reconnut pas Van Ah Fung, qu'il n'avait vu qu'avec sa petite casquette, sa perruque et son fer à cheval rouges. Il répondit insolemment. Il était d'ailleurs ivre à tomber :

— Qu'est-ce que tu lui veux, au cap'taine ?

Van Ah Fung se redressa, autant que possible, avec dignité, cependant que la colère commençait à lui agiter la bile.

— C'est moi qui ai affrété le *Brocket*, dit-il, et nous partons à minuit.

— Qu'est-ce que c'est que ce farceur-là ? s'écria le marin. Mon jaune, celui qui arme le *Brochet*, n'est pas de ta couleur ; il est carotte. En plus, il ne baragouine que l'américain. Faudrait cependant voir à ne pas nous faire prendre un mât pour une drisse.

— Je vous dis que je me suis entendu avec votre capitaine, et que nous partons ce soir. Je le cherche pour lui payer la moitié de la somme, comme c'est convenu. Quant à ma nationalité, ce n'est pas votre affaire. S'il me plaisait d'être Américain tout à l'heure, et s'il me plaît d'être autre chose à présent, vous n'avez rien à y voir. Voulez-vous me dire où il est, oui ou non ?

En parlant, Van Ah Fung avait tiré de sa poche un portefeuille respectablement bourré. Cette vue fit réfléchir l'ivrogne, qui répondit :

— Tout de même, ça pourrait bien être vous. Il me semble que je reconnais votre surcot à damiers. Bon ! j'vas vous quérir le capitaine, qui doit être à la « Baleine Couronnée ». Et sans être trop curieux, patron, où est-ce que nous allons comme ça ?

— En Amérique, répondit Van Ah Fung, impatienté.

— En Amérique ! s'exclama l'autre. Eh bien ! si nous y arrivons, ce sera à la nage. Jamais le *Brochet* ne fera cette promenade-là. Il ne tient plus sur l'eau que par sa couche de peinture. Et sa machine est poussive qu'on l'entend tousser à trois milles. Enfin ! c'est pas mon affaire. Du moment que vous payez et que le vieux veut bien vous emmener !... J'vas le quérir. Dans trois minutes nous sommes là.

Il partit, et revint en effet peu de temps après. Il ramenait

11

avec lui une sorte d'ours mal léché, malpropre et débraillé, un peu moins ivre que lui, cependant, mais qui avait dû faire aussi d'assez nombreuses stations dans les « Baleines Couronnées » ou non du port de Dunkerque.

— Quoi qu'y a? demanda-t-il en entrant.

— Il y a, lui répondit Van Ah Fung, que tout est entendu et que nous partons à minuit.

— Vous avez l'argent?

— Oui. Faites-moi un reçu.

— Le capitaine Ledru ne fait jamais de reçus; sa parole suffit. Et si elle ne vous suffit pas, vous pouvez allez chercher un autre sabot.

— Elle me suffit, dit sèchement Van Ah Fung, qui avait hâte d'en finir.

Il mit entre les mains du capitaine Ledru une liasse de billets de banque, que le vieux loup de mer compta soigneusement, malgré son commencement d'ivresse.

— Ça va bien, dit-il. Le *Brocket* est à vous, seulement, pour partir ce soir, y a rien de taillé. Je n'ai pas mon plein de charbon, ni d'eau, ni de vivres. Nous nous en irons demain soir, et ce sera déjà bien gentil.

— Vous auriez pu me le dire avant de prendre l'argent...

— Non, parce qu'alors vous n'auriez plus payé, répondit cyniquement Ledru.

Van Ah Fung enrageait, mais qu'aurait-il dit? Des paroles perdues... Il s'en fut à l'hôtel avec son mousse noir, qui s'était rendormi sur les bagages et qu'il réveilla d'une seconde gifle, parce qu'à ce moment encore il était de mauvaise humeur.

On partit le lendemain soir, comme il avait été convenu.

De la traversée du *Brocket* nous ne dirons pas grand'chose, parce qu'elle eut lieu pour ainsi dire sans incidents. La mer fut superbe; le caboteur, qui devait sombrer en sortant du port, tint bon jusqu'au bout; ses machines poussives toussèrent copieusement mais n'éclatèrent pas. Van Ah Fung ne décoléra pas pendant son séjour à bord, au milieu d'hommes ivres du matin au soir, mais tout ceci est à peine digne d'être noté.

Un beau matin, la terre fut signalée, et le Chinois refit ses valises. On le descendit dans un canot, et il s'éloigna du *Brocket*, non sans s'être disputé avec Ledru, qui lui proposait de l'attendre pour le retour.

— J'aimerais mieux revenir en ballon! s'écria Van Ah Fung.

Et Ledru, qui avait déjà un demi-litre d'alcool dans l'estomac, lui répondit par une bordée abondante d'injures, que nous ne reproduirons pas.

Le Chinois fut conduit à terre, et débarqua sur l'une des îles Fernando-Norhona, où un homme l'attendait. Cet homme était, vous l'avez deviné, Johann Wurtzler.

— Où en sommes-nous? demanda-t-il.

— Tout va bien, répondit sobrement Wurtzler.

— Et puis?

— Et puis c'est tout, payez, si vous voulez en savoir davantage.

A Dunkerque, Van Ah Fung était convenu avec le coquin d'un certain salaire, payable moitié avant l'exécution de sa besogne, et moitié après.

— Vous n'avez pas fait, dit-il, tout ce que vous aviez à

faire. Il vous reste à me renseigner sur les futures intentions des passagers du *Pétrel*, et à m'accompagner si je juge utile d'aller plus loin. N'est-ce pas ce qui a été convenu?

— C'est peut-être ce qui a été convenu, mais ce n'est pas ce qui sera. Les conditions du traité sont forcément modifiées par ce que j'ai appris en route. Il ne peut plus être question de vous accompagner dans les mêmes conditions. Vous allez payer le travail fait, au prix qui a été convenu. Puis, je vous vendrai mes renseignements Puis nous ferons de nouvelles conventions pour la suite.

— Vous êtes un voleur! cria Van Ah Fung, vert de colère.

Wurtzler eut un regard sombre.

— Ne continuez pas sur ce ton, dit-il d'une voix menaçante. Nous sommes absolument seuls, sur ce rocher, et je n'ai pas pour habitude de me laisser injurier. Voulez-vous payer?

— Non.

— Eh! bien, au revoir. Je sais comment me tirer d'ici.

Et il s'éloignait. Van Ah Fung réfléchit que le misérable l'assassinerait sûrement la nuit prochaine; il se dit aussi que, lui parti, il demeurerait là comme une sorte de Robinson. Il entra dans une rage folle, mais il céda.

— Attendez, dit-il Vous me dépouillez, vous me dévalisez comme au coin d'un bois, mais j'ai besoin de vous.

— Quand on fait les besognes que vous faites, lui répondit Wurtzler, et quand on ne peut pas se passer de complice, il faut s'attendre à être exploité par lui.

— Bien; voici l'argent Qu'avez-vous à m'apprendre?

— Ce que j'ai à vous apprendre vaut cinq mille francs.

— Vous êtes fou!

— C'est à prendre ou à laisser !

— Misérable !... bandit !.. hurlait maintenant le petit Chinois, incapable de maîtriser sa fureur, et qui se sentait prêt à tomber dans une attaque de nerfs.

Mais Johann Wurtzler, glacial, tira un revolver de sa poche.

— Je vous ai déjà dit que je n'aime pas à être injurié. Traitons ou ne traitons pas, mais cessez de crier, ou je vous abats comme un mauvais chien que vous êtes.

Van Ah Fung, calmé par le danger que son accès de colère venait de lui faire courir, dit :

— Cinq mille francs, soit. Parlez.

— Après, répondit Wurtzler.

— Après quoi ?

— Après que j'aurai touché. A partir d'aujourd'hui, tout se paie d'avance.

Malade de rage, le Chinois donna cinq mille francs, qu'il n'osa même pas accompagner d'une insulte. Le mécanicien les empocha, puis dit :

— L'arbre de couche du *Pétrel* est cassé. Le navire est immobile, par calme plat, à vingt milles dans l'est.

Il raconta complaisamment, avec force détails, ce que nous savons déjà, la découverte de l'homme à la mer, l'arrivée à bord du président de la République centrale, etc., etc. Puis il ajouta que, pendant toute la conversation secrète de l'homme aquatique, de Wilhelmine, de Kerbiquet et du docteur Francken, il avait été caché derrière une tenture du salon, et qu'il n'en avait pas perdu un mot. Il connaissait donc, et le projet de départ pour une expédition sous la terre, et le point où l'on s'enfoncerait. Il dit tout, sans rien omettre, à Van Ah Fung qui l'écoutait, glacé. Quand il eut terminé :

— Je ne crois pas, dit-il, un traître mot de votre histoire. Vous l'avez inventée de bout en bout pour avoir un moyen de me soutirer cinq mille francs. Mais vous m'avez imaginé plus naïf que je ne le suis.

— Que croyez-vous donc ? demanda Wurtzler.

— Je crois que vous vous êtes purement et simplement échappé du *Pétrel* pour venir m'attendre ici, et que le yacht continue tranquillement sa route vers le cap Horn. Quant à vos hommes sous-marins, à votre République souterraine, et aux autres calembredaines qu'il vous a plu de forger, je les mets toutes dans le même sac. Elles me coûtent cinq mille francs, que vous me prenez dans ma poche comme des pickpockets pourraient le faire, mais soyez tranquille, nous nous retrouverons. Van Ah Fung n'a jamais été dupé sans qu'il en cuise à quelqu'un.

— Van Ah Fung est un imbécile ! s'écria Johann Wurtzler, véhément. Et je regrette de ne pas l'avoir trahi comme il le soupçonne. Ce m'aurait été très facile, en vérité, et je ne serais pas maintenant sous le coup de la loi pour avoir démoli la machine du yacht.

— Vous prétendez me faire croire...

— Je ne prétends rien vous faire croire. Tout ce que je viens de vous dire est la vérité, pour aussi invraisemblable que ça paraisse, les hommes sous-marins existent, l'expédition en projet aussi. Tout le monde sera ici même demain, je pense. Si vous voulez attendre jusque-là, vous le verrez; sinon, allez au diable ! Quant à vos menaces, on m'en a fait d'autres, et je suis encore là. Vous auriez mieux fait de les garder.

Van Ah Fung, ébranlé dans son doute par la singulière ardeur du mécanicien, ne savait plus trop que penser.

— Ecoutez, dit-il, nous allons rester ici jusqu'à demain. Si l'expédition a lieu, comme vous me l'affirmez, nous la suivrons, sinon ..

— Soit, interrompit Wurtzler. Mais vous comprenez bien que je ne m'en irai pas sous la terre, derrière les gens du *Pétrel* et au risque de me faire reprendre par eux, que je ne ferai pas tout le travail louche que vous méditez encore pour le même prix qu'une traversée de l'Atlantique.

— Quelles sont vos conditions?

— Quinze mille francs. Vous les verserez dès que vous aurez vu l'expédition s'engager sous la Terre.

Le Chinois réfléchit longuement. Puis il eut un geste de résolution désespérée, et dit :

— C'est entendu; j'en passe partout où vous voulez. Mais vous me servirez fidèlement?

— Je vous ai bien servi jusqu'à présent, répondit sèchement Johann Wurtzler.

Et il s'éloigna dans la direction de l'intérieur de l'île.

Dans l'après-midi, Johann Wurtzler revint. Il avait abattu des goélands à coups de revolver, et découvert un puits qui devait être l'entrée de la cheminée conduisant au fond du globe, car des cordes et des échelles traînaient autour. Ils allèrent ensemble à ce trou.

— Vous voyez, dit le mécanicien, que je ne vous avais pas trompé, voici la route.

Devant eux, en effet, s'ouvrait un puits étroit, par où deux
hommes auraient difficilement passé ensemble, et dont l'orifice était à demi obstrué par des broussailles. Mais il paraissait profond, et devait s'élargir en descendant. Une corde en
sortait, qui s'amarrait à quelque distance au tronc d'un arbre.
Une échelle souple avait été laissée auprès.

Ils redescendirent vers la place, et, sur un feu installé entre
deux pierres, firent cuire un goëland qu'ils mangèrent, malgré
son goût d'huile, parce qu'ils mourraient de faim. Wurtzler
alla chercher de l'eau à une source voisine dans une tasse de
métal ; quand ce fut le tour du Chinois de boire, il laissa tomber dans le liquide une sorte de pilule blanche qui y disparut
instantanément, ne lui laissant ni goût, ni odeur, ni couleur.
Van Ah Fung absorba le tout sans défiance, bien qu'il fût
fort défiant de sa nature. Cinq minutes ne s'étaient pas écou-
lées qu'il dormait profondément, d'un sommeil que rien ne
pouvait troubler. Le mécanicien lui enlevait alors deux
revolvers chargés, une boîte de cinquante cartouches, et une
sorte de stylet de facture orientale, à lame triangulaire et
ondulée, qui devait faire de terribles blessures. Puis il s'endormit à son tour.

Le lendemain matin il s'éveillait, tandis que Van Ah Fung
ronflait encore. Le Chinois ouvrit les yeux quelques minutes
après. Il se sentait étrange ; il avait la tête lourde comme s'il
fût sorti de l'ivresse, comme les jours où clandestinement, à
Saardam, il se livrait à sa passion pour l'opium. Il ne soupçonna pas d'abord, cependant, qu'on lui eût administré un
narcotique et le hasard voulut qu'il ne fouillât pas immédiatement dans les poches où il mettait ses armes. Ils déjeunè-

rent ensemble, et ce ne fut qu'ensuite que Van Ah Fung découvrit le vol dont il avait été victime. Il pâlit affreusement,
comme pâlissent les hommes de race jaune, c'est-à-dire qu'il
devint vert. Sans rien pour se défendre, il était à la complète
merci du misérable dont il avait fait son associé.

— Mes armes! bégaya-t-il. Mes armes!

Wurtzler ne bougea pas.

— Coquin! Vous m'avez volé mes armes! Rendez-les-moi!

— Je ne vous ai pas volé vos armes, répondit tranquillement le mécanicien, je vous les ai confisquées, et vous les
rendrai en temps et lieu. Je ne suis pas un voleur. Mais,
quand je voyage en compagnie de gens possédant un aussi
exécrable caractère que le vôtre, autant que possible je ne
leur laisse pas de revolvers dans les poches.

— Je n'irai pas plus loin sans mes armes! déclara Van Ah
Fung tremblant de fureur. Et vous savez ce que vous y
perdrez.

— A votre aise. Nous avons assez pour vivre quelque
temps, avec ce que nous avons touché déjà.

— Et vous pouvez m'assassiner pour avoir le reste...

— Je ne suis pas un assassin, déclara Wurtzler. Et c'est
heureux pour vous, car ici, en effet, l'occasion serait belle.

Le Chinois s'éloigna dans les rochers. Johann lui cria:

— Je resterai ici jusqu'au départ de l'expédition souterraine. Ensuite je m'en irai. Et vous ne me reverrez plus.

La matinée se passa sans incidents. Vers midi, Van Ah
Fung se rapprocha du mécanicien, parce qu'il avait grand'-
faim, qu'il n'avait rien à manger, et que Wurtzler avait pré-
paré un repas très convenable avec du poisson, des oiseaux

de mer, du biscuit et des conserves apportées du *Pétrel*.

Et vers trois heures, ils virent une quarantaine de têtes flottant sur l'Océan et s'approchant de l'île avec rapidité.

— Les voilà! Cachons-nous tous deux dans les rochers, ordonna Johann Wurtzler; il ne faut pas qu'on soupçonne notre présence ici.

Lui-même fit disparaître en quelques secondes les traces de leur campement et de leur cuisine, et fut se coucher entre deux grosses pierres. La caravane prit terre.

Elle était composée de nos amis, Jean Kerbiquet, Wilhelmine accompagnée de Congo et du petit docteur Francken; du président de la République Centrale et d'une trentaine de ses concitoyens dont dix environ, des voyelles nasales très probablement, portaient aux épaules de gros paquets enveloppés de toile imperméable.

Tous se dirigèrent immédiatement vers le sommet de l'île, et commencèrent les préparatifs de la descente.

Johann Wurtzler et Van Ah Fung les surveillaient de loin, tout en se dissimulant dans les rochers. Une demi-heure passa, pendant laquelle les Sous-Terriens paraissaient disposer des appareils compliqués. Puis, tout à coup, en quelques secondes, le haut de la colline qui dominait l'Océan redevint absolument désert. La caravane avait été bue par la terre.

— Les voilà partis, dit Johann Wurtzler. Que décidez-vous?

— Nous les suivons! répondit Van Ah Fung, subitement surexcité. Nous descendrons demain matin, pour leur laisser douze heures d'avance sur nous.

— Payez, répliqua Wurtzler.

Le Chinois versa trente mille francs, ce qui mit son porte-feuille à peu près à sec. Puis, tous deux préparèrent le repas du soir et les ballots de provisions qu'ils s'attacheraient aux épaules pour leur plongée dans l'écorce du Globe.

Mais cette nuit-là, de crainte de surprise, Van Ah Fung ne dormit pas. Il est bon d'ajouter, d'ailleurs, que Johann Wurtz-ler, qui n'avait pas la moindre confiance en son singulier patron, surtout en ce qui concernait les armes confisquées, ne ferma pas l'œil non plus.

Vers sept heures du matin, tous deux gagnaient le sommet de l'île.

C'est un mastodonte. (page 179)

CHAPITRE XIII

ARRIVÉE DANS LA RÉPUBLIQUE CENTRALE

— Nous avons à descendre par cette échelle jusqu'à une quinzaine de mètres, avait dit André - Phocas de Haute-Lignée, et là, nous trouverons un plateau de granit d'où part notre ascenseur, ou plutôt notre descenseur, car la montée par cette cheminée serait impossible, et c'est par les côtes du Brésil que nous abordons la face supérieure de la terre. Toutes les précautions sont d'ailleurs prises pour éviter la fatigue et le danger, et j'ose promettre que vous allez faire une traversée curieuse et agréable. Vous ne regrettez rien, Mademoiselle?

— Non, Monsieur le Président.

— Nous sommes prêts? demanda-t-il en langue sous-terrienne à ses concitoyens.

173

— Oui, répondirent-ils.

— Donc, en route.

Et tous, saisissant l'échelle de corde, disparurent tour à tour dans le gouffre.

A mesure qu'ils entraient dans l'obscurité, les yeux des Sous-Terriens s'allumaient d'une lueur phosphorescente qui éclairait nettement les objets autour d'eux. Le président le fit remarquer à ses compagnons, en leur montrant comment les êtres vivants sont appropriés au milieu où ils doivent exister. Les poissons qui habitent les nappes d'eau souterraines et sans lumière perdent les organes de la vue; les Sous-Terriens, qui sont faits pour vivre à la clarté d'un soleil central, et dans les profondeurs de la mer, ont des yeux qui fonctionnent comme les nôtres quand ils sont à l'air lumineux, et qui deviennent lumineux eux-mêmes aussitôt qu'ils rejoignent les espaces enténébrés.

Wilhelmine descendit les quinze mètres d'échelle sur les épaules de Congo, qui ne se montrait pas le moins du monde fatigué de sa longue traversée dans les eaux équatoriales, et qui portait fièrement son précieux fardeau. On pouvait être tranquille, il n'arriverait rien à la jeune fille tant qu'elle serait sous la garde du colosse.

Jean Kerbiquet descendit avec l'aisance d'un gymnaste de profession.

Pour le petit docteur, ce fut un peu plus compliqué. Francken était un de ces hommes dont les bras n'entourent pas facilement la circonférence abdominale, et qui, s'ils ont par hasard à se servir d'une échelle, en atteignent péniblement les montants avec leurs mains et les barreaux avec leurs

pieds. Si l'on veut considérer que le docteur était sanglé dans
son uniforme de mer et peu libre de ses mouvements, on
concevra que l'expédition aurait pu commencer par une
catastrophe, le pauvre homme étant continuellement éloigné
de l'instrument qui le portait par une intempestive rotondité.
Il manqua des échelons, poussa des cris de pintade effarou-
chée, faillit plusieurs fois rouler dans l'abîme, et finit cependant par prendre pied sur la corniche inférieure, rouge comme
un coquelicot et soufflant comme un buffle, mais éclatant de
rire.

— Vos épreuves sont terminées, Monsieur, lui dit le président. A dater de cet instant, nous allons en voiture.

Et c'était en voiture, en effet, que devait s'achever la descente. Au roc surplombant, une poulie avait été solidement
scellée, et sur cette poulie passait un câble métallique dont
les deux bouts épissés faisaient un câble sans fin, tournant
sur une poulie semblable, à une halte inférieure. Cinq paniers,
semblables à des nacelles de ballons, étaient suspendus l'un
au-dessus de l'autre à ce câble, qui passait par une ouverture
à leur centre, et la longueur des étapes de haut en bas n'était
déterminée que par le poids de la corde, qui aurait pu se
rompre si cette longueur avait été par trop grande. A la sta-
tion inférieure, le même appareil était installé, et c'est ainsi,
par descentes de cinq à six cents mètres, que les voyageurs
s'enfonceraient dans la terre, tant du moins que la cheminée
demeurerait verticale, et sans autre fatigue que celle résultant
de la manœuvre des paniers, qu'il fallait évacuer pour les
décrocher d'un câble et les accrocher au câble inférieur.
Ajoutons que les Sous-Terriens, pour éviter toute dange-

reuse augmentation de vitesse, et pour s'arrêter à chaque
palier, avaient inventé un frein spécial et fort ingénieux qui
agissait des nacelles mêmes sur la partie remontante du câble,
et qu'un homme manœuvrait aisément d'une seule pression
de main. Il avait fallu, on le conçoit, un temps considérable
pour installer un semblable appareil, mais le président de la
République Centrale y avait tenu la main, quoiqu'il fût décidé
à achever son existence au fond du Globe, parce qu'il voulait, en cas d'événements imprévus, pouvoir se mettre en
relations avec la partie supérieure de la planète.

Et depuis que le gigantesque va-et-vient était établi, André
de Haute-Lignée était venu souvent sur la terre, dans l'incô-
gnito le plus strict, et dissimulant avec soin son escorte. Il
avait ainsi trouvé le moyen de présider une République où
on l'adorait et où il se trouvait heureux, et de rester au courant de ce qui se passait dans son ancienne patrie.

— Le tube où nous voyageons, dit-il, quand tout le monde
fut assis commodément dans les nacelles et que la descente
eut commencé, se dirige verticalement jusqu'au milieu de la
croûte terrestre, jusqu'à la zone neutre, jusqu'au point où la
pesanteur n'existe plus.

« C'est ce que les hommes appellent, par hyperbole, un
gouffre sans fond. S'ils ont eu jamais l'idée de le sonder, ce
que je ne crois pas, car son ouverture est située sur un îlot
parfaitement désert, leurs sondes se seront rompues sous
leur propre poids bien avant d'avoir atteint la région neutre.
Et comme nous prenons la précaution, chaque fois que nous
redescendons, d'enlever la première échelle de quinze mètres,
je ne crois pas que nous courions aucun risque d'être suivis.

« Arrivés au milieu de l'écorce terrestre, nous trouverons
une rampe en pente assez rapide, qui se dirige vers le sud-
ouest, et qui, lorsque nous l'aurons gravie, car nous monte-
rons à partir de ce moment-là, nous conduira sur la face intérieure de la terre, à quelques centaines de mètres de ma capitale. Rassurez-vous, d'ailleurs, nous grimperons cette rampe
sans la moindre fatigue, grâce à une sorte de funiculaire, de
chemin de fer à la ficelle, que mes concitoyens ont installé
avec les relais nécessaires. Ils nous attendent à l'heure
actuelle au point initial, et remonteront à la surface, par groupes, aussitôt que nous serons passés. Ce service est fort bien
organisé, car j'en use souvent. »

Et de fait, le voyage donna lieu à si peu d'incidents que
nous n'y insisterons pas davantage. Les Sous-Terriens et nos
compatriotes s'examinaient beaucoup, naturellement, mais le
président avait eu soin de les expliquer en détails les uns aux
autres, et, s'ils s'observaient, c'était avec sympathie.

Jean Kerbiquet, suivant l'impulsion de son esprit pratique,
s'inquiétait déjà des conditions dans lesquelles aurait lieu
l'expédition chez les Kra-las. Francken frétillait dans sa
nacelle et s'extasiait chaque fois qu'elle traversait des couches de quartz aurifère, ou des cristallisations géantes, ou
chaque fois que des gemmes colossales, enchâssées dans le
roc comme dans un chaton de bague, luisaient de mille feux
sous les rayons lumineux partis des yeux des Sous-Terriens.
Il aurait voulu s'arrêter partout, et emporter des échantillons
de tout. Il appelait Wilhelmine pour lui montrer ces richesses, et se répandait en explications géologiques trans-
cendantes, que la jeune fille écoutait d'une oreille, parce que

12

les informations du président des Sous-Terriens l'intéres-
saient bien davantage. Les hommes amphibies, calmes de
leur naturel et faisant peu de mouvements inutiles, ne considéraient pas sans une certaine surprise ce petit homme exu-
bérant qui n'arrêtait ni de parler ni de gesticuler, qui poussait des exclamations enthousiastes chaque fois qu'un caillou
brillait à la paroi du puits, et qui se mettait à tout instant le
haut du corps hors du panier, au risque de disparaître dans le
gouffre.

Congo les avait un peu épouvantés quand il était tombé à
l'eau, de l'avant du *Pétrel.* Il se tenait tranquille, à présent,
ne cherchant pas à savoir où il allait, satisfait, du moment
qu'il suivait son maître et les amis de son maître. Il s'était
assis dans un angle de la nacelle inférieure, et ne donnait
signe d'existence qu'aux relais, où sa force musculaire prodigieuse aidait puissamment à la manœuvre des paniers. Pour
bien dire il la faisait seul, cette manœuvre, car il joignait à sa
vigueur d'athlète une agilité de matelot consommé. Il se coulait le long des câbles, recevait les voitures d'osier, et les
accrochait avec une extrême facilité. Puis il reprenait sa
place et sa somnolence, sans s'inquiéter de descendre toujours, sans éprouver jamais le moindre vertige, puisque son
capitaine et la « Moiselle », comme il l'appelait, descendaient
avec lui.

Le voyage dura exactement huit jours, ou cent quatre-
vingt-douze heures. Sur ces cent quatre-vingt-douze heures,
quatre-vingt-seize furent consacrés au repos, et pendant les
quatre-vingt-seize autres, s'il y avait eu à bord un enregis-
treur spécial, il aurait constaté que le petit docteur Francken

avait prononcé un million trente-six mille huit cents mots,
soit dix mille huit cents à l'heure, cent quatre-vingts à la
minute, et trois par seconde, ce qui est le maximum permis
par la Nature aux gosiers humains les mieux entraînés. On
connaît même peu de femmes qui puissent arriver à une
pareille volubilité.

Et, dès qu'il fut sur la face intérieure de la croûte terrestre,
le petit homme pensa tomber assis de frayeur. Il l'aurait certainement fait si ce lui eût été possible. Mais il était maintenu
en l'air par une trompe vigoureuse, et qui ne le lâchait pas,
malgré ses hurlements.

Ce n'était d'ailleurs pas pour le maltraiter que cette trompe
l'agitait ainsi ; c'était simplement pour témoigner qu'elle partageait l'allégresse générale qu'inspirait le retour du Président. Elle le reposa doucement sur ses pieds, et le docteur,
ahuri, à demi-ployé en arrière, autant du moins que le lui permettait son ventre, se trouva devant une sorte d'éléphant de
proportions si monstrueuses qu'il n'en avait jamais vu de
pareil. Mais cet éléphant n'était pas fait exactement comme
les nôtres ; il était d'abord beaucoup plus gros et plus élevé ;
ses défenses se recourbaient en l'air et la pointe en aboutissait presque devant les yeux, après avoir décrit un cercle à
peu près complet : l'épine dorsale était couverte d'une étrange
crinière de longues soies. L'énorme bête, malgré son aspect
sauvage, était complètement docile et apprivoisée, car un
Sous-Terrien la prit aisément par la trompe et la fit re-
culer.

— Mais... mais... balbutiait Francken au comble de la stupéfaction, c'est un mastodonte !

— Parfaitement, lui répondit en souriant le président, nous en sommes encore au mastodonte, ici.

— Et vous laissez ces formidables animaux se promener parmi vous? Ils ne massacrent pas vos sujets?

— Ils ne massacrent personne, pour cette excellente raison que mes concitoyens sont végétariens et ne leur font pas de mal, et pour cette seconde excellente raison qu'eux-mêmes sont herbivores et qu'ils n'ont pas à chasser pour se nourir. Ils nous servent de chiens, comme vous pouvez voir.

En effet, dans la foule qui grouillait et criait sur les voyeiles les plus diverses autour des arrivants, se dressaient de nombreuses tours grisâtres qui n'étaient autres que de gigantesques proboscidiens. Ils se tenaient très tranquilles, et n'écrasaient, en mettant un pied devant l'autre, aucun des insectes humains qui les entouraient, ce qui leur aurait été de la plus grande facilité s'ils avaient eu mauvais caractère.

Francken demeurait ébahi; il mesurait de l'œil la terrible bête qui l'avait promené à plus de dix mètres d'altitude; il avait une question sur les lèvres.

— Parlez, docteur, lui dit le Président de la République Centrale; je crois deviner ce que vous allez me demander.

— Oui, haletait le petit homme Du moment que vous avez ici des mastodontes, vous avez aussi, peut-être, d'autres animaux antédiluviens?

— Peut-être. Mais je veux vous en laisser la surprise.

A dater de cet instant, Andreus Francken vécut en état de parfaite jubilation. Peut-être allait-il séjourner quelque temps, lui, humain du xx° siècle, au milieu des êtres préhistoriques qu'il n'avait jusqu'alors vus qu'à l'état de fossiles

ou sous forme de gravures montrant une reconstitution plus
ou moins exacte.

— Oh : quel livre je vais écrire : s'écria-t-il.

Rappelons-nous que Cornélius Van de Boot, en débarquant
chez les Kra-las, avait poussé la même et exacte exclamation.
Le désir d'écrire un beau livre était probablement dans le
cœur de tous les savants de Saardam.

Mais le président lui versa immédiatement une douche en
lui disant :

— N'oubliez pas, Monsieur, que vous m'avez promis le
secret absolu sur ce que vous verrez ici.

Et Francken en fut tellement suffoqué qu'il resta deux
minutes et demie sans rien dire, ce qui ne lui était peut-être
jamais arrivé de sa vie. Pour se remettre, il fallut qu'il
réfléchit :

« J'écrirai mon livre pour moi-même, et pour le plaisir ! »

Mais il ne put pas communiquer cette réflexion au président, qui avait mis à profit ces deux minutes et demie pour
s'occuper de ses autres invités.

Ceux-ci, naturellement, excitaient dans la population sous-
terrienne une intense curiosité. Wilhelmine, pour arriver,
avait voulu reprendre ses vêtements d'Européenne ; Jean
Kerbiquet avait remis son vêtement de capitaine du *Pétrel*,
et Francken le complet veston avec lequel il avait quitté la
Hollande. Congo s'était remis dans le costume qu'il portait à
bord, costume léger composé d'un pantalon de toile, d'un
tricot et d'un chapeau de paille, et qui convenait à la température équatoriale du monde récemment découvert.

La foule circulait autour d'eux sans interruption, ne pouvant

satisfaire suffisamment son besoin de voir. Le président avait
honnêtement averti ses concitoyens qu'il n'était pas le seul
au monde à pouvoir prononcer toutes les voyelles : qu'au
contraire il existait à la surface du globe, dont ils habitaient
l'intérieur, des millions d'êtres jouissant de la même faculté.
Mais comme on ne les avait jamais vus, ces êtres; comme il
y avait toutes chances pour qu'on ne les vît jamais, ils étaient
restés à l'état de légende, à l'état de ces fables dont la réalisa-
tion pourrait bien se produire, mais dans un vague avenir
auquel personne ne songeait.

Et les voir apparaître ainsi, tout à coup, au bout de dix ans
d'attente, était une sorte d'événement auquel on ne voulait
plus croire, et que le témoignage des sens même, ne rendait
pas certain. Les Sous-Terriens s'approchaient; ils posaient
des questions comme si les nouveaux venus eussent pu leur
répondre, quelques-uns touchaient leurs vêtements, et surtout ceux de Wilhelmine qu'ils n'avaient jamais vus. Le docteur Francken, avec sa rotondité, leur inspirait une familia-
rité douce : ils tournaient plus près de lui que des autres. Le
petit Hollandais leur parlait, sans réfléchir, que c'était là du
souffle perdu. Et d'ailleurs, ça lui était parfaitement égal,
puisqu'il faisait seul les demandes et les réponses en riant aux
éclats.

Mais ce dont les citoyens de la République inférieure restaient confondus, et ce dont ils restaient à distance respectueuse, c'était Congo, dont la taille et la couleur dépassaient
tout ce qu'avait pu inventer leur imagination. Les Sous-
Terriens sont, nous l'avons dit, de courte stature; ils s'émer-
veillaient déjà de la hauteur de leur président, qui était ce

que nous sommes convenus d'appeler un bel homme; mais leur président lui-même n'arrivait qu'à la poitrine du colossal nègre, et eux ne lui venaient généralement qu'à la ceinture, en sorte qu'ils se demandaient d'où pouvait bien sortir ce monstre, et s'il n'allait pas les dévorer.

Congo s'aperçut de son succès, et poussa un éclat de rire Il y eut alors une sorte de panique dans la foule. A ce bruit terrifiant, des hommes reculèrent pendant que des femmes et des enfants se mettaient à hurler; un mastodonte barrit avec aigreur; il se produisit une bousculade, au cours de laquelle des gens furent jetés à terre.

André de Haute-Lignée dut intervenir et expliquer à ses concitoyens qu'ils n'avaient rien à craindre du géant, et qu'il ne mangeait pas de chair humaine.

— Tais-toi donc, Congo, dit de sa part Jean Kerbiquet

— Oui, cap'taine.

Et Congo redevint muet comme une brique.

Au cours de la dernière étape, le président avait envoyé en avant des émissaires chargés d'instructions spéciales En débarquant, et aussitôt après les quelques incidents que nous venons de relater Wilhelmine, Jean Kerbiquet et le docteur furent conduits à trois cabanes spacieuses, construites au moyen des feuilles et des troncs de fougères arborescentes, et dont la légèreté convenait particulièrement au climat invariable et chaud du pays.

Entre ces trois cabanes, une quatrième avait été édifiée avec les mêmes matériaux, et qui devait leur servir de parloir et de salle à manger Kerbiquet et Lhelma se retirèrent immédiatement, mirent en ordre les objets qu'ils avaient apportés du *Pétrel* dans des sacs imperméables, et allèrent prendre un repos dont ils avaient grand besoin. Congo s'en fut se tremper dans la mer, qui brisait à trente mètres des cabanes, effaroucha quelques colonies de Sous-Terriens livrés à la douceur de la sieste entre deux eaux, et revint s'allonger en travers de la porte de Lhelma, où il s'endormit instantanément.

Pour Francken, dont la curiosité de savant était éveillée, il lui fut absolument impossible de fermer l'œil. Il tira de son sac hermétiquement clos son appareil photographique, qui n'avait pas souffert, un carnet et un crayon, se confectionna un couvre-nuque avec deux mouchoirs, et partit à l'aventure dans l'île. Car c'était une île, très vaste, où aboutissait la cheminée oblique qui lui avait permis de traverser la croûte terrestre, et cette île se trouvait verticalement au-dessous de la ville de Parahyba, au Brésil.

Tout en marchant, le petit docteur prenait des instantanés et des notes, et faisait ses réflexions à voix haute. Car, si l'excellent homme n'avait pas d'interlocuteurs, il parlait tout seul, pour le seul besoin de ne pas rester silencieux, ce qui lui était particulièrement pénible. Nous donnerons ici la copie des feuilles de carnet noircies au cours de cette promenade ; ils sont rédigés en style télégraphique ou nègre, mais auront l'avantage de donner un récit rapide et exact :

« 25 février 19 . ; deux heures vingt-cinq du matin d'après mon chronomètre sub-terrestre.

« Instantané d'un groupe de Sous-Terriens postés devant ma cabane au moment où j'en sors. Très curieux avec leurs narines mobiles et leurs corps couverts d'écailles. Je remarque pour la première fois que leurs mains sont palmées. Femmes gracieuses ; enfants délicats, mais très bien construits. Uniformément cheveux châtain foncé, lisses et droits comme ceux de notre race aryenne. Portent tous ceintures et poignards empoisonnés. Paraissent pas effrayés. Leur parle ; ils rient. Tends la main à un homme ; tous veulent toucher ma main. Ce contact leur semble agréable ; ils le prolongent.

« Je me mets en marche en suivant le bord de la mer, vers le sud. Les Sous-Terriens me suivent. Chemin faisant, je leur demande le nom des objets que je rencontre ; certains d'entre eux ont l'intelligence active et devinent instantanément ce que je désire. Ils répondent ensemble, et chacun sur sa voyelle particulière.

« Un caillou : *balfs*.

« Je veux faire dire « caillou » à un gamin, il prononce : *cailla*.

« Un morceau de bois : *sastra*.

« Une feuille de fougère : *carpaballa*.

« Du sable : *arvarassa*.

« Bientôt, la côte se relève et forme un promontoire. J'y monte. Découverte de l'île entière, en forme de fromage de Brie entamé. Très curieux. Apparence exacte que présentait la surface supérieure de la Terre au moment de la formation des continents. Succession, éparpillement d'îles sur la mer, ces îles renfermant souvent des lacs intérieurs. Tout ce qui n'est pas sous l'eau couvert d'une végétation extravagante. Fougères arborescentes surtout. La surface intérieure du Globe serait-elle plus *jeune* que la surface supérieure ? La présence d'animaux préhistoriques semblerait le prouver.

« Mais alors, l'homme terrestre actuel aurait eu pour prédécesseur l'homme amphibie? Ceci concorderait assez avec la théorie qui veut que toute existence, sur notre planète, soit sortie de la mer.

« A étudier.

« A la pointe du roc, apparition soudaine d'un mammouth, qui se promène gravement.

« Mammouth : *Kasadarallama*.

« Les Sous-Terriens n'en ont aucune frayeur. L'animal ne les évite pas. Pour moi, j'aurai du mal à m'habituer à l'approche de ces monstres, auprès desquels j'ai l'air d'un bouchon. Instantané, cependant, du mammouth.

« Au loin, sur la mer, combat entre deux énormes cétacés qui ressemblent à ces baleines, mais qui ne paraissent beaucoup plus grands et surtout plus trapus, plus ramassés de forme. Ceux-là aussi doivent être les prédécesseurs de la baleine blanche qui est en train de disparaître sur la Terre. Leurs mouvements sont si violents qu'ils provoquent une sorte de tempête sur l'eau calme.

« Baleine, en sous-terrien : *rapraba*.

« Tout à coup le combat s'arrête, et les deux cétacés restent complètement immobiles ; ils sont morts. Leurs corps géants flottent, inertes.

« Les hommes et les femmes qui m'entourent poussent des cris de joie. Ils me désignent les baleines, et leurs poignards.

« Poignard : *sassa*.

« J'en conclus que des humains sont intervenus dans la lutte gigantesque, et y ont mis fin de deux coups de stylet

adroits. Et ce doit être la vérité, car, à présent, des hommes
circulent autour des cadavres.

« Le combat les a troublés dans leur repos, probablement,
et ils l'ont fait cesser pour pouvoir continuer leur sieste.

« Quel malheur, d'avoir promis le secret au président !
Que de découvertes perdues, et pour l'Académie des sciences
de Saardam, et pour le reste du monde ! »

A cet endroit de sa promenade, le petit docteur Francken
cessa tout à coup de prendre des notes. Il s'était baissé et
avait ramassé une pierre étrange. Cette pierre était noirâtre
et sa surface était parsemée de points métalliques. Il l'exa-
mina un instant avec attention, puis la laissa retomber en
murmurant :

— De l'or !

Les Sous-Terriens n'avaient paru faire aucune attention à
ce caillou.

Quelques pas plus loin, Francken buta dans une pierre semblable, mais où la proportion du métal était encore plus forte.

Enfin, ayant continué sa route sur la grève, il écrasa du
pied une pépite d'or pur, et qui pesait probablement plus
d'un kilogramme.

Une lutte effroyable commença. (page 236)

Un poulpe gigantesque tenait un homme. (page 204)

CHAPITRE XIV

LA RÉPUBLIQUE CENTRALE

Andréus Francken revint alors sur ses pas, suffisamment pensif, mais toujours entouré de ses nouveaux amis, qui l'aidaient à augmenter son vocabulaire, et se dirigea vers le cantonnement des humains supérieurs.

— Je comprends maintenant, se disait-il, pourquoi le président des Sous-Terriens a exigé de nous le secret le plus absolu. Le jour où mes chers compatriotes de là-haut, en effet, connaîtraient l'existence de ce pays et des richesses qu'on y laisse traîner à fleur de sol et luire au soleil, je crois que ses habitants pourraient définitivement renoncer à leur paix. Nous assisterions à une abominable ruée d'aventuriers dans ce séjour jusqu'à présent si calme. Le sang coulerait, sans

aucun doute, et ces malheureux, que je vois suffisamment
doux et inoffensifs, seraient bientôt transformés en esclaves
et en bêtes de somme. Oh ! non, que les hommes ne soupçonnent jamais l'existence de la République Centrale ! Décidément, je n'écrirai pas de livre.

Il rentra au campement quatre heures après en être sorti.
Congo s'était éveillé et faisait la cuisine. Que cuisait-il, c'était
un mystère, mais le certain est qu'il cuisait quelque chose.

— Tu nous as découvert à manger, Congo ? lui demanda
le petit docteur.

— Congo toujours trouver, répondit le nègre en ouvrant
ses lèvres sur ses énormes mâchoires, mais sans oser rire tout
à fait, de peur d'ébranler les cabanes et d'éveiller leurs habitants comme sous la secousse d'un tremblement de terre.

Il désignait des fourneaux de son invention, creusés par lui
dans le sol, et où mijotaient, dans des feuilles odorantes,
d'étranges préparations.

— Ça, poisson, disait Congo en montrant le fourneau n° 1.

— Et où as-tu pris du poisson ?

— Dans la mer, répondit le géant, suffisamment dédaigneux.

— Je le pense bien. Mais, comment l'as-tu pris ?

— Moi pas pris. Petit homme pris.

— Tout s'explique. Et là, qu'y a-t-il ?

— Oiseau, grand.

Congo ouvrait des bras de trois mètres.

— Où l'as-tu tué ?

— Dans la mer.

— Sur la mer ?

— Oui.

— Avec quoi l'as-tu tué?

Le colosse montra un arc monumental qu'il avait déjà trouvé moyen de confectionner.

— Ah! bien. Et dans ce troisième fourneau, qu'y a-t-il?

— Cochon.

— Comment, cochon? Quel cochon? Est-ce qu'il y a des cochons, ici?

— Oui, cochon, joli, avec un bec.

Francken demeurait perplexe.

— Un cochon joli, avec un bec... Qu'est-ce que ça peut bien être que cet animal-là? Est-ce que je pourrais le voir?

Congo tira son rôti du four, le développa des feuilles parfumées, et découvrit... un magnifique ornithorynque, qu'il appelait cochon parce qu'il ne connaissait pas son nom véritable, et qui avait un bec, en effet.

A ce moment, Lhelma sortit de sa cabane, fraîche et jolie. Et le président parut d'un autre côté, venant d'une construction en pierre unique dans l'île, et qui lui servait de palais.

— Mademoiselle, dit-il à Wilhelmine, vous voudrez bien m'excuser de ne pas vous avoir offert l'hospitalité dans la maison que j'habite, mais c'est ce qu'on pourrait appeler, à proprement parler, « le palais pour un ». Quand je l'ai fait construire, j'étais loin de m'attendre à la visite d'humains supérieurs, et si j'y recevais deux personnes, on ne pourrait plus bouger.

— Je vous remercie, Monsieur le Président, répondit gracieusement Wilhelmine, je me trouve à ravir dans mon feuillage.

— On va vous apporter, Mademoiselle, ce que l'intérieur

de la terre produit de légumes et de fruits Il en est d'excel-
lents. Pour ce qui est de la partie anima* de votre régime,
j'ai donné des ordres pour qu'on s'en occupe. Mais les Sous-
Terriens ne sont ni grands chasseurs ni grands pêcheurs,
puisqu'ils sont végétariens, et il se peut que leur inexpérience
vous oblige à attendre.

— Oh! nous y avons pourvu, Monsieur le Président, interrompit Francken en riant, et si vous voulez nous faire
l'honneur de partager notre repas, nous vous offrirons du
poisson de mer, un albatros, sans doute, et un admirable rôti
de porc frais

— De porc frais?

— Ou tout au moins un rôti que Congo baptise de cette
façon. Mais il sent très bon.

Des Sous-Terriens parurent, portant des racines, des légumes et des fruits que nous ne connaissons plus, sauf quelques-
uns qui rappelaient par leur forme l'ananas, la mangue et la
banane.

Et bientôt, Kerbiquet, s'étant éveillé à son tour, tout le
monde passa dans la cabane qui devait servir de salle à manger, où une table et des tabourets avaient été apportés du
« palais pour un », et où Congo, solennel à présent, se dispo-
sait à faire le service.

Le Président avait invité, pour la circonstance, quelques
Sous-Terriens à voyelle franche, choisis parmi ceux qui l'aidaient dans son administration. Ils se présentèrent fort convenablement, et vêtus d'une légère tunique de laine blanche
qui les enveloppait jusqu'aux pieds. Sans leurs yeux étranges
et la forme spéciale de leurs mains, personne n'aurait deviné

à leur attitude des hommes sous-terriens Ils saluèrent gra-
cieusement Wilhelmine, et se mirent à table sans embarras.
Ces amphibies s'étaient déjà civilisés, au contact d'André-
Phocas de Haute-Lignée.

Francken, qui était resté quelques instants sans parler, ce
qui lui avait été dur, fit pour Lhelma et pour Kerbiquet le
récit de sa récente promenade, et énuméra les trouvailles
qu'elle avait occasionnées. Il dit comment le dessous de la
terre était en retard dans son évolution par rapport au dessus,
comment il se trouvait encore, pour ainsi dire, antédiluvien,
avec les races d'animaux et d'hommes, probablement, dis-
parues déjà de la surface supérieure. Il fut verbeux, savant et
aimable, et en oublia de manger.

Les Sous-Terriens, gens assez silencieux d'habitude, et
d'ailleurs trop remplis d'un certain tact natif pour le manifester, se sentaient infiniment surpris de cette facilité d'élocu-
tion merveilleuse, et qui permettait au petit homme, premiè-
rement, de verser tant d'articulations sur tant de voyelles
différentes, et deuxièmement, de pouvoir parler à jet continu
pendant tant de temps sans se fatiguer.

Et, quand il en fut à l'épisode du minerai d'or, Francken
s'arrêta deux secondes, et dit gravement :

— Monsieur le Président, permettez-moi de vous féliciter
de votre haute vertu.

— Quelle vertu?

— De celle qui vous permet de rester ici en cherchant à
améliorer le sort de ce peuple, tandis qu'il vous serait si facile
de remonter sur la terre, et d'étonner le monde par vos
richesses.

13

— Oh! n'en parlons pas!...

— Si, si, parlons-en; parlons-en beaucoup, au contraire,
car c'est un exemple à méditer. Figurez-vous, capitaine,
figure-toi, ma petite Lhelma, que dans le pays où nous sommes, l'or n'est pas plus rare que les cailloux sous nos champs.
Je ne m'en suis aperçu qu'à la fin de ma promenade, mais
avant de m'en apercevoir, j'avais peut-être écrasé des millions J'ai sans doute encore de la poussière d'or dans mes
semelles. Les Sous-Terriens n'y font d'ailleurs pas la moindre
attention. Mais je persiste à penser, Monsieur le Président,
qu'un homme comme vous, qui a les moyens de regagner à sa
volonté la face supérieure de la terre, qui pourrait en toute
facilité s'y conduire en milliardaire, en archi-milliardaire, et
qui demeure ici à gouverner ces braves gens, à les rendre le
plus heureux possible, sans même vouloir qu'on le sache, doit
posséder l'ensemble des plus hautes vertus. Qu'en pensez-
vous, capitaine?

— Je suis tout à fait de votre avis, répondit Kerbiquet.

— Et toi, Lhelma?

— Je crois qu'en effet peu d'hommes seraient capables d'un
tel sacrifice, répondit sérieusement la jeune fille

— Mademoiselle, Messieurs, dit en riant le Président,
j'aurai peine à vous enlever quelques illusions, mais il est
réellement nécessaire que les choses soient remises au point.
Il ne m'a pas fallu, pour me décider à vivre ici, la haute abnégation dont parle Monsieur le docteur; il m'a fallu, simplement, constater que je m'y trouvais mieux qu'ailleurs. Et je
l'ai constaté presque en arrivant, c'est-à-dire le jour où j'ai
été assez heureux pour débarrasser les Sous-Terriens de leurs

ennemis séculaires, les Kra-tas. Ce jour-là, je suis devenu,
non seulement le premier de la nation, mais encore un individu pour lequel tous ses concitoyens, du premier au dernier,
se jetteraient au feu sur un signe. Je n'ai jamais le temps de
rien désirer ; je suis obéi, bien que je ne l'exige pas, comme
aucun monarque absolu ne l'a été de ses sujets. Je règne sur
un peuple à qui la nature fournit tout ce qui est nécessaire à
ses besoins, et qui, par conséquent, ignore la loi dure du travail forcé, la mauvaise foi des transactions, le besoin d'accu-
muler l'or et les mauvais instincts auxquels il donne naissance. Vous devinez avec quel soin je le laisse dans cette pré-
cieuse ignorance, et combien peu je lui fais deviner de la
civilisation d'en haut. Moins il en connaîtra, et mieux cela
vaudra pour lui, sans doute.

« Il y a de l'or, ici et des pierres précieuses en innombrable
quantité; les Sous-Terriens ne savent pas ce que c'est, et je
ne le leur apprends pas; il y a de la vigne sauvage par mon-
ceaux, qu'il suffirait de cultiver pour récolter des millions
d'hectolitres de vin . je leur cache le vin précieusement, parce
qu'ils vivent et se trouvent heureux sans lui.

— C'est d'une profonde sagesse, interrompit Francken.

— C'est tout au plus de la prudence. Quant à m'en aller
parader sur la terre avec des millions que je n'aurais qu'à ra-
masser, pour ne pas me faire meilleur que je ne suis, j'en ai
eu l'idée. Il y a toujours, pour nous autres humains du vingtième siècle, dans l'idée d'émerveiller les contemporains en
jetant l'or par les fenêtres, quelque chose de séduisant. Mais,
je me suis découragé avant même d'avoir ramassé une pépite.
Je me suis vu, là-haut, milliardaire, à la vérité, servi et

encensé du matin au soir si vous voulez, mais sollicité aussi,
en butte aux entreprises de tous les aigrefins, vivant dans un
tourbillon au sein duquel il m'aurait fallu renoncer à toute
affection sincère et désintéressée. J'ai eu peur, car ici, parmi
tous ces braves gens, je m'étais accoutumé déjà à être aimé
pour moi-même, et à une gratitude que n'avilissait aucun
motif d'intérêt

— En outre, l'or et les gemmes n'ont qu'une valeur con-
ventionnelle : celle que nous leur attribuons. En marchant
dessus toute la journée, je finissais par me persuader que
c'étaient des cailloux comme tous les autres. J'ai retardé, j'ai
atermoyé, j'ai reculé le voyage au cours duquel je devais
éblouir les hommes supérieurs, et de fil en aiguille j'ai oublié
de les éblouir. Ils ne s'en portent pas plus mal, et moi non
plus. Vous voyez qu'en tout ceci la haute vertu n'avait pas à
intervenir.

— Monsieur le Président, vous êtes la modestie même, dit
Francken, et je ne vous ferai plus de compliments, puisque
vous ne voulez pas qu'on vous en fasse. Mais je vais vous
demander quelques renseignements, pour mon édification
personnelle. Oh! rassurez-vous ! j'ai renoncé à l'idée d'écrire
quoi que ce soit, en remontant sur la terre. Et je pourrais ne
pas vous avoir promis le secret que ce serait la même chose ;
ces gens-là sont trop heureux dans leur isolement pour que
je commette le crime de les faire connaître. Qu'avez-vous fait
pour améliorer leur sort?

— Peu de chose. Deux choses. Je leur ai donné des armes,
comme vous le savez, pour se défendre des Kra-las, et un
moyen de mesurer le temps, de savoir leur âge, et de se dis-

tinguer entre eux par des noms Ils n'avaient pas besoin
d'autre chose, à la vérité, puisque la mer fournit leur nourriture, et que la mer est inépuisable.

« Ah! si, cependant Je leur ai donné encore la possibilité
d'écrire et de lire leur langue, et c'est de cela, sans doute,
qu'ils me sont le plus reconnaissants.

« Le temps, quand je suis arrivé ici, était une chose vague,
indéfinie, et qu'on subissait sans y penser. Quant à le diviser
en périodes comme nous l'avons fait sur terre, personne n'y
avait jamais songé, pour cette bonne raison qu'on ne s'aper-
çoit pas de la rotation du globe, que les jours et les nuits
solaires sont inconnus, ainsi d'ailleurs que les saisons, les
phases de la lune, les marées, et, en général, tous les indices
qui nous ont permis d'établir un calendrier. Quand je deman-
dais son âge à un Sous-Terrien, il y a dix ans, ou combien de
temps il avait déjà vécu, il répondait vaguement qu'il arriverait bientôt aux cheveux gris, ou qu'il se sentait dans sa force,
ou que son père était très vieux, etc., etc.

« Dès lors, j'ai inventé une sorte de grand sablier que j'ai
réglé le plus minutieusement possible en me servant de mon
chronomètre, qui me donnait midi et minuit de la terre. J'y ai
joint un basculateur automatique qui le renverse à la seconde
précise où il est vide, et un de mes secrétaires y a ajouté un
marqueur de sa composition, qui fonctionne chaque fois que
l'appareil se retourne, c'est-à-dire de douze en douze heures.
Et nous sommes arrivés à une assez grande précision, puisqu'au bout du premier mois d'usage il n'y avait qu'une minute
de différence entre l'heure du sablier et l'heure solaire Cette
minute d'erreur, nous l'avons d'ailleurs corrigée depuis.

« Vous voyez d'ici les avantages. Jusqu'alors, les Sous-Terriens, n'ayant rien pour apprécier la fuite du temps, vivaient, dormaient et mangeaient au petit bonheur, et sans aucune régularité. Une cloche sonne maintenant six fois par vingt-quatre heures. Mes gens se règlent là-dessus comme ils l'entendent, et tous s'en trouvent très bien.

— Est-ce qu'il y avait autrefois des malades ? demanda vivement Francken.

— Non ; la maladie est inconnue de ces êtres.

— C'est juste. Et des pauvres ?

— Comment voulez-vous qu'il y ait des pauvres, puisque l'argent est inconnu et ne sert à rien ?

— En effet ! répliqua le petit docteur, légèrement désappointé. Vous disiez donc, Monsieur le Président ?

— L'appareil à mesurer le temps construit, il s'agissait de donner un début à ce temps, d'inventer une ère, si vous préférez. Et il fallait que l'instant choisi fût situé dans l'avenir, puisque le passé était irrévocablement condamné à rester dans l'imprécision. Nous avons alors décidé que le sablier serait mis en marche à l'instant exact où naîtrait le premier enfant Sous-Terrien dans la capitale. Et cette naissance ayant eu lieu le lendemain, à midi précis, pour surcroît de chance, le temps d'ici-bas a commencé. Je l'ai mis en concordance avec celui de dessus la terre, et de même que nous sommes le 25 février là-haut, nous sommes le 25 février ici, mais de l'année 11 au lieu de l'année 19.. Quant à l'enfant, dont la naissance a déterminé le commencement de notre ère, il vous suivait tantôt, docteur.

— Comment, c'est ce charmant gamin qui m'a donné ma première leçon de langue sous-terrienne?

— Lui-même. Une sorte de superstition s'est attachée à lui. D'abord il parle en A, comme vous avez pu le constater, ce qui est l'indice d'une intelligence supérieure, et on le considère comme le symbole d'un progrès dont tout le monde a tiré avantage. Il est gâté et choyé universellement; c'est d'ailleurs un bambin délicieux.

— C'est touchant, déclara Wilhelmine; je voudrais le voir.

— Rien de plus facile, Mademoiselle; il ne doit pas être loin.

André de Haute-Lignée dit quelques mots à l'un de ses secrétaires, qui sortit et revint bientôt, amenant un joli enfant à l'air éveillé. Thelma le prit sur ses genoux, le caressa et lui donna des fruits. Le gamin s'apprivoisa tout de suite et ne bougea plus.

— Il restait, poursuivit le président, à trouver des noms pour des milliers d'individus qui n'en avaient pas, et qui jusqu'alors étaient obligés d'user de longues périphrases pour se désigner les uns les autres, ce qui les gênait beaucoup et amenait toutes sortes de confusions. Nous y sommes arrivés, en ce qui concerne les Sous-Terriens à naître, en leur donnant pour nom la date de leur naissance, dans l'ère que nous venions d'inventer. Cet enfant, par exemple, s'appelle Satrama. Ces trois syllabes, traduites, signifient six-trois-un, ou, sans abréviation, six Mars de l'année Un, qui est le jour où il est né et où a commencé notre temps. C'est assez simple, comme vous voyez.

« A la convention, des usages se sont ajoutés. La première

syllabe a fini par servir d'appellation courante, de prénom, si vous préférez; les autres ont formé une sorte de nom de famille, mais qui ne se transmettra pas de père en fils, puisque chaque individu nouveau aura un nom à lui, déterminé par la date de sa naissance. Ce petit est généralement appelé Sa ; on ne le nomme Satrama que pour rappeler la révolution qui marqua son premier souffle, ou pour parler de lui au sujet d'une chose sérieuse, de son avenir, par exemple.

« Pour les individus qui étaient nés avant le début de l'ère sous-terrienne, la difficulté était plus grande, car nous n'avions absolument rien sur quoi nous baser. Nous nous en sommes tirés par un à peu près. Nous avons supputé approximativement les âges; nous avons commencé par les enfants, pour lesquels c'était le moins embarrassant Puis, en usant d'interrogation, de comparaisons, de déclarations que tout le monde apportait avec une extrême bonne volonté, nous avons établi des dates de naissance approximatives, et des noms en conséquence.

« Il est certain que le système pèche par l'exactitude, et que beaucoup de gens ne portent pas rigoureusement le nom qu'ils devraient porter. Mais il était impossible de mieux faire, en l'état où j'ai trouvé les choses, et le résultat principal a été atteint, puisque chacun, maintenant, connaît à peu près son âge, et possède une appellation propre qui le distingue de son voisin. Les archives du nouvel état civil sont tenues dans un grand ordre depuis dix ans, et dans toutes les villes de la République. J'en suis très fier.

— Et vous avez raison, dit Kerbiquet. Par des moyens fort simples, vous avez rendu grand service à ces braves gens.

— Ils l'apprécient ainsi.

— Mais, dit Francken, puisque votre ère commence naturellement à l'année un, comment avez-vous appelé les années
antérieures? Moins un?... Moins deux?...

— A peu près. De même que nous disons sur terre quarante ans avant Jésus-Christ, cinquante ans avant Jésus-
Christ, nous avons introduit avant le nom de l'année une
simple lettre qui signifie : antérieurement à l'ère Ainsi, un
enfant né le 1ᵉ janvier il s'appellera Mamapa. S'il est né
le 1ᵉ janvier il avant l'ère, il s'appellera Mamaïpa. Vous
voyez que la confusion est impossible.

— En effet. Mais il me reste une objection avant de reconnaître l'entière ingéniosité de votre système.

— Laquelle?

— Notre calendrier est fait de telle sorte qu'au seul énoncé
d'un nom nous savons s'il désigne un être masculin ou fémi-
nin. Jean a fait ceci; Jeanne a fait cela. Mais si l'on me dit que
Samatra, ou Satrama, a fait ceci ou cela Sur quoi me base-
rai-je pour savoir si Satrama est un garçon ou une fille,
puisque, nés le même jour, par exemple, fille ou garçon peuvent porter exactement le même nom?

— Vous vous baserez sur ceci, que la forme des personnes
du verbe sous-terrien varie suivant qu'il exprime l'action
d'un être mâle ou femelle. Dans l'exemple que vous avez cité
a fait ne se traduit pas de la même façon, suivant qu'il est
question de Jean ou de Jeanne.

— Je n'ai plus rien à dire, et tout est parfait. Je vais apprendre le sous-terrien.

Pendant cette conversation, le dîner avait approché de sa

fin. Le président offrit à ses hôtes une promenade dans l'île capitale, puis le plaisir d'une fête nautique que les Sous-Terriens avaient organisée en leur honneur. Mais non pas une fête sur l'eau, qu'ils avaient vue cent fois à la surface de la terre ; une réjouissance au fond de la mer, avec les éléments dont ils disposaient et qui ne manquerait certainement pas d'originalité.

Tous acceptèrent avec enthousiasme, et, deux heures après, la digestion faite et les costumes imperméables revêtus, ainsi que les masques d'air comprimé, Lhelma, Jean Kerbiquet et Francken entraient dans les lames et y disparaissaient bientôt, laissant sur le rivage Congo désespéré de ne pouvoir les suivre, parce que le président n'avait pas pu trouver dans sa garde-robe de complet maritime à sa taille.

André-Phocas de Haute-Lignée conduisit ses hôtes et leur fit prendre place sur des roches disposées en demi-cercle, et qu'on avait probablement taillées pour la circonstance, tant elles formaient des sièges commodes. Wilhelmine était à sa droite, Kerbiquet à sa gauche, et Francken partout, car il lui était absolument impossible de tenir en place, dans l'extraordinaire nouveauté de ce décor. Les hauts dignitaires de la République avaient modestement choisi leurs sièges derrière les invités.

Ici, par quinze mètres de fond, la pantomime remplaçait forcément la conversation, et le petit docteur en souffrait beaucoup, car il aurait eu toutes sortes de réflexions à faire. Aussi gesticulait-il et dansait-il comme un possédé dans l'espoir de se faire comprendre, et au risque de déplacer son masque et de se noyer.

La pantomime était elle-même difficile et imprécise, car il faisait, à cette profondeur, à peu près obscur. Une clarté vague et diffuse descendait péniblement de la surface, et les objets qu'elle baignait n'avaient que des contours imprécis.

Devant les invités du président s'étendait une plage semi-circulaire qu'on devinait assez vaste, et derrière c'était le noir, le noir absolu, indéfini et impénétrable.

Tout à coup, ce noir s'illumina brillamment. Trois ou quatre mille Sous-Terriens, serrés les uns contre les autres, et juchés sur toutes les aspérités des rochers, venaient, à un signal, d'ouvrir les yeux en même temps. Le fond de la mer, la scène, si nous pouvons nous exprimer ainsi, s'éclaira comme si on y eut jeté le faisceau lumineux d'un projecteur électrique et tous les détails s'y accusèrent avec une extraordinaire netteté.

Nos amis distinguaient un sol de sable fin, parsemé de roches sombres, où toute une végétation s'attachait : anémones de mer aux nuances délicates, de gigantesques coraux, des éponges majestueuses. Toutes sortes d'animaux à carapaces ou à coquilles grouillaient là-dedans, tandis que s'allongeaient des algues comme des chevelures, ou que passaient en éclairs argentés des ventres de poisson.

Si cela avait été possible, les spectateurs venus de la surface de la terre auraient poussé un grand cri de stupéfaction. Ils le retinrent, sauf Francken, qui faillit boire un flot d'eau de mer à cette occasion.

— C'est admirable !... C'est merveilleux !... cria-t-il sans réfléchir que personne ne pouvait l'entendre. Regarde, Lhelma !... Regardez, capitaine !... Dieu ! que c'est beau !

Une lampée d'eau amère lui rentra dans la gorge et lui coupa la respiration. Il rajusta en hâte son masque et toussa cependant trois minutes. Puis le spectacle l'immobilisa.

Les quatre mille yeux phosphorescents se fermèrent. Quand ils s'ouvrirent à nouveau de la poitrine de nos amis, un cri d'horreur faillit s'échapper. Sous leurs yeux, un poulpe gigantesque tenait un homme. Ses énormes bras le fouettaient, le serraient, l'enlaçaient des chevilles au col, tandis que ses ventouses cherchaient à coller à la peau et à sucer la vie. Le malheureux se débattait, cherchait à se dégager de l'étreinte formidable, à saisir la calotte qu'il suffit de retourner pour dégonfler le terrible animal et en faire une loque inerte et inoffensive; il n'y parvenait pas. Les gros yeux du monstre, à fleur de tête, luisaient de férocité satisfaite. Les tentacules se resserraient.

Tout à coup, on vit le poulpe desserrer sa multiple étreinte; il s'immobilisa, et monta lentement à la surface. Le Sous-Terrien qui s'était livré au monstrueux animal, terreur et horreur des mers, était tranquillement debout sur le sable, son stylet à la main.

Il venait, cependant, de jouer un jeu dangereux; le poulpe pouvait lui paralyser les bras et l'étrangler dans la même seconde; il pouvait, d'un seul effort, lui briser la colonne vertébrale On l'aurait secouru, certainement, mais l'aurait-on secouru à temps?

La dernière scène de cette représentation unique fut certainement la plus originale, et celle qui obtint le plus grand succès.

Une jeune fille parut dans le cercle de lumière, ayant à la main une baguette de roseau sous-marin. Elle salua gracieusement, et fit dans l'eau des signes mystérieux, à la suite desquels des centaines de poissons accoururent de toutes parts et s'arrêtèrent autour d'elle.

Elle se mit en marche autour du cirque, et le troupeau, composé d'êtres grands et petits, de toutes espèces et de toutes formes, la suivit avec docilité. Elle quitta le sol et s'éleva dans les flots, y décrivant des courbes compliquées. Son cortège imita ses mouvements, se serrant, se pressant pour l'approcher davantage. Elle redescendit, et s'étendit sur le sable comme pour s'y endormir. Les poissons se mirent à croiser au-dessus et autour de son corps en un nuage si épais qu'elle devenait invisible. Le tourbillon d'argent dura quelques secondes, et la jeune fille se leva tout à coup. Les êtres gracieux qu'elle avait si admirablement domptés, s'écartèrent alors et formèrent un cercle de vingt mètres de diamètre, dont elle était le centre, et qui se mit à tourner comme un épais ruban de métal.

Puis, sur un signal, cette flamme s'éparpilla en milliers d'étincelles, qui s'enfuirent dans toutes les directions.

Francken était arrivé au paroxysme de l'enthousiasme, on dut le secourir. Son admiration était devenue telle qu'il lui fallait absolument applaudir et crier. Il oublia tout, l'endroit où il se trouvait et l'utilité de son masque. Il l'arracha et suffoqua immédiatement. Ses voisins le saisirent et le transportèrent à la surface, où haletant, crachant, toussant, se démenant comme un diable, il put enfin donner libre cours à sa joie.

Cet incident mit fin à la représentation sous-marine, à laquelle avaient été conviés les humains supérieurs.

Congo! à moi Congo! (page 212)

CHAPITRE XV

EXPÉDITION CONTRE LES KRA-LAS

Trente jours se sont passés depuis les événements que nous venons de relater. Nous sommes donc maintenant à la fin du mois de mars. Ces trente jours ont été employés avec activité, presque avec fièvre. Le président des Sous-Terriens a fait savoir à ses concitoyens qu'il préparait une expédition contre les Kra-las, dans le but de leur enlever trois humains supérieurs qu'ils ont capturés, si du moins il est encore temps de leur sauver la vie. Il a annoncé que cette expédition se composerait de deux cents hommes de bonne volonté, le soir même il y en avait deux mille sur la liste, il a fallu choisir.

Les Sous-Terriens gardent contre les Kra-las une vieille rancune, qui ne manque jamais une occasion de se manifester; les monstres les ont tant fait souffrir, et les derniers souvenirs douloureux datent encore de si peu d'années! En outre, depuis qu'ils possèdent des armes à feu, les sujets de Phocas de Haute-Lignée se sentant les plus forts, et ils ne sont pas fâchés d'expérimenter leur puissance, en attaquant, au lieu de se tenir simplement sur la défensive. Des provisions de toutes natures ont été faites et des munitions de guerre ont été amassées, qui seront placées ainsi que les caisses d'armes et les canons sur le dos de mastodontes apprivoisés. Pour traverser l'Océan, ces mastodontes seront placés sur de grands radeaux à voile. En atteignant le désert, ils porteront l'expédition et son bagage. Quand on arrivera au cercle polaire antarctique, là où, de nouveau, règne la mer et où vit l'ennemi, les énormes bêtes seront replacées sur l'assemblage des poutres qu'elles auront transportées elles-mêmes, car leur force musculaire est à peu près incommensurable.

A partir de cet instant, il faudra s'inspirer des circonstances pour essayer de retrouver Van de Boot et ses deux compagnes. Les Sous-Terriens ignorent naturellement la mort d'une des deux Anglaises. Tel est le plan des opérations dans son extrême simplicité.

Le 31 mars au matin, les mastodontes étaient chargés et montés sur leurs radeaux, que les Sous-Terriens devaient accompagner à la nage, et André-Phocas de Haute-Lignée remettait le commandement en chef de l'expédition à Jean Kerbiquet, qui, au milieu de cette activité, s'était retrouvé dans son élément. C'était lui qui avait à peu près tout dirigé, pendant la période préparatoire, et l'on peut imaginer que tout était *paré*, comme disait à bord du *Pétrel* l'excellent Plougonnec.

Il avait été fait, auprès de Wilhelmine, plusieurs tentatives pour l'engager à attendre les résultats au lieu de prendre
personnellement part au voyage. Elles étaient restées totalement infructueuses. Tranquillement, mais avec fermeté, la
jeune fille avait déclaré à Kerbiquet et au Président qu'elle
voulait être la première à embrasser son parrain Van de Boot.
Et quand Francken avait joint ses instances à celles des deux
hommes, elle l'avait envoyé se promener sans cérémonie,
affirmant que puisqu'il partait, lui qui n'avait absolument rien
de guerrier, elle pouvait bien partir aussi. Le petit docteur,
froissé dans sa dignité, n'avait pas insisté. Donc, Lhelma
serait du voyage. Inutile d'ajouter que Congo la suivait, prêt
à la protéger en cas de besoin, et à faire un massacre en règle
des Kra-las, malgré leur taille gigantesque et leur force extraordinaire.

A midi, la colonne se mettait en mouvement. C'est-à-dire
que les voiles furent hissées, et que les Sous-Terriens s'atte-
lèrent à leurs radeaux. Et ce fut un spectacle peu banal, en
vérité, que celui de cette caravane sur l'eau, filant vers le Sud,
et composée de vingt radeaux sur lesquels se balançaient
vingt éléphants antédiluviens. Les humains occupaient une
plate-forme spéciale, où une hutte en bois avait été érigée, et,
sous l'impulsion d'un assez fort vent du nord, l'ensemble s'en
allait rapidement sur la mer houleuse, vers le cercle qui cor-
respond sous terre à notre tropique du Capricorne, et où elle
devait retrouver la terre ferme.

La route serait très longue, cependant. Il n'y avait à compter
que sur une voilure très sommaire, et sur la traction opérée
par les Sous-Terriens. Il faudrait au moins quinze jours de tra-

14

versée pour atteindre la partie désertique du sous-sol du monde.

Ces quinze jours se passèrent sans incidents bien notables, et même d'assez monotone façon. Dans les mers de la face inférieure, le beau temps est la règle générale, et la tempête, la très rare exception. Les radeaux filaient l'un derrière l'autre dans la direction du Sud, que leur donnait Kerbiquet naviguant en tête. Le capitaine se consacrait tout entier à ses fonctions de chef d'expédition, et c'est à peine si ses compagnons le voyaient maintenant aux repas.

Wilhelmine et le président de la République Centrale, assis sous l'auvent de leur cabane et forcément oisifs, passaient les journées en interminables conversations sur le monde nouvellement découvert, sur sa géographie, sur ses divisions politiques, sur les différentes races d'hommes qu'il renferme et sur leurs mœurs, absolument nouvelles et étranges pour la jeune fille.

André de Haute-Lignée et Lhelma avaient senti la sympathie naître entre eux dès qu'ils avaient été rapprochés par les curieux hasards de leur existence. Tous deux étaient sérieux et de caractère résolu, très simples et très droits ; ils se plaisaient ensemble, et personne ne songeait à s'en étonner.

Francken pêchait et chassait les oiseaux de mer pour varier le menu. Il avait auprès de lui des carabines chargées et des lignes qu'il amorçait de viande de conserve pour les laisser traîner derrière son radeau. Il avait aussi son dictionnaire de langue sous-terrienne en la personne du jeune Satrama, qu'il avait été impossible de laisser en arrière, et qui s'était pris d'une soudaine amitié pour le petit docteur ventripotent. Ils faisaient ensemble excellent ménage ; on les entendait causer et rire aux éclats tant qu'ils étaient éveillés. Ils parlaient une sorte de jargon mi-sous-terrien, mi-hollandais, mi-français, qui ne manquait pas d'originalité. C'était, d'ailleurs, l'enfant qui profitait le mieux de la leçon en partie double : au bout de quelques jours il se faisait comprendre, bien qu'il lui fût impossible de prononcer autre chose que des A, et notre langue ainsi parlée prenait dans sa bouche une allure singulière

Lhelma l'aimait beaucoup aussi ; c'est à elle qu'il venait quand il voulait une caresse ou une friandise.

Congo, lui, en attendant de massacrer les Kra-las, avait assumé les délicates et pacifiques fonctions de cuisinier. On le voyait toujours en train de plumer un volatile ou d'écailler un gros poisson. Il s'était improvisé des fourneaux à l'arrière du radeau habité par les Terriens, et s'ingéniait à composer des menus extraordinaires, qu'il fricotait toute la journée.

Quand nous disons qu'il n'y eut pas pendant cette traversée d'incidents remarquables, c'est une erreur ou une exagération : le docteur Francken, un matin, faillit être électrocuté. Il venait de lancer sa première ligne, et elle traînait à l'arrière du radeau, munie d'un gros hameçon et d'un appât sérieux, lorsque la canne à laquelle elle était attachée se mit à vibrer violemment :

— Une grosse pièce, s'écria-t-il.

Et Satrama battait des mains.

Tous deux commencèrent à tirer sur le filin, Francken devant, Satrama derrière, et bientôt apparut un énorme poisson de la forme générale d'une raie, mais beaucoup plus gros et qui se débattait avec fureur.

— Congo ! à moi, Congo ! criait le petit docteur, qui crai-
gnait fort d'être vaincu dans sa lutte avec l'animal.

Congo accourut, mais il était déjà trop tard. Le captif, tout
près du radeau, avait envoyé à Francken un formidable coup
de queue, qui ne l'avait qu'à demi atteint, heureusement, car
il lui aurait cassé un membre. Mais le savant avait reçu en
même temps un si terrible choc électrique, qu'il avait tout
lâché et était tombé sur le dos, en criant :

— Une torpille ! Méfiez-vous !

Congo lâcha de la ligne au poisson, qui s'en fut se débattre
et électrocuter un peu plus loin. On le laissa se noyer doucement, et on le mangea le soir ; il était excellent, après avoir
perdu sa redoutable électricité.

Quant à Francken, il sera boiteux d'une jambe pendant
vingt-quatre heures et suffisamment penaud. Il sentait comme
une paralysie, qui ne se dissipa que lentement. Et comme
incidents, c'est tout ce qu'enregistra le journal du bord.

Un jour, Kerbiquet signala lui-même : « Terre ! » Chacun
saisit sa lunette, et une bande rougeâtre apparut au Sud, qui
modifiait les brumes de l'horizon pour les transformer en
quelque chose de solide et d'immuable.

Le capitaine choisit un point d'atterrissement, une sorte de
plage basse et absolument déserte, et y échoua son radeau. Il
dirigea ensuite la manœuvre des autres, et les mastodontes
furent débarqués, non sans difficultés. Puis, un camp fut
organisé, car on passerait là quelques jours avant de s'engager
dans le désert, cette halte étant nécessitée par l'opération du
démontage des radeaux.

La grève était morne et désolée ; elle présentait parfaitement l'aspect des terres qui n'ont jamais été habitées, et qui ne le seront sans doute jamais Derrière, régnait une succession de dunes absolument nues, et qui s'éloignaient jusqu'à l'infini comme un énorme moutonnement fauve. La partie lugubre de l'aventure allait commencer Le désert, dans lequel on pénétrait maintenant, méritait son nom mieux qu'aucun autre ; il était bien certain, dès le premier coup d'œil, qu'on n'y trouverait ni un brin d'herbe, ni une goutte d'eau, ni une créature vivante. C'était l'empire de la solitude et de la mort ; c'était un espace incommensurable où la nature avait été vaincue, où il lui avait été impossible de mettre de la vie, malgré sa merveilleuse facilité de création.

Les dangers allaient se montrer aussi ; jusqu'à présent, les difficultés à vaincre n'avaient pas été bien grandes, et les périls avaient été nuls. Mais il allait falloir compter avec la faim, avec la soif, avec les sables mouvants, avec l'inconnu et avec la tempête. Et ceci non pas pendant un jour, non pas pendant quelques jours, mais pendant le temps qu'il faudrait, sur la terre, pour aller par étapes de Tombouctou en Laponie.

C'est pour y arriver qu'on avait emmené vingt mastodontes. Les énormes bêtes, seules, étaient capables de transporter les radeaux démontés, les provisions, les armes, les munitions, l'eau et les hommes par-dessus le marché.

Nos éléphants, quelque puissants qu'ils soient, ne seraient jamais venus vivants au bout d'un pareil voyage. Il y fallait la taille des monstres antédiluviens, et leur force prodigieuse.

Le démontage des radeaux terminé, on s'aperçut qu'ils formaient un volume de bois énorme, et qu'il serait impossible de tout emporter. On n'en chargea que dix, et les poutres des dix autres furent empilées sur la grève.

———

La barque gémit sur le sable éventrée. (page 217)

CHAPITRE XVI

LE DÉSERT

Tout était prêt enfin, et la caravane allait partir, lorsqu'on s'aperçut que Congo manquait. Où était-il? Où s'était-il fourré? Kerbiquet, qui n'était pas fort patient, commençait à crier et à le donner à tous les diables, lorsqu'on vit accourir le grand nègre de très loin, faisant des gestes télégraphiques avec ses bras, paraissant hors d'haleine et excessivement ému.

— Que peut-il avoir? se demandait-on.

Congo arriva enfin. Mais il avait couru si vite, qu'il ne pouvait pas parler. On le laissa reprendre sa respiration.

— Eh bien! qu'y a-t-il? lui demanda Kerbiquet

— Hommes!... là-bas!... répondit le géant, haletant encore.

— Qu'est-ce que tu dis?

Tout le monde avait frissonné à ce laconique rapport.

Des hommes !

Des hommes sous la terre ! Des hommes autres que ceux qu'y avait amenés le président ! Et au bord du désert ! La nouvelle était particulièrement grave.

— Ce sont peut-être des Kra-las ! suggéra Francken.

Mais Congo ne savait pas ce qu'étaient les Kra-las, bien qu'il en eût entendu parler plus de deux cents fois. Congo était un brave colosse de nègre à qui il ne fallait pas demander grand'chose, en dehors de son dévouement à son maître et de sa cuisine.

— Sais pas, déclara-t-il. Moi pas vu.

— Tu ne les as pas vus ?

— Non. Vu seulement pieds, dans le sable. Quatre pieds ; deux grands et deux petits. A côté, feu éteint. A côté, barque cassée. Pas bonne barque ; mal construite.

Nos amis s'y perdaient.

— Il faut aller voir, dit Kerbiquet. Congo est incapable de dire autre chose que ce qu'il a vu, et, s'il s'agissait de Kra-las, il n'aurait trouvé ni cendres froides, ni barque brisée. Qu'en pensez-vous, Monsieur le Président ?

— Je suis tout à fait de votre avis ; il faut aller voir. Des hommes ici, en dehors de nous, vous m'en voyez tout bouleversé. La présence de ces hommes peut être, pour ce pauvre pays, l'annonce de malheurs sans nombre. Rendons-nous compte sans perdre un instant. Le départ attendra.

Ils se mirent en marche, guidés par Congo, et après avoir ordonné aux Sous-Terriens de les attendre.

— Mais, j'y songe, dit Wilhelmine, tandis qu'on longeait

la grève, pourquoi ces traces ne seraient-elles pas celles de mon parrain Van de Boot et d'une des deux Anglaises, puisque c'est à leur recherche que nous allons? N'auraient-ils pas pu s'échapper et venir au-devant de nous?

— Je le souhaiterais de tout mon cœur, Mademoiselle, mais, en vérité, je n'ose pas l'espérer. S'échapper des mains du Kra-la n'est pas chose aisée, pour un vieillard et deux femmes. Mais, en supposant même qu'ils y aient réussi, comment auraient-ils fait pour traverser la mer antarctique et le désert? Nous y arriverons, nous, et non sans difficultés, croyez-le bien, parce que nous sommes équipés et approvisionnés en prévision de toutes les aventures. Mais ces trois malheureux perdus dans l'immensité morte! Oh! que Dieu leur ait épargné cette terrible épreuve!

On approchait. Derrière un monticule sablonneux, assis sur des roches, et qui s'avançait dans la mer, les traces humaines apparurent. Il n'y avait pas à s'y tromper; Congo avait bien vu.

Une barque, assez mal construite, en effet, et telle que des naufragés à demi outillés pourraient en établir une, gisait sur le sable, éventrée. Entre deux pierres, des cendres froides s'éparpillèrent, et autour des débris traînaient : des arêtes de poissons, des ossements d'oiseaux marins, une boîte de conserves ouverte... Les Kra-las n'usent pas de toutes ces choses. Quant aux marques de pas, toute espèce d'hésitation était impossible; c'étaient bien deux pieds d'hommes que nos voyageurs avaient sous les yeux. A cinq ou six mètres du bord de l'eau, les traces étaient à demi effacées par le vent; mais près des flots, là où le sable reste humide par infiltration, les deux semelles étaient imprimées comme dans la

terre glaise, avec une admirable netteté. L'une était plus
grande que l'autre, mais la plus petite n'avait pas été posée
par une femme. Congo, qui avait pour ces sortes d'examens
une habileté de sauvage, le déclara sans hésiter. Les deux
pieds étaient appuyés, assez lourds, les chaussures étaient
carrées et garnies de gros clous.

Il s'agissait bien de deux hommes, et de deux hommes qui
avaient débarqué là au lieu de s'y embarquer, comme ç'aurait été le cas s'il avait été question de Van de Boot. Une
preuve encore, c'est que leurs traces s'enfonçaient vers l'intérieur du continent au lieu d'en venir.

Qui pouvaient être ces deux hommes, qui d'abord avaient
trouvé le chemin pour traverser l'écorce terrestre, qui avaient
franchi l'Océan moyen dans une barque rudimentaire, et qui,
maintenant, osaient pénétrer dans le désert sans bornes, au
risque de tous les périls?

Kerbiquet songea un instant à Van Ah Fung et à un complice quelconque. Mais l'idée de ce poltron, s'engageant dans
une aventure aussi dangereuse, lui parut tellement invraisemblable qu'il ne s'y arrêta pas.

Force fut enfin d'abandonner les traces inexorablement
muettes, et de partir.

Le président de la République Sous-Terrienne déclara
cependant:

— Si je puis arriver à m'emparer de ces deux hommes, ils
ne reverront jamais la surface supérieure de la terre J'ai
horreur de tout ce qui est arbitraire ou violent, mais ils resteront ici prisonniers jusqu'à la fin de leurs jours. Je ne sais pas
qui ils sont; je ne comprends pas qu'ils aient pu arriver sous

terre sans qu'on les voie. J'ai peur d'eux, moi qui, je vous
l'assure, n'ai jamais eu peur de grand'chose. Qu'ils s'échap-
pent s'ils peuvent, et je le considérerai comme un grand
malheur, mais qu'ils ne tombent pas entre mes mains, car ils
y resteront, j'en fais le serment.

— Je vous approuve absolument, répondit Kerbiquet. Ces
deux hommes constituent à eux seuls un grave danger pour
votre République, et pour vos sujets qu'à présent j'ai appris à
aimer Qu'ils remontent avec de l'or et des pierres précieuses;
qu'ils commettent la moindre des indiscrétions, et le pillage,
et le massacre, seront vite installés ici. Non seulement il faut
les garder si vous les saisissez, mais encore il faut chercher à
les saisir. Et j'offre de m'y employer, si vous voulez accepter
mon concours.

— Ah! mon cher ami, avec quelle joie !

— Voici donc ce que je compte faire Tandis que vous sui-
vrez votre route vers le Sud avec la caravane, je me guiderai,
moi, avec trois ou quatre Sous-Terriens et un mastodonte, sur
la trace qu'ils ont laissée. Et s'ils n'ont pas une trop grande
avance, vous pouvez être tranquille, je les rattraperai.

— Mais il faut qu'il soit bien entendu que vous m'attendrez
à l'autre bout du désert, sur le bord de la mer antarctique, et
que vous ne commencerez pas sans moi l'expédition contre
les Kra-las. J'y tiens beaucoup, et je saurai vous retrouver,
puisque je connais votre route, et que ma boussole me dira
toujours si je suis à votre gauche ou à votre droite. En outre,
il n'y a pas beaucoup d'inconvénient à ce que je vous fasse
perdre quelques jours. Si les Kra-las ont laissé vivants les
gens que nous voulons secourir, ils attendront un peu plus

longtemps leur délivrance, mais le danger que court votre nation justifie le retard. Et s'ils ont été tués, hélas! il importe peu que nous arrivions à un jour ou à l'autre.

Les choses, ainsi décidées, s'exécutèrent de point en point. Le président de la République Centrale, avec le gros de la caravane, s'enfonça résolument vers le Sud, et Jean Kerbiquet, emmenant un mastodonte, des armes, des munitions, des vivres, de l'eau et cinq hommes d'escorte, partit sur la trace récemment laissée par les humains mystérieux. Cette trace s'en allait d'abord droit vers le pôle antarctique, c'est-à-dire parallèlement à la direction suivie par l'expédition, de telle façon que les deux troupes purent s'observer pendant les premières heures de la marche. Puis elle inclina vers l'est, ou vers la gauche, par un angle aigu dont les côtés eurent tôt fait de s'écarter assez pour que Kerbiquet ne vit plus la caravane et pour que la caravane ne le vit plus, malgré la concavité du sol.

Kerbiquet s'avançait sans prendre beaucoup de précautions. Les hommes qu'il poursuivait n'étaient que deux, mal équipés, et probablement si exténués par leur route en plein désert que la capture ne serait pas difficile. En outre, ils n'avaient pas dû aller bien vite sur ce terrain sablonneux où leurs pieds devaient s'enfoncer jusqu'à la cheville. Mais le capitaine eut, presque en quittant la grève, à quarante ou cinquante mètres du bord de la mer, une première et très désagréable surprise. Le sol s'était légèrement raffermi : il s'était nivelé aussi, et les traces de pas disparaissaient subitement pour faire place à des empreintes qu'on ne se serait pas attendu à trouver à cet endroit... des empreintes de roues; le

sillon très net de deux paires de roues. Les hommes mystérieux qu'il recherchait n'avaient pas traversé le désert à pied ;
ils s'y étaient fait véhiculer. Ceci diminuait, sans doute, la
chance qu'il pouvait y avoir de les rejoindre rapidement.

Ce qui surprenait le plus Kerbiquet, toutefois, c'est que s'il
apercevait distinctement la trace du véhicule, il ne voyait pas
du tout celle des animaux quelconques qui l'avaient traîné.

Quel pouvait bien être ce nouveau mystère ? Le jeune capitaine étudia ; il se promena le long de la piste, en avant et en
arrière du point où il se trouvait. Enfin, l'idée lui vint de retourner jusqu'au rivage, et là, l'examen minutieux de la barque abandonnée lui donna la solution du problème.

Cette barque avait porté un mât, et le mât n'y était plus,
elle avait porté une voile, et cette voile avait disparue ; les
planches n'en avaient pas été disjointes par un choc sur la
plage, comme on l'avait cru d'abord, mais dépecées méthodi-
quement. Les hommes qui étaient passés là avaient utilisé
leurs agrès pour construire un chariot à voile, et c'est en cet
équipage qu'ils avaient entrepris la traversée du désert, au
risque, mille fois, de ne jamais arriver à l'autre bout.

Fixé sur ce point, Jean Kerbiquet regagna son mastodonte
et son escorte, et se mit en route, résolument, sur la double
trace des roues.

Nous le laisserons à sa poursuite pour nous occuper des
faits et gestes de la caravane, en marche directe vers le Sud.

Pendant cinq jours, sa route se passa sans incidents notables. Le désert s'étendait devant les voyageurs, interminable
et vide, sablonneux ou rocheux, avec son sol cuit par un
soleil immuable et sa sécheresse éternelle. On ne voyait

jamais un végétal, ni une bête fuyant dans un trou, ni un
oiseau planant dans l'air. C'était la désolation absolue et définitive, l'empire du silence et de la mort.

Vers la fin de la sixième étape, pourtant, l'horizon, qui
jusqu'alors avait été invariablement rouge, parut changer de
nuance ; il tourna au gris, puis au bleu.

En approchant, des touches vertes apparurent, et bientôt le
président des Sous-Terriens se convainquit qu'il approchait
d'un oasis, que personne n'aurait soupçonné dans cette immensité aride.

Il ne fallait pas songer à l'atteindre le même soir. Si les
plaines trompent aisément l'œil humain, à la surface supérieure de la terre, elles causent des déceptions plus cruelles
encore sur la face interne, où l'horizon remontant laisse distinguer des objets beaucoup plus éloignés.

On campa donc comme à l'habitude, et le lendemain matin,
dans une hâte de voir de la verdure et sans doute de l'eau, de
rencontrer un peu de fraîcheur peut-être, les tentes furent
pliées, les mastodontes rechargés, la colonne s'éloigna rapidement, et modifiant même légèrement sa route pour goûter
un repos complet dont tout le monde commençait à sentir le
besoin.

La verdure s'affirmait ; bientôt on distingua les palmes des
fougères, et celles d'arbres beaucoup plus élevées, et qui montraient le tronc grêle et le bouquet sombre de nos cocotiers
actuels. Au bout de huit heures de marche, qui n'avaient été
interrompues que pour le repas principal de la journée, on
approchait des premières vagues de buissons, tandis que le
sol changeait de nature, et montrait la trace de quelque humi-

dité. Le feuillage s'épaississait rapidement, et un kilomètre
n'avait pas été parcouru que la caravane s'engageait dans une
forêt vierge inextricable, et où il fallait se frayer un passage à
la hache.

L'oasis, que les Sous-Terriens, leur président et les humains
supérieurs venaient d'atteindre, faisait sur le désert une tache
circulaire de quatre kilomètres de diamètre, avec un vide à
son centre. Et ce vide était occupé par un énorme puits
rocheux, descendant par cercles disposés en amphithéâtre, et
au fond duquel dormait un lac aux eaux sombres et glacées.

La caravane s'installa dans une sorte de clairière ménagée
entre les arbres, et dont le sol était couvert d'un gazon fin,
coupé d'un ruisseau gazouillant. Cette fraîcheur et cette grâce,
au sortir du désert effroyable et désolé, séduisaient tellement
les voyageurs, et Wilhelmine en particulier, qu'on décida de
passer deux journées en cet endroit délicieux. Le plaisir
n'était, d'ailleurs, pas la seule raison de cette halte. Il fallait
ménager les mastodontes, très chargés, forcément moins bien
nourris qu'à l'île capitale, et qui deviendraient de plus en plus
indispensables à mesure qu'on approcherait de la fin du
voyage. En outre, on trouvait là l'occasion de remplacer l'eau
qui avait été déjà consommée, et Dieu sait quand cette occasion se rencontrerait de nouveau, puisqu'on avançait en plein
inconnu.

La nuit, ou plutôt ce qui servait de nuit, le temps du repos,
se passa sans incidents.

Et au réveil, puisqu'on avait le temps, puisqu'on ne ferait
pas d'étape ce jour-là, Francken proposa à Lhelma, et au petit
Satrama, une excursion sous les feuillages. C'était un grand

plaisir, après les longues journées passées sur le dos des
mastodontes, dans une immobilité douloureuse. La jeune fille
et l'enfant acceptèrent avec enthousiasme.

Le président surveillait en personne les travaux de la halte,
et Congo y prenait une part active, transportant à lui seul
des caisses d'eau que quatre Sous-Terriens n'auraient pas pu
soulever

Les éléphants antédiluviens avaient été amenés près du
puits circulaire, et c'est là, à cinq cents mètres au moins du
campement, que s'était concentrée l'activité de l'expédition.

Le chronomètre du Président sonnait midi, et le travail
allait être interrompu pour le principal repas de la journée,
quand un cri déchirant, aigu, empli d'une mortelle angoisse,
retentit sous bois et parvint jusqu'aux oreilles des gens occu-
pés au centre de l'oasis.

André de Haute-Lignée, Congo et les Sous-Terriens s'élan-
cèrent. Les deux premiers, très grands, dépassèrent bientôt
les autres; l'énorme nègre fut lui-même rapidement en
avance sur le Président. Il bondissait comme un tigre, et sur
sa face noire se lisait une inquiétude profonde. Ce cri, qui
l'avait tant bouleversé, ne pouvait être qu'un cri de femme ou
qu'un cri d'enfant. Lhelma ou le petit Satrama l'avait poussé;
l'un ou l'autre était exposé en ce moment même à un grand
danger Telles étaient les réflexions qui traversaient, pendant
qu'il courait, la cervelle simple de Congo, et, à ces réflexions,
s'ajoutait l'appréhension de manquer à son devoir en n'arrivant pas à temps pour protéger Wilhelmine, de la sécurité de
qui il était spécialement chargé.

Congo volait. Il déboucha enfin dans une petite clairière fermée par une grotte de roches sauvages, poussa un cri d'horreur et se jeta en avant. Un spectacle terrible avait frappé ses yeux. Deux animaux gigantesques, deux magnifiques spécimen de l'ours des cavernes préhistoriques, le mâle et la femelle, étaient debout devant la grotte, se balançant et grognant sans interruption. Leurs yeux luisaient de malice féroce, le mâle tenait dans ses bras puissants Wilhelmine évanouie, et la femelle berçait le petit Satrama, privé également de connaissance.

Francken, qui n'avait plus rien de ridicule, attaquait l'ours avec fureur, cherchant à attirer son attention et à détourner sur lui-même sa colère. Mais que pouvait-il faire, petit et faible, sans armes, contre le colossal plantigrade? Celui-ci recevait ses coups sans paraître même s'en apercevoir. Il continuait à balancer Wilhelmine entre ses bras; sa tête était levée vers le ciel, et ses pieds battaient le sol en cadence.

En voyant Congo qui s'élançait vers elle, la brute eut un cri de colère; cet adversaire ne lui semblait pas négligeable. Elle hésita un instant, puis se retourna pour rentrer dans la caverne, emportant son fardeau. Congo, cependant, touchait à présent de ses mains l'épaisse fourrure grise de l'ours. Il était sans armes; il n'avait même pas un couteau. L'animal lui tournait le dos; il lui entoura le col de ses deux bras d'athlète, et l'immobilisa. L'ours poussa un grognement de fureur et d'angoisse. Les pattes embarrassées par le corps de Lhelma, qu'il ne voulait pas lâcher, il lui était impossible de se défendre. Il cherchait à se retourner pour faire face à son ennemi, l'attaquer de ses dents et de ses griffes de derrière,

15

mais le nègre le serrait d'une si formidable étreinte que cette manœuvre lui était impossible

Les choses restèrent ainsi pendant plusieurs secondes. Le monstre étranglait et ne respirait plus que par saccades, à longs intervalles ; sa langue sortait de sa gueule enflammée ; ses yeux commençaient à se révulser Congo, tous ses muscles tendus à rompre, la sueur sur le visage, les mâchoires contractées, serrait désespérément contre sa poitrine la gorge agonisante, lorsque la femelle lâcha le petit Satrama et vint au secours de son mâle.

A ce moment, André Phocas de Haute-Lignée apparaissait sur la clairière, un revolver à la main. Il s'élança Mais il ne put pas arriver assez vite pour éviter au malheureux Congo un terrible et quintuple coup de griffe, qui, partant de son épaule droite, le laboura profondément jusqu'aux reins Un fleuve de sang jaillit de l'affreuse blessure , sous l'empire de la douleur, le nègre tressaillit et relâcha son étreinte.

Ce fut, d'ailleurs, tout le mal que put commettre la femelle de l'ours des cavernes. Le président était arrivé auprès d'elle, et deux coups de revolver l'avaient abattue.

Le mâle, cependant, près de suffoquer et sentant un répit dans la pression puissante qui lui écrasait le col, avait lâché Lhelma qui roula à terre, inerte, et d'un mouvement quasi convulsif s'était retourné dans les bras de Congo, qu'il saisit à son tour dans ses pattes énormes.

Une lutte effroyable commença, à laquelle il était impossible de mettre fin par un coup de feu, tant l'homme et la bête étaient mêlés ensemble et viraient rapidement L'ours était affaibli par sa récente agonie, mais il respirait maintenant, et

sa force musculaire était restée considérable La pression de
ses bras s'exerçaient sur la cage thoracique de Congo, tandis
que celle des bras de l'homme pesait seulement sur son
épaisse colonne vertébrale.

Les deux corps roulèrent à terre, sans se lâcher. Ils se serraient à en mourir, et l'effort était tel de part et d'autre, que
la bête et l'homme grognaient de la même façon, d'un grognement qui ressemblait à une plainte. Le groupe forcené se
débattit longuement sur les pierres sans que le président pût
trouver l'occasion de placer une balle.

Enfin les lutteurs, car c'était bien à une lutte que ressemblait ce combat mortel, poussèrent ensemble un cri de fureur
suprême, et on entendit un affreux bruit d'os broyés.

L'ours et Congo rendirent ensemble un long flot de sang
Leur étreinte s'abandonna, et ils demeurèrent immobiles, les
yeux clos, aux bras l'un de l'autre

Le président, Francken, les Sous-Terriens, maintenant arrivés sur le lieu du drame, se précipitèrent vers le groupe pan-
telant encore. On désunit les deux corps gigantesques, et qui
paraissaient s'étreindre encore avec fureur.

Hélas! Congo n'était plus qu'un cadavre. Il avait sauvé
Lhelma; il l'avait tirée, comme il s'y était engagé, du plus
effroyable des périls, mais c'était au prix de sa vie. Dans
l'effort suprême qu'il avait fait pour vaincre son redoutable
adversaire, effort musculaire prodigieux et qui avait brisé
net la massive colonne vertébrale du monstre, le nègre avait
fait éclater une de ses propres artères, voisine du cœur, et
son existence s'en était allée subitement, avec son sang géné-
reux d'athlète.

Mais, dans la mort même, le géant gardait l'air doux et candide qu'on lui avait toujours connu, et si quelque expression se pouvait lire sur son visage noir et désormais immobile, c'était celle d'une dernière satisfaction, d'un contentement suprême pour avoir fait son devoir jusqu'au bout, pour n'avoir jamais menti au dévouement qu'il avait promis à son maître, et qu'il avait reporté sur la jeune fille confiée à sa protection.

La caravane, assemblée autour des cadavres, demeurait désolée et immobile. Après le vacarme et l'extraordinaire animation du combat, un silence douloureux était tombé, et il y eut quelques secondes de désarroi, pendant lesquelles tous ces braves gens se regardaient, incapables de penser ou d'agir.

Phocas de Haute-Lignée et Francken reprirent les premiers leur sang-froid. Tous deux songèrent ensemble que Lhelma et le petit Satrama, encore privés de connaissance, avaient besoin de soins immédiats. On les emporta jusqu'aux bords du lac, où étaient restés les mastodontes, afin qu'en ouvrant les yeux leurs regards ne tombassent point sur les résultats de la scène de massacre à peine dénouée, et bientôt, sous la surveillance anxieuse du petit docteur et du président, la nièce de Van Tratter et le jeune Sous-Terrien revenaient à la vie, dans un état de faiblesse assez facile à concevoir, après les terribles émotions par lesquelles ils venaient de passer.

Par un hasard à peu près miraculeux, ni l'un ni l'autre n'avaient eu à souffrir de l'étreinte subie entre les bras de l'ours des cavernes et de sa femelle. Les monstres, qui les

auraient certainement massacrés sans l'intervention de leurs
défenseurs, n'avaient pas eu le temps de leur faire de mal, et
Francken s'assura bientôt que le drame passé n'aurait pour
eux aucune suite fâcheuse, en dehors du profond ébranlement
nerveux qu'ils avaient subi.

. On les rapporta au camp, et une garde armée fut laissée
auprès d'eux, tandis que les membres de l'expédition retour-
naient au centre de l'oasis, les uns pour inhumer Congo, les
autres pour dépouiller les ours dont la fourrure serait donnée
au capitaine Kerbiquet comme un triste souvenir de la perte
de son serviteur, et les autres enfin pour compléter le chargement des mastodontes.

Car l'accident, qui avait transformé ce jour de repos en un
jour de deuil, ne devait pas faire oublier le but de l'expédition
commencée et si avancée déjà que tout le monde aurait consi-
déré comme un crime d'y renoncer et de revenir en arrière.
Il fallait retrouver, si c'était possible, Van de Boot et les
deux Anglaises; il fallait, surtout, ne pas manquer au rendez-
vous donné au capitaine Kerbiquet, qui, en ce moment même,
traversait à peu près seul le désert, au risque de tous les dangers, pour suivre, et saisir si c'était possible, les humains
mystérieux qui avaient trouvé le chemin de la surface inférieure, et qui s'y étaient aventurés avec des intention incon-
nues, et par là même inquiétantes.

Le petit docteur Francken voulut, à tout prix, faire partie
de la garde laissée au camp. Il s'arma jusqu'aux dents; il avait
complètement changé d'allures. Son intarissable gaieté avait
fait place à une gravité jusqu'alors inobservée en lui Ce
n'était plus l'éternel bavard qui animait à lui seul l'existence

monotone de la caravane ; il ne parlait presque plus, et ce
qu'il disait dénotait une tristesse profonde, et, jusqu'à un certain point, du remords.

— J'ai l'habitude, affirmait-il au président, qui cherchait à
le ramener à un état d'esprit moins sombre, de me traiter
selon mes mérites et de ne pas me ménager quand je sens que
j'ai mal agi. Or, ma conscience me reproche de porter toute
la responsabilité de ce qui s'est passé ici, et surtout de la mort
de ce malheureux Congo, due à ma légèreté détestable.

— Oh ! vous exagérez, docteur ! Comment pouviez-vous
prévoir ?...

— Justement je pouvais prévoir, et j'aurais dû le faire.
Quand j'ai vu, moi docteur, moi naturaliste, moi savant, que
la végétation préhistorique reparaissait contre toutes les pré-
visions au milieu d'un désert aussi aride que celui-ci, ce
m'était une indication suffisante pour deviner que la vie animale, absente partout ailleurs, pouvait avoir constitué une
réserve au même endroit. Si j'y avais songé, si je n'avais pas
été, avec toute ma science le plus coupable des étourdis, je
n'aurais pas entraîné Lhelma et Satrama dans une promenade
pouvant donner de telles surprises Ou si cette excursion
m'avait séduit malgré ses dangers, du moins me serais-je fait
accompagner d'hommes armés et bons pour nous défendre. A
nous trois, Monsieur le Président, nous n'avions même pas
un canif. Quand j'y songe, voyez-vous, quand je pense surtout que mon imprudence a coûté la vie de ce brave Congo...
Oh ! je suis impardonnable et inconsolable !... Que dirai-je au
capitaine Kerbiquet, quand il me demandera compte de l'existence de son serviteur ?

— Le capitaine Kerbiquet ne vous accusera pas de la mort
de Congo, mon cher docteur, pour cette raison que personne
ne pouvait l'empêcher. L'ai-je empêchée, moi qui avais des
armes dans les mains?... Quant à votre scrupule de savant, il
est exagéré, croyez-moi. Nul être humain, sous la terre, ne
soupçonnait avant ce jour que des animaux puissent avoir
subsisté dans cet asile de la mort. Et l'existence de ceux-ci,
constatée à nos dépens, hélas! est encore pour moi un mystère. Comment vivent-ils? De quoi vivent-ils?... J'aurais
affirmé, il y a deux heures, que l'hypothèse de cette existence
était impossible et ridicule A présent, j'avoue que nous ne
savons pas tout, que nous ne comprenons pas tout, et que
Dieu a toujours en réserve, pour nous, les leçons les plus
inattendues. J'accepte celle-ci, je déplore qu'elle nous ait
coûté aussi cher, mais après avoir donné à ce brave garçon le
tribut d'admiration que vaut son dévouement extraordinaire,
je la considère comme un avertissement d'avoir à nous mieux
garder à l'avenir. Nous ne nous croyions pas encore entrés
dans la période des dangers; nous ne redoutions que la faim,
la soif, la fatigue et la chaleur, la mort de Congo nous ap-
prend qu'il faut craindre autre chose, et qu'il est périlleux de
s'endormir dans la quiétude au moment où l'on s'avance en
plein inconnu. Je vous conseille, mon cher docteur, d'envi-
sager de la même façon le drame qui vient de nous attrister.
Il porte en soi son enseignement, comme tout ce qui nous
arrive sur ou sous la terre, et les hommes, vraiment dignes
de ce nom, sont ceux qui ne se laissent pas asservir par le
malheur, mais qui se relèvent et font preuve de plus d'énergie
à mesure que la malchance les poursuit

Le lendemain même, Wilhelmine et le petit Satrama se sentaient suffisamment remis pour reprendre la route vers le Sud. Il avait fallu leur apprendre, bien qu'on eût retardé autant que possible cette confidence, la mort de Congo, et tous deux voulurent s'arrêter longuement à sa tombe, avant de remonter sur les éléphants antédiluviens.

Devant la grotte ouverte sous les roches mille fois séculaires, une fosse avait été creusée. Le corps gigantesque du nègre y avait été placé, dans un cercueil fait à la hâte du bois que produisait l'oasis, et un amas de roches, dans un pittoresque désordre, couvrait la tombe, tant pour la protéger de l'attaque des fauves maintenant redoutés que pour marquer, dans l'avenir, la place où dormait de son dernier sommeil celui qui en avait été le héros.

Une croix de bois, très simple naturellement et massive, surmontait le tumulus, et c'est au pied de cette croix que Lhelma, gravement émue et les larmes aux yeux, donna son dernier souvenir et sa dernière prière à celui dont l'abnégation, sublime en sa simplicité, avait été jusqu'à sacrifier sa vie pour sauvegarder la sienne.

La caravane, reformée, reprit ensuite sa marche vers le pôle sud, intérieur de la terre, à la rencontre, sans doute, de nouveaux mystères et de nouveaux dangers.

Mais il y avait quelque chose de changé, sinon dans son apparence générale, du moins dans l'état d'esprit de ceux qui la composaient.

Les mastodontes, en sortant de l'oasis de verdure, avaient repris sur la terre éternellement brûlée des feux du soleil central leur allure à la fois lourde et rapide; ils portaient toujours l'étrange réunion de poutres, d'armes, de munitions, de provisions et d'hommes, qui en faisait un troupeau si extraordinaire.

Mais on n'entendait plus, coupant à tout instant l'imposant silence du désert, les grands éclats de rire du petit docteur Francken. Et les longues conversations que tenaient encore le Président de la République Centrale et Lhelma, l'un cherchant à distraire l'autre, et l'autre souriant d'un sourire mélancolique, avaient lieu à voix presque basse, et comme si tous deux eussent craint de troubler la paix nécessaire au récent et douloureux souvenir.

L'escorte des Sous-Terriens elle-même prenait part à la tristesse générale, et c'est en silence qu'elle vaquait à ses occupations durant l'étape, préparait le campement à l'arrivée, déchargeait et rechargeait les mastodontes, et leur donnait leur provende.

La région aride avait repris toute sa sauvagerie et toute son horreur. Le sol, rougeâtre, pierreux, sans aucun indice de végétation, réfléchissait une chaleur invariable et une lumière cruelle, et les voyageurs n'avaient même pas pour se reposer ce qui fait les deux tiers de notre repos : la nuit. Ils allaient devant eux, sur un mamelonnement monotone et cuit depuis l'origine du globe, sans que jamais un changement de teinte ou d'aspect vînt les distraire, et il leur fallait toute leur force d'âme pour persévérer, pour ne pas céder à l'illusion d'une route sans but et sans fin, pour ne pas s'arrêter et revenir en arrière.

Huit jours s'étaient écoulés depuis le passage à l'oasis témoin de la mort de Congo, lorsque deux mastodontes tombèrent en même temps, abattus, malgré leur force de résistance prodigieuse, par la fatigue et la chaleur.

Ils mirent leur barque à la mer. (page 213)

CHAPITRE XVII

LES HUMAINS MYSTÉRIEUX

Les humains mystérieux qui avaient découvert la route du Monde sous-terrien, qui avaient traversé la mer équatoriale et entrepris de franchir la zone désertique sur une voiture à voile, projet d'une témérité absolument insensée, n'étaient autres, nos lecteurs l'ont déjà compris, que le Chinois hollandais Van Ah Fung et le singulier serviteur qu'il s'était donné en la personne du mécanicien Johann Wurtzler. Le capitaine Kerbiquet se trompait, en pensant que la haine et la volonté du Chinois étaient moins fortes que sa poltronnerie.

Or, Van Ah Fung avait résolu d'être académicien de Saardam et de se venger de Kerbiquet, par conséquent d'empêcher le retour de Van de Boot par tous les moyens possibles.

Les deux hommes avaient attaché une corde au pied d'un
234

arbre, près de l'orifice de la cheminée traversant toute l'écorce
terrestre, et une torche à la main, avaient gagné la plate-forme
d'où partaient les descenseurs installés par André-Phocas de
Haute-Lignée. Ils en avaient rapidement découvert la nature
et le maniement, et s'étaient résolument jetés à la poursuite
de l'expédition organisée pour retrouver Van de Boot et les
deux Anglaises.

Nous ne décrirons pas heure par heure leur voyage. Ce
serait inutilement répéter ce que nous avons déjà dit sur la
traversée de l'écorce terrestre Sachons seulement que deux
incidents en troublèrent la monotonie, et que tous deux tournè-
rent à la confusion du Chinois Van Ah Fung, dont la ruse orientale n'était pas de force avec la défiance motivée de son associé.

Une première fois, les deux hommes durent arrêter brus-
quement leur descente. Ils avaient été plus vite que la caravane engagée au-dessous d'eux, et cela se conçoit si l'on veut
considérer que le transbordement, à chaque étape, allait plus
vite pour deux personnes que pour une trentaine. En outre,
le Président de la République Centrale, désireux d'éviter à
Lhelma toute fatigue inutile, allongeait le plus possible les
périodes d'immobilité et de repos, tandis que le convoi supérieur s'en allait sans rien considérer que le vide et le silence
se perpétuant autour de lui. Tant qu'ils n'entendaient et ne
voyaient rien, Van Ah Fung et Wurtzler savaient qu'ils pouvaient aller de l'avant, s'il est permis d'employer cette expression en parlant de gens qui s'enfoncent. Ils avaient donc
gagné sur ceux qu'ils suivaient, au point de les rattraper,
presque, et de se jeter dans leurs équipages, ce qui aurait été
malencontreux pour les deux aventuriers, il en faut convenir.

La lueur phosphorescente, partie des yeux des Sous-Terriens, les avertit du péril, et ils serrèrent leurs freins à temps
pour n'être ni aperçus ni soupçonnés. Van Ah Fung décida,
dès l'alerte passée, une halte de vingt-quatre heures à l'endroit même où se trouvait leur nacelle d'osier, suspendue
dans le gouffre, et les deux voyageurs s'arrangèrent pour
mettre à profit ce répit et ce repos, dont ils commençaient à
sentir grandement le besoin. Wurtzler, s'étant assuré que le
frein ne bougerait pas, s'enveloppa d'une grande couverture,
rabattit sa casquette sur ses yeux, et s'accota dans un angle du
panier, où il ne bougea plus. Van Ah Fung releva le collet de
l'ulster à carreaux que nous lui avons vu à Dunkerque, et
s'immobilisa dans l'angle opposé. Mais il eut grand soin de ne
pas s'endormir, malgré la fatigue, et de tenir ses yeux grands
ouverts sous la visière de son couvre-chef Le petit Chinois,
qui subissait depuis de trop longues heures déjà les exigences
de son serviteur, pour cette seule raison qu'il avait eu la mala-
dresse de lui laisser posséder toutes les armes de l'entreprise,
s'était bien juré de reprendre ses revolvers. On verrait alors
qui des deux voyageurs ferait marcher l'autre, et si les Asiati-
ques savent se prévaloir aussi bien que les Européens de
« la raison du plus fort ».

Or, cette occasion, qu'il guettait avec une patience de sauvage, lui paraissait arrivée. Le mécanicien, depuis le départ,
avait assuré presque seul la manœuvre du panier si heureusement laissé à l'orifice du gouffre par la grande expédition. Il devait être exténué. S'il lui venait à la pensée, de
résister au sommeil par crainte d'une trahison quelconque, il
ne le pourrait que pendant quelques minutes, et finirait, le

silence et l'obscurité aidant, par s'endormir. Le petit Chinois
laissa passer une grande heure. Il ne fallait rien compromettre
par trop de hâte, et il avait tout son temps pour faire ce qu'il
voulait faire Il observait Wurtzler à la lueur d'une lanterne
sourde accrochée à la paroi de la nacelle, la seule lumière qu'ils
osassent employer maintenant, et s'inquiétait de ne rien pouvoir distinguer dans le paquet de lainages qui lui faisait face.
Le mécanicien était enveloppé de la tête aux pieds. Cependant,
Van Ah Fung put se convaincre de son immobilité complète,
et remarquer que sa respiration était calme et régulière.

— Il dort profondément, pensa-t-il.

Et, sans hésiter davantage, il se leva doucement, et se mit
en devoir d'exécuter ce qu'il avait projeté. Deux pas le sépa-
raient de son complice; il les franchit sans avoir fait le moindre bruit, sans avoir provoqué le plus léger balancement du
panier suspendu dans l'abîme, et sans que Johann Wurtzler
eût bougé. Et doucement, avec d'infinies précautions, usant
d'adresse merveilleuse et que n'aurait pas désavouée un
pickpocket professionnel, il glissa sa main sous la couverture dont Johann Wurtzler était enveloppé.

Mais il poussa un cri de terreur. Son poignet avait été saisi
comme dans un étau, et dans la même seconde un canon de
revolver s'était érigé et lui menaçait le visage. Le mécanicien
disait, de sa voix glaciale :

— Je ne dors jamais. Toutes les tentatives que vous ferez
pour me surprendre échoueront. Remerciez votre étoile, qui
fait que celle-ci se produit à proximité de gens dont je ne veux
pas plus que vous attirer l'attention, car je vous supprime-
rais comme un mauvais chien que vous êtes. Cependant, ne

vous y fiez pas, j'ai sur moi des armes qui ne font pas de bruit,
et il est très heureux pour vous qu'une de celles-ci ne me soit
pas tombée sous la main, quand je vous ai vu vous lever pour
me voler.

Quand le Chinois tenta pour la seconde fois de surprendre
Johann Wurtzler, la descente avait repris, et on avait dépassé
la zone neutre où disparaît la pesanteur, et les deux hommes
montaient la pente où une sorte de funiculaire avait été installé
par les soins de Phocas de Haute-Lignée. Ils approchaient de la
surface intérieure de la terre, et sentaient rudement, à présent,
la fatigue que leur causaient, et le voyage interminable qu'ils
venaient d'accomplir, et les privations qu'ils avaient dû s'impo-
ser, les vivres emportés du *Pétrel* n'étant naturellement qu'en
petite quantité, et les complices ayant dû se rationner dès le
début d'une expédition dont ils ne connaissaient pas la durée.
La privation d'eau les avait surtout fait souffrir. Les quelques
récipients, dont ils disposaient, ne leur avaient permis d'en
emporter que très peu, et ils n'avaient trouvé qu'une fois ou
deux l'occasion de la renouveler aux sources qui sourdaient
aux parois du tube transterrestre.

Des deux voyageurs, cependant, c'étaient Johann Wurtzler
qui avait le plus souffert. Son compagnon le surveillait
sans relâche, guettant l'instant où le mécanicien aurait perdu
suffisamment de sa force de résistance pour qu'un coup de
violence pût réussir contre lui.

Et il crut l'instant arrivé, lorsque le funiculaire les eut
amenés à un kilomètre environ de l'orifice intérieur du tube.
La caravane, commandée par Phocas de Haute-Lignée, avait
déjà pris terre, les hommes employés à la manœuvre des

wagonnets avaient disparu à leur tour; la voie était libre.

Wurtzler, saisi d'un assez violent accès de fièvre froide, avait déclaré qu'il lui était impossible d'aller plus loin sans un assez long repos. Van Ah Fong avait acquiescé sans difficulté, et les deux voyageurs s'étaient étendus chacun d'un côté du tunnel qui les menait vers la lumière centrale.

Le mécanicien, enveloppé dans sa couverture, était presque instantanément tombé dans un sommeil agité, douloureux, peuplé de visions et de cauchemars. Le Chinois n'avait eu garde de s'endormir. Il surveillait son complice, devenu son ennemi, et se disait que le moment était venu, sans doute, de renouveler l'expérience une fois manquée Et dans le silence des profondeurs, à la lueur de la lanterne allumée entre lui et Wurtzler, il songeait au moyen le plus pratique d'arriver à ses fins. Il se leva, et traversa doucement le tunnel à faible pente où s'était produit la halte Son intention était de s'abattre sur son acolyte, de le saisir à la gorge et de l'étrangler à moitié, de lui retirer les munitions et les armes, et de le laisser ensuite reprendre ses esprits comme il l'entendrait. La chose était certainement faisable; le mécanicien grelottait en dormant et se trouvait dans un état d'agitation voisin du délire.

Malheureusement pour la réussite des projets de Van Ah Fong, au moment de se laisser tomber sur son ennemi, il buta sur une grosse pierre qu'il n'avait pas aperçue dans la demi-obscurité du tunnel, et s'écroula en travers du corps abandonné, sa tête portant rudement contre la paroi rocheuse, et ses mains trop loin du col pour pouvoir le saisir.

Wurtzler, sentant tomber sur lui le Chinois, eut dans l'état de demi-conscience où il se trouvait une hallucination subite:

Il s'imagina qu'on en voulait à sa vie et que ses agresseurs étaient nombreux Il saisit deux revolvers à sa ceinture, et se mit à tirailler dans le noir, au hasard, devant lui, se dressant en même temps et poussant de grands cris de colère ; il comprit instantanément ce qui venait de se passer, et cessa de brûler sa poudre, d'abord parce que ses revolvers étaient vides, et ensuite parce que son ennemi était immobile à ses pieds.

Mais il ne l'avait pas tué. Van Ah Fung, dans la pistoletade qui aurait pu l'anéantir, n'avait attrapé qu'un projectile dans le biceps gauche, et presque à fleur de peau. Il s'était toutefois évanoui en sentant couler son sang, et se croyait certainement mort, après avoir entendu siffler à ses oreilles une douzaine de balles.

Wurtzler prit la lanterne, se pencha sur lui, et constata qu'il n'avait pour ainsi dire qu'une égratignure.

— Il n'y a de chance que pour ces gens-là, grogna-t-il. Un brave homme aurait été tué dix fois.

Cependant il dévêtit le Chinois, lava sa plaie, et l'entoura d'une bande de toile qu'il se procura en déchirant la manche de chemise. Puis il attendit, après avoir accoté Van Ah Fung contre la paroi du tunnel. Le Chinois ouvrit les yeux cinq minutes plus tard. Ce fut pour avoir devant lui Johann Wurtzler, sombre et froid, comme à l'ordinaire, et qui lui dit :

— Vous êtes un traître abominable. Vous valez moins que moi, qui ne vaux cependant pas grand'chose. Mais je vous engage à cesser vos entreprises. La première fois, je n'ai fait que vous avertir, la seconde, vous vous tirez d'affaire avec une écorniflure ; la troisième, vous y resterez. Et ne croyez pas à une menace vaine : Johann Wurtzler tient toujours ce qu'il promet.

Van Ah Fung ne recommença pas ; silencieux, parce qu'il ne lui serait monté aux lèvres que des paroles de haine, il reprit quelques heures plus tard l'ascension qui devait le conduire à la République Centrale, et Johann Wurtzler le suivit, non moins sombre et renfermé.

En arrivant à l'orifice du tube, c'est-à-dire à la surface de l'île où se trouvait la capitale de la République Centrale, Wurtzler commanda la halte, et se dissimula dans les roches pour observer ce qui se passait aux alentours, et délibérer sur ce que lui permettaient les circonstances.

Il eut vite fait de remarquer qu'à l'encontre du Soleil supérieur, qui donne aux humains le jour et la nuit par suite du mouvement de rotation de la Terre, le Soleil central était fixe et immuable, et qui n'y avait par conséquent à compter sur aucune obscurité pour agir.

Il quitta le gouffre, accompagné de Van Ah Fung, et tous deux rampant, produisant le moins de mouvement possible, gagnèrent une forêt de fougères arborescentes couvrant le flanc de la colline du côté opposé à la résidence capitale.

La façon de vivre des Sous-Terriens, beaucoup dans l'eau et très peu à terre, les aida dans cette entreprise, ils ne furent pas rencontrés.

Aussitôt à l'abri dans une sorte de forêt vierge où les hommes inférieurs ne pénétraient que rarement, pour ainsi dire jamais, puisqu'ils n'avaient à y chasser aucune nourriture animale, le mécanicien la traversa pour se rendre à une très courte distance du bord de la mer.

16

Durant ce voyage, ou plutôt pendant cette promenade, il remarqua que des animaux, assez nombreux et pour la plupart inconnus de lui, mais de grande taille, ne fuyaient en aucune façon à son approche, et ne songeaient pas non plus à l'attaquer. Il en conclut à la facilité de se procurer des vivres pour la partie de l'expédition qui restait à accomplir.

Aussitôt arrivés à la lisière de la forêt, et certains que leur débarquement n'avait pas été observé, les deux hommes se mirent à la construction d'une barque qui pût les transporter aux rivages de la région déserte. Ils ne cherchèrent pas, bien entendu, à établir quelque chose de parfait, mais un esquif rapide à confectionner, et solide. Et ils auraient quelque mérite à arriver même à ce résultat, car si le bois ne manquait pas autour d'eux, leur outillage était rudimentaire ; il se composait d'un marteau et d'un sac de clous, le tout enlevé, bien entendu, au charpentier du *Pétrel*.

Pour se reposer, Wurtzler et Van Ah Fung faisaient des excursions dans la forêt déserte, et le premier abattait à coups de revolver de pauvres bêtes sans défiance, que l'on dépouillait tout de suite, et dont la chair, taillée en lanières minces, séchait dans une clairière aux rayons éternels du Soleil central.

Quand la barque fut prête à danser sur les flots, quand elle eut reçu son mât et une voile faite en tressant l'écorce de certaines lianes Wurtzler envoya Van Ah Fung espionner aux abords de la partie habitée de l'île, pour savoir à quel moment les gens se livraient au repos, sous ce ciel invariablement lumineux, et choisir l'instant propice pour le départ.

Le Chinois fut assez long à se renseigner. Ignorant tout

des mœurs du pays, observant des hommes qui ne faisaient rien de ce qu'il avait coutume de voir faire, puisqu'ils étaient amphibies et passaient les trois quarts de leur existence dans l'eau, il lui était difficile de déterminer à quelle heure ils y entraient pour se nourrir, et à quelle heure ils s'y cachaient pour se reposer

Johann Wurtzler ne le pressait pas, d'ailleurs. La barque prête, il s'était mis à la construction d'une sorte de plateforme montée sur quatre roues grossières, dont il ne voulait pas expliquer l'usage.

Enfin, Van Ah Fung finit par découvrir qu'à un certain signal tous les Sous-Terriens s'en allaient à la mer pour y rester de longues heures, et que les humains supérieurs, descendus auprès d'eux, s'enfermaient dans leurs cabanes pour n'en sortir également que très longtemps après.

Evidemment, et bien qu'aucun changement ne se produisît dans la lumière atmosphérique, ce signal était celui du repos, et ce temps était celui dont on avait conventionnellement fait la nuit.

Ils mirent leur barque à la mer, après l'avoir chargée de provisions et d'eau enfermée dans des peaux de bêtes, et, au moment où tout reposait dans la capitale Sous-Terrienne, ils s'éloignèrent du rivage sans être remarqués.

Quelques heures plus tard, ils étaient perdus dans les brumes de l'horizon concave, et prenaient, sous une assez forte brise, la direction du plein Sud.

Ils étaient alors en avance de quinze jours sur l'expédition en préparation pour le sauvetage de Van de Boot et de Margaret Flower.

On aurait dû les abandonner. (page 245)

CHAPITRE XVIII

ARRIVÉE AUX RIVAGES KRA-LAS

Ici, la mer a changé d'aspect, elle n'est plus rougeâtre, et balancée d'une éternelle houle comme dans la région intertropicale du monde inférieur. Ses eaux ont pris une teinte bleu verdâtre rappelant celle des lacs retenus aux cuvettes des montagnes, et elle brise incessamment, par flots courts et moutonneux qui paraissent venir du Pôle Sud et se diriger vers le Nord. En outre, elle n'est pas peuplée d'îles destinées à se souder et à se transformer en continents, comme l'Océan équatorial. Elle est complètement vide et libre. Aussi loin que, du rivage, les lunettes marines puissent porter, et si des terres brisent encore la monotonie de sa surface, ce ne peut être que beaucoup plus loin, vers le Pôle même, là où vivent les Kra-las monstrueux, ravisseurs de Van de Boot et des deux Anglaises

La température a varié aussi; contrairement à ce qui se passe à la surface supérieure de la Terre, la chaleur a sensiblement augmenté. Et cela se conçoit si l'on veut considérer l'aplatissement du globe aux deux points où il est traversé par son axe. Pour le monde inférieur, ces deux points sont plus près du soleil central que les autres, et ils en reçoivent plus de lumière et de chaleur. Tout paraît étrange et anormal dans cet univers que des Terriens supérieurs explorent pour la première fois

Voilà quinze jours, environ, deux hommes, venant du plein Nord, sont arrivés sur ce rivage en un équipage assez étrange. Ils étaient couchés sur une sorte de plate-forme à quatre roues, munie d'un mât, et pourvue d'une voile en écorce de rotin tressée, qui tombait en lambeaux et où le vent prenait à peine Ces deux hommes paraissaient avoir beaucoup souffert; ils étaient maigres, hâves et sombres. Ils étaient silencieux, aussi, et n'échangeaient que de brèves paroles, quand il leur était impossible de faire autrement.

Ils étaient exténués; ils avaient donné leur dernier effort pour arriver aux rivages de l'Océan polaire. Le soleil immuable du centre avait desséché leur chair sur leurs os.

L'un d'eux, un petit homme à teint jaune, la face imberbe et ridée, les yeux tirés vers les tempes, dit d'une voix faible :

— J'ai soif.

— Moi aussi, j'ai soif, lui répondit un grand gaillard au regard glacial : mais je cherche.

Il était debout depuis quelques instants, en effet, et se

promenant sur la plage, à la découverte d'un filet d'eau douce.
Mais il n'en trouvait pas. La grève était sableuse, imbibée
d'eau salée jusqu'à une assez grande distance des flots, et
coupée d'amas de rochers gris, cuits depuis des siècles et des
siècles par l'immobile et puissant soleil central. Et, de toute
évidence, les deux voyageurs subissaient en ce moment, et
depuis longtemps sans doute, l'intolérable supplice de la soif,
plus douloureux mille fois que la torture de la faim, que n'ou-
blient jamais ceux qui l'ont enduré, et qui conduit rapidement
à la folie, puis à la mort.

Et c'est ce qui arriva; ils marchèrent encore longtemps,
mais ne trouvèrent pas le filet d'eau désiré; puis, abandonnés
à leur triste sort, ils moururent sans avoir pu satisfaire leurs
désirs de vengeance. Personne ne les avait vus et personne
n'en parla.....

La grève, pendant environ deux de nos semaines terrestres,
resta vide et déserte, devant le clapotement de la mer et sous
les rayons d'un implacable soleil. C'était, d'une part, l'étendue
sinistre et morte, où il semblait qu'aucun mouvement et aucun
bruit ne pussent jamais se produire, et c'était de l'autre l'éternelle agitation des flots, renfermant des myriades d'êtres vivants, en course incessante à la poursuite de leur subsistance.
Au-dessus de ce paysage étrange, et dont le trait principal était
un contraste saisissant, un globe incandescent rougeoyait,
immobile, envoyant de toutes parts une lumière dure et une
accablante chaleur. Dans l'atmosphère, des oiseaux à large envergure planaient, ayant bien soin de rester au-dessus de la
mer, et de ne jamais franchir la frontière, au delà de laquelle
l'air montait à une véritable température de fournaise.

Un matin, ce désert parut s'animer. Un observateur, placé
sur la grève de la mer antarctique, aurait pu voir les brumes
de l'horizon, dans la direction du plein Nord, perdre leur immobilité normale, et se laisser traverser par une masse basse,
grisâtre, avançant avec lenteur. Cette masse grossit peu à
peu ; ses contours se précisèrent, et elle se divisa en cinq ou
six petits îlots mouvants, progressant d'un mouvement uniforme sur le sable rouge et sur les roches torréfiées.

Enfin, lorsque une heure eut passé, ces îlots eux-mêmes
prirent des formes connues et se transformèrent en mastodontes gigantesques, chargés de tout un bagage extraordinaire, et d'êtres humains immobiles sur leurs énormes dos.

C'était l'expédition lancée à l'attaque des Kra-las qui parvenait, enfin, au bout de la région désertique, et qui s'approchait de la mer longtemps disparue, et sans le voisinage de
laquelle il est impossible de vivre, sous Terre.

Hélas ! elle était bien réduite en effectif et en importance,
cette caravane que nous avons vue partir si forte et si pleine
d'entrain. Vingt éléphants antédiluviens avaient été mis en
route, et six seulement arrivaient à la fin du voyage, affreusement las, flageollant sur leurs jambes épaisses, et prêts à succomber comme les autres. Il avait fallu l'approche de l'Océan
polaire, pour les faire résister à l'impérieux désir de se coucher, de s'abandonner, de mourir... de se reposer, enfin.

Ah ! c'est que la traversée du désert, sous un soleil de feu,
avait été plus effroyable encore qu'on ne l'aurait attendu.
Ç'avait été un supplice de toutes les heures, et Phocas de
Haute-Lignée avouait au docteur Francken, quand il voyait
dans son palanquin Lhelma muette et abattue par la fièvre,

qu'il ne l'aurait pas entreprise s'il avait pu prévoir jusqu'où irait la cruauté de l'épreuve.

A partir de l'oasis où Congo, se dévouant pour la jeune fille, avait si dramatiquement trouvé la mort, jamais plus un brin d'herbe ne s'était montré, sur la plaine interminable, ni une goutte d'eau, ni rien qui pût faire espérer la moindre fraîcheur ou la moindre humidité. Du soleil central, une chaleur croissante était descendue sans un instant de trève, et la lumière avait augmenté continuellement, réverbéré par un sol séché depuis le commencement des âges, cuisant les yeux des voyageurs, et ajoutant une douleur physique aiguë à la préoccupation morale qui les étreignait en n'apercevant jamais l'indice du but, l'espoir de la halte, la certitude du repos.

Bientôt les mastodontes, très chargés, mal nourris et mal abreuvés, avaient donné des signes de lassitude grave, puis d'alarmante détresse. Bientôt certains d'entre eux s'étaient couchés et rien n'avait pu les relever. On avait dû les abandonner, bornes sinistres jetées à l'immensité du désert.

Les mastodontes, cependant, n'avaient pas subi le plus cruel martyre. Ceux qui l'avaient enduré, c'étaient les Sous-Terriens, dont l'effectif avait diminué, aussi, hélas! dans de larges proportions. Si les humains supérieurs avaient assez bien résisté à la température plus qu'équatoriale à eux imposée pendant de longues semaines, il n'en avait pas été de même des sujets de Phocas de Haute-Lignée. Ceux-ci, habitués à passer les deux tiers de leur existence dans l'eau, avaient rapidement ressenti les effets de la cruelle sécheresse. En arrivant à l'oasis, certains d'entre eux étaient déjà rudement éprouvés. Le chef de l'expédition leur avait offert de retourner à la capitale, dans la crainte inavouée de ne les voir pas résister jusqu'au bout. Mais aucun d'eux n'avait accepté ; tous avaient voulu persévérer dans l'abnégation, dans le courage, et participer au dénouement de l'aventure pour laquelle ils s'étaient volontairement proposés.

Le sentiment, auquel ils obéissaient en agissant ainsi, était complexe : il y entrait pour une part leur haine séculaire contre les Kra-Iss, et leur désir de venger les offenses passées ; il y entrait aussi l'amour que tous ressentaient pour le Président de la République Centrale. Il y entrait surtout la séduction qu'avait exercée sur eux tous Lhelma, si jolie, si douce, si brave, si sérieuse, et qui leur témoignait une si adorable sympathie.

On n'avait pas quitté l'oasis depuis huit jours que certains faiblissaient, saisis d'ardents accès de fièvre. Francken les soignait avec dévouement et intelligence ; il se prodiguait à leur service, oubliant sa lassitude personnelle, et s'ingéniait à atténuer leur malaise. Mais son art et sa science, mal secondés par les conditions dans lesquelles se trouvait l'expédition, ne triomphaient pas à chaque expérience, et de même que les bêtes de somme emmenées de l'île capitale avaient jalonné de leurs monstrueux cadavres la route lugubre, de même des tombes y avaient été laissées de loin en loin, marquant les étapes de l'épreuve, et l'accroissement de la détresse.

Wilhelmine supporta vaillamment les fatigues de la route. Son âme était forte, et son jeune corps robuste. Elle aida le docteur dans sa tâche incessante auprès des malades, et plus d'une, parmi ces victimes de la plus pure abnégation, mourut dans un sourire, parce qu'il avait sur le front, la main blan-

che de la jeune fille, et sur les yeux, le charme pur de son
regard. Mais l'épreuve dura trop longtemps pour sa bravoure,
et, vers les derniers jours, elle s'alanguissait sous les attaques
d'une fièvre lente.

Le petit Satrama faiblit à peu près en même temps, et l'expédition n'était pas loin de sombrer, de s'arrêter, ce qui signifiait pour elle l'anéantissement définitif, la mort planait au-
dessus de tous ces êtres voués à la souffrance ; elle les guettait
comme une proie assurée, lorsqu'un miracle se produisit.

Les mastodontes, qui marchaient d'une allure traînante et
affaissée, relevèrent le pas et se mirent ensemble à barrir
vigoureusement. Chacun s'étonna de cette manifestation
inattendue, car le désert n'avait pas changé d'aspect, le sable
et les roches continuaient jusqu'où la vue pouvait s'étendre,
et le paysage restait aussi morne et désolé. Mais quelques
heures plus tard, à l'instant où la caravane allait s'arrêter pour
la halte quotidienne, un Sous-Terrien s'écriait, du haut de
l'amas de poutres où il était juché :

— La mer !

Ce seul cri mit la colonne en révolution. Les hommes inférieurs s'agitèrent; ils tendirent passionnément les narines
dans la direction du Sud, et tous répétèrent bientôt, à voix
éclatante :

— La mer !... La mer !...

Ils dégringolèrent de leurs montures, et se mirent à préparer le campement habituel avec une animation joyeuse
qu'on ne leur voyait plus depuis longtemps.

La mer ! c'était la vie ; c'était la fin des privations et souffrances. C'était le but !

Le président et Francken, cependant, debout sur la tête de
leur mastodonte, et la jumelle marine aux yeux, inspectaient
l'horizon. La ligne des brumes était rougeâtre et fuligineuse
comme de coutume ; rien n'y dénotait un changement de
teinte prochain, et la plaine qui s'étendait devant les voyageurs, dans sa concavité montant jusqu'à ce que nous appelons
ici le ciel, était aussi nue, aussi vide, aussi brûlée que celle
déjà parcourue par l'expédition.

— Voyez-vous quelque chose ? demanda le président au
petit docteur.

— Absolument rien. Est-ce que nos compagnons seraient
subitement devenus fous ?

Ce fut Satrama, maintenant assez accoutumé à la langue
française, qui donna l'explication.

— Nous ne voyons pas la mer, dit-il, nous la sentons.

Et c'était la vérité. Bien qu'on fût encore à trois étapes de
la plaine liquide, les mastodontes l'avaient devinée parce que
l'instinct des animaux est un instrument merveilleux, et les
Sous-Terriens l'avaient pressentie par cette intuition que
nous possédons tous, et qui nous fait reconnaître le parfum
subtil et particulier de l'air natal, même si nous n'y sommes
pas encore, et si la brise ne nous en apporte que des émana-
tions extrêmement vagues. Or, pour les sujets de Phocas de
Haute-Lignée, l'air natal, c'est l'atmosphère marine.

A dater de cet instant, l'aspect entier de l'expédition changea. Le silence morne, qui régnait depuis longtemps déjà sur
la marche quotidienne, fit place à un bourdonnement inces-
sant de voix, que perçaient des exclamations joyeuses Les
Sous-Terriens ayant affirmé qu'on trouverait de l'eau douce

au rivage, on cessa de rationner le précieux liquide et la provende des animaux, et la marche reprit, plus alerte, plus courageuse, plus rapide

Quand nous sommes arrivés à la dernière détresse, et près de la désespérance, la moindre amélioration de notre sort, nous produit l'effet d'un miraculeux beaume, nous donne l'heureux oubli des épreuves subies, et ouvre notre âme à la vision confiante de l'avenir.

Et cependant, l'expédition lancée vers le Pôle Sud n'était pas au bout de ses peines. Elle le savait. Le rivage de la mer atteint, l'inconnu restait béant devant elle, avec tous ses pièges et tous ses dangers.

Quarante-huit ou cinquante heures plus tard, ainsi que l'avaient annoncé les Sous-Terriens guidés par leur flair subtil et par l'instinct de la conservation, l'horizon changeait de nuance sous les yeux des voyageurs ravis. De l'ocre crue qui fatiguait si douloureusement leur vue, il passait insensiblement, au fur et à mesure de la marche, au bleu sombre, et bientôt son immobilité désespérante se ponctuait de mouvements, et de reflets légers, indiquant qu'on allait sortir de la région morte pour entrer à nouveau dans celle qui pouvait créer et conserver la vie.

— La mer! s'écriaient à nouveau les humains supérieurs dans un ardent élan de soulagement et de gratitude.

Lhelma, devinant la brise marine, se redressait sur sa couche. Phocas de Haute-Lignée et Francken se jetaient dans les bras l'un de l'autre, et le petit docteur, qui était resté suffisamment sombre et muet depuis l'aventure de l'oasis, retrouvait tout à coup son bavardage et son rire.

— Nous en sortons, s'écriait-il, dansant sur la tête de son mastodonte, nous en sortons, enfin, de cet affreux désert! Nous allons pouvoir respirer, et ne plus cuire. Lhelma, je te prédis que tu seras guérie demain, et plus solide que jamais aussitôt que tu auras respiré pendant vingt-quatre heures cet air merveilleux, dont il nous arrive déjà des bouffées. Je me sens revivre. Et si nous avons la chance, comme je l'espère, de retrouver vivants ton parrain et ses compagnes, j'entreprendrai, sans hésiter, le voyage du retour. Quand on a fait ce que nous venons de faire, mon enfant, on va partout, et on en revient. Vive la République Sous-Terrestre ! Et vive son président !

Il s'arrêta net, car une gambade plus accentuée que les autres avait failli le précipiter du haut de son observatoire.

Pour les humains inférieurs, ils ne tenaient plus en place. Une agitation fiévreuse s'était emparée d'eux, depuis qu'ils avaient aperçu à l'horizon la bande bleuâtre et qu'arrivaient à leurs narines les effluves salés.

Quand le mouvement des flots devint apparent, quand il n'y eut plus que quelques milliers de mètres entre eux et la plaine liquide, ils glissèrent de leurs montures, et se mirent à courir vers cette eau qui, pour eux, représentait le salut et la vie. Et, tandis que s'avançait majestueusement la troupe des six mastodontes, on les vit se plonger dans les flots où ils disparurent en poussant de grands cris.

— Trouverons-nous, au rendez-vous, le capitaine Kerbiquet? demandait Lhelma.

— C'est bien peu probable, lui répondit le président de la République Centrale. Le capitaine s'est éloigné de nous pour suivre une route à gauche de la nôtre. Il doit, après son

arrivée au rivage, nous rejoindre en côtoyant le bord de la
mer. Il doit donc parcourir deux côtés d'un triangle dont
nous n'aurons longé qu'un côté. Et comme, en définitive, nous
avons perdu très peu de temps, malgré les épreuves de la
route, il n'a pas dû aller plus vite que nous Je pense que c'est
nous qui aurons à l'attendre.

Et de fait, lorsque la caravane s'arrêta sur la plage, elle était
morne et déserte Jean Kerbiquet n'était pas là, peut-être
côtoyait-il la mer pour rejoindre l'expédition; peut-être était-il
encore engagé dans les sables et dans les roches calcinées du
désert; peut-être...

Mais personne n'osait aller plus loin dans ses suppositions,
de peur d'attrister la première heure de bien-être rencontrée
depuis le départ. A présent qu'on l'avait traversée, cette région
inhabitée du monde inférieur, chacun se rendait compte de la
témérité dont avait fait preuve le commandant du *Pétrel* en
s'y aventurant presque seul, et sans le dire, chacun s'avouait
qu'il suffisait d'un accident pour mettre le vaillant marin et ses
compagnons dans l'absolue impossibilité d'atteindre leur but.

C'était Jean Kerbiquet. (page 357)

CHAPITRE XIX

L'ÉPREUVE DE JEAN KERBIQUET

Deux ou trois journées furent passées par les Sous-Terriens à reconstituer les radeaux, et à renouveler la provision d'eau douce en écrasant des algues : ces goëmums étaient formées de feuilles larges et plates, rougeâtres, de six à dix mètres de longueur et portant sur toute leur surface des vésicules gonflées et de la grosseur d'une noisette. Pendant ce temps, les mastodontes reprenaient leurs forces en broutant les mêmes algues, et Lhelma se rétablissait rapidement, ainsi que le petit Satrama, sous l'action vivifiante de la brise de mer.

Francken et le président passaient la majeure partie de leur temps sur les dunes avoisinant la grève, et fouillaient, la lunette aux yeux, les profondeurs de l'Est, d'où aurait dû arriver le capitaine Kerbiquet. Mais l'horizon demeurait immuable de ce côté, et chaque heure qui s'écoulait, sans apporter l'indice d'une approche quelconque, augmentait leur anxiété.

La besogne matérielle étant terminée, et l'oisiveté imposée à tous, cette anxiété devint plus douloureuse, et le temps de l'attente parut démesurément plus long. Les figures s'allongeaient en dépit des efforts que faisaient les uns et les autres pour se donner mutuellement confiance, et tous, les humains supérieurs particulièrement, pensaient que la diversité de l'itinéraire n'expliquait pas une aussi grande différence dans l'époque des arrivées.

Deux ou trois jours se traînèrent cependant dans ces angoisses, et le président déclara qu'il lui était impossible de rester plus longtemps immobile et inactif.

Il prit deux mastodontes et une escorte, et partit dans la direction de l'Est en suivant le rivage, et laissant le reste de la caravane sous la surveillance et sous l'autorité du docteur Francken.

Il marcha deux jours sans arrêt, les yeux sur l'horizon, tandis qu'autour de lui ses compagnons fouillaient la route et ne laissaient pas un caillou sans examen. Il découvrit les traces du passage de Van Ah Fung et de Johann Wurtzler, et s'y arrêta longuement. Cependant, le paysage restait toujours vide, et rien ne montrait l'approche possible de Jean Kerbiquet, lancé à la poursuite des humains mystérieux.

Malgré les souffrances à peine oubliées, Phocas de Haute-Lignée s'engagea résolument sur la piste laissée par la voiture à voile de Wurtzler, heureusement très nette sur le sable durci. Et il n'y avait pas marché pendant cinq heures, qu'il distinguait au bout de sa lorgnette une silhouette pâlote, chancelante, et terriblement seule sur l'immensité, qui s'avançait lentement vers le Sud.

— C'est lui ! criait-il à ses hommes. Faites presser l'allure. Au trot, les bêtes ! Au trot ou au galop, si vous pouvez.

Excitées de cris, frappées au front, affolées d'un tapage subit, les monstrueuses créatures antédiluviennes prenaient la charge avec une puissance qui ébranlait le sol, et la distance diminuait rapidement entre la petite troupe et l'homme perdu à la surface du désert

Cet homme marchait, parce qu'il était soutenu par un prodigieux courage, mais il était aisé de voir qu'il donnait son dernier effort. Il titubait comme un ivrogne, s'écroulait par instants, demeurait quelques secondes immobile, puis se relevait pour une marche de quelques mètres, et s'arrêtait encore, épuisé.

C'était Jean Kerbiquet, mourant de faim, mourant de soif, mourant de fatigue, en loques, couvert de sable et de sueur, la barbe longue et embroussaillée, dans un état de saleté repoussant et seul, tout seul, dans le désert mortel.

Quand il vit une troupe venir au-devant de lui, quand il devina le secours, quand il comprit qu'enfin la Providence avait pitié de son immense détresse, l'énergie farouche qui l'avait jusqu'alors tenu debout l'abandonna soudain. Il eut un sanglot, un vague geste de remerciement vers le ciel, et s'abattit sur le sol, où il demeura inerte.

Quelques secondes plus tard on le relevait et le Président lui donnait les soins les plus empressés, qui le ramenaient à la conscience.

— A boire ! demandait-il.

Et il buvait, buvait pendant de longues secondes, buvait sans arrêt, délicieusement, comme s'il eût eu dans la poitrine tout le feu de l'enfer.

On le montait sur un mastodonte, car il lui aurait été totalement impossible d'y grimper lui-même, et là, par phrases hachées et décousues, tandis qu'on reprenait rapidement la route du camp, il racontait son aventure. Puis il s'endormait d'un sommeil semblable à une léthargie, semblable à la mort même, et dont rien ne l'aurait tiré.

Jean Kerbiquet, n'avait pas eu, pendant sa traversée du désert, la chance de rencontrer sur sa route, comme l'expédition principale, une oasis. Pendant tout le temps qu'il était demeuré sur la terre ferme, il n'avait rencontré ni un brin d'herbe, ni une goutte d'eau. Perpétuellement, sous ses pas, s'était déroulé le sol de sable et de roches grises chauffé depuis les siècles des siècles; perpétuellement, sur sa tête, avait braisillé le globe incandescent qui sert de soleil aux habitants du monde intérieur; perpétuellement, la lumière cruelle avait brûlé ses yeux; perpétuellement, l'horizon avait déployé devant lui ses brumes sinistres.

Le capitaine avait vaillamment résisté; l'existence rude qu'il avait choisie le préparait à ces épreuves. Son escorte avait bientôt faibli, malgré le courage et la résignation dont les Sous-Terriens faisaient preuve. La sécheresse avait compromis rapidement la santé de ces aquatiques, et la fièvre s'était emparée de leurs corps privés d'eau. Cependant, ce n'étaient pas eux qui étaient tombés les premiers; c'était le mastodonte, alors qu'on arrivait aux deux tiers de la route. C'est, d'ailleurs, ce qui se produit habituellement lorsque

des êtres humains et des animaux sont exposés ensemble
à des fatigues exagérées et persistantes.

Lui mort, les hommes avaient dû, non seulement poursuivre leur marche à pied, mais encore se charger des provisions
indispensables pour aller jusqu'au bout, même en se ration-
nant durement. Or, ces provisions, l'eau surtout, représen-
taient un poids considérable, et la petite caravane avait dû se
résigner à ne plus avancer que par très courtes étapes, auxquelles Jean Kerbiquet parvenait aisément, bien qu'il fût le
plus lourdement chargé de tous, mais où les Sous-Terriens
n'arrivaient qu'exténués, à bout de force et d'haleine. Leur
chef en avait pitié; il les poussait et les rudoyait, cependant,
car chaque heure perdue rendait le péril plus grave, et diminuait les chances qu'avaient les pauvres gens d'arriver à la
mer si anxieusement désirée.

Malgré leur bravoure, malgré leur résolution, malgré le
stoïcisme dont ils faisaient preuve, l'un d'eux tomba, un jour,
pour ne plus se relever. Ses compagnons, qui déjà se sentaient prêts pour la même destinée, le déposèrent dans le
sable de la région mortelle, et poursuivirent leur chemin,
désormais mornes et définitivement abattus, sans espoir d'arriver jamais au bout de l'aventure.

Et Jean Kerbiquet, la mort dans le cœur, les vit l'un après
l'autre se coucher devant lui, le dernier soupir aux lèvres.

Il leur rendit pieusement les derniers devoirs, et se trouva
seul, irrévocablement seul, sur l'immensité maudite. Il prit
de provisions ce qu'il put porter, peu, car ses forces commençaient à s'épuiser aussi et le problème de l'arrivée ne
le laissait pas sans angoisse, et il partit vers le Sud, sans re-

garder en arrière, sans vouloir penser à autre chose qu'au
but. D'abord, il alla beaucoup plus vite qu'au moment où il
était accompagné d'hommes affaiblis, mais quelques jours
d'efforts usèrent dangereusement son pouvoir de résistance,
et il fut contraint de ralentir l'allure, de se reposer plus souvent, de se ménager davantage.

Et devant ses yeux abîmés par le soleil central, la plaine
s'allongeait toujours, déserte et brûlante. Et l'horizon restait
immuable, dans ses vapeurs rougeâtres. Et les interminables
étapes se succédaient, sans qu'un indice quelconque montrât
au voyageur qu'il touchait à la fin de son martyre. Les provisions diminuaient, bien qu'il se rationnât de façon cruelle ;
l'eau allait lui manquer, car il n'avait pu en porter que quelques litres.

Quand il n'aurait plus rien, ce serait la détresse abominable
et ce serait la fin. Le courageux marin supporterait encore
quelques heures de supplice ; il irait aussi loin que son
héroïsme pourrait le mener, puis il se coucherait, comme les
autres, et jetterait son dernier souffle à l'Eternité.

— Je n'arriverai pas ! pensa-t-il, un jour où sa faiblesse augmentait et lui faisait peur.

Et l'idée de périr ainsi, misérablement, en pleine jeunesse,
et sans utilité pour qui que ce fût, le révolta et le jeta dans un
accès d'injustice bien éloigné, d'habitude, de son âme. Il vit
le président de la République Centrale et ses compagnons
doucement arrivés aux grèves de l'Océan polaire, et l'attendant, dans une passivité stupide, au lieu de s'étonner de son
retard et de chercher à le secourir. Kerbiquet, au moment
même où la fièvre l'incitait à accuser et à maudire, n'était plus

qu'à sept ou huit heures de marche de la mer. Mais il ne la voyait pas, ne la devinait pas, ne la sentait pas, parce qu'il ne possédait pas l'instinct quasi-surnaturel des Sous-Terriens, et parce que son immense lassitude lui ôtait la meilleure part de ses facultés.

Il fit son dernier repas de quelques bribes de poisson sec traînant dans son bissac, mouilla ses lèvres de ses dernières gouttes d'eau, jeta tout l'équipement qui lui devenait inutile, et repartit, farouche, en murmurant :

— A la grâce de Dieu !

Mais il n'alla pas bien loin. Si l'âme résistait encore, le corps, la chair, la bête, étaient définitivement vaincus et refusaient d'aller plus loin. Des lueurs fulgurantes se mirent à courir devant ses yeux, tandis que ses jambes étaient prises d'un tremblement intense, et que l'horizon, dans l'intervalle des éclairs douloureux, se mettait à tournoyer avec une vertigineuse rapidité.

— Je vais mourir ! pensa Kerbiquet.

Il chancela, dut se mettre sur les genoux, et se releva pour faire quelques pas au hasard, l'équilibre perdu, la raison voilée, une seule idée battant dans sa cervelle vide :

— Mourir... mourir... mourir...

Il sentit se raidir ses membres et l'immobilité le saisir. Il résista, il se révolta, et marcha quelques mètres.

Mais il tomba, et ne se sentit plus la force de se relever.

— Mourir !... mourir !...

Un effort suprême le mit debout. Il essaya de forcer à l'obéissance ses muscles rebelles, et de courir. Il courut. Mais, à ce moment, un carillon forcené se mit à sonner dans sa tête, en même temps qu'augmentait l'effroyable rotation du paysage, et que les fulgurances violettes se multipliaient devant ses yeux, lui donnant l'illusion d'une violente illumination électrique.

Il poussa un strident éclat de rire, et s'écria tout haut, d'une voix de hurlement :

— Mourir !... mourir !...

Il s'abattit ; il se releva ; il se traîna sur le ventre, il se remit debout, et avança encore en titubant

Alors, ô mirage merveilleux, il aperçut, venant à lui, au triple galop de charge, et portant des êtres humains, deux énormes mastodontes.

— Sauvé !... Merci, mon Dieu !... murmura-t-il.

Et ce qui pouvait lui rester d'énergie l'abandonnant tout à coup, il s'écroula sur le sable, où Phocas de Haute-Lignée le ramassa, point mort, sans doute, mais bien près de l'être.

Et c'est ainsi qu'après s'être séparés à la frontière nord de la région désertique, se retrouvèrent à la frontière méridionale les membres de l'expédition lancée à l'attaque des Kra-las.

C'était une panoplie vivante. (page 255)

CHAPITRE XX

DEVANT L'ESSEXE

Quelques jours après les événements que nous venons de relater, cette expédition, ou du moins ce qu'il en restait, prenait la mer et se dirigeait vers le Pôle Sud du monde inférieur

Jean Kerbiquet était à peu près remis. Son esprit audacieux et énergique avait repris le dessus, aussitôt que son corps n'avait plus été dans la pire des détresses, et lui-même avait insisté pour le départ, bien que Francken lui conseillât amicalement de prendre un plus long repos.

Et comme on allait entrer dans la partie militaire du voyage, s'il est permis de s'exprimer ainsi, le Président lui donna le commandement en chef, et rentra modestement dans le rang.

Kerbiquet, qui avait appris avec une douleur sincère la mort de Congo, promettait de mener rondement l'attaque des

263

monstres du pôle, et de passer sur eux la colère que lui causait la perte de son serviteur.

Les Sous-Terriens, à qui ces paroles furent traduites, les applaudissaient avec ferveur, car si, pour les humains supérieurs, le but principal de la campagne était de délivrer les captifs, pour eux, qui avaient à venger des injures séculaires, le massacre des Kra-las restait l'affaire importante, et ils ne songeaient même pas à le dissimuler. Complètement rétablis de leurs fatigues passées par leur séjour au bord de la mer, où ils avaient vécu avec délices, on les voyait brandir leurs armes dans des attitudes de menace, et c'est avec des regards où ne brillait aucune tendresse qu'ils observaient le Sud, ce Sud mystérieux d'où leur venait jadis le malheur et la mort.

La troupe qui se confiait à la mer inconnue était alors composée de quatre humains supérieurs : Lhelma, Kerbiquet, Phocas de Haute-Lignée et Francken, de cent vingt Sous-Terriens, et de six mastodontes, sur six radeaux.

Le jour où l'on quitta le rivage était le 28 juin 19... Il y avait donc exactement dix mois que Van de Boot, la vieille Anglaise morte sans avoir dit son nom, et Margaret Flower, la douce et jolie institutrice, avaient été capturés par les Kra-las.

L'expédition, formée pour leur délivrance, était en droit de se croire infiniment supérieure aux monstres qu'elle allait combattre. Elle était armée, et ceux-ci ne l'étaient pas, du moins, quand on les avait vus pour la dernière fois dans la région tropicale. Les Sous-Terriens avaient leurs poignards empoisonnés, qui leur serviraient en cas de contact, et des armes à feu, sinon aussi perfectionnées que celles dont on fait usage au-dessus de la terre, du moins solides, d'un manie-

ment facile et rapide, et capables de faire en peu de temps
beaucoup de mal à l'ennemi. Ils possédaient de petites pièces
d'artillerie, établies avec leurs affûts sur le dos inébranlable
des mastodontes, et qui produiraient le massacre des Kra-las
sans leur laisser même le loisir de comprendre d'où leur tombait l'avalanche de plomb. La troupe, qui s'avançait vers le
Sud, avait donc toutes raisons de manifester sa confiance
dans le succès final, et d'arborer une attitude belliqueuse.

Celui qui l'arborait le plus fièrement, était le petit docteur
Francken, qui, dès l'entrée de l'expédition dans sa période
active, s'était senti pris d'une belle ardeur guerrière, et qui
ne parlait plus que d'assommer, égorger, pourfendre et anéantir. Il s'était fait donner par Jean Kerbiquet le commandement général de l'artillerie, et avait nommé Satrama son in-
terprète auprès de ses servants.

Dès lors, il ne s'était plus accordé un instant de repos ; il
avait passé son existence à escalader les mastodontes et à en
dégringoler, donnant à son personnel particulier des ordres
intarissables, lui expliquant cent fois de suite la charge, le
pointage et la décharge des canons, se donnant un mal considérable, et regrettant de ne pouvoir déjà faire parler la poudre, ce qui lui aurait permis de produire un peu plus de bruit.
Satrama l'accompagnait fidèlement, et se montrait ravi de son
maître, qui, de sa part, l'adorait. L'enfant, avec une facilité
d'adaptation merveilleuse, avait déjà retenu assez de français
pour tenir avec Francken de véritables conversations. Il prononçait à sa manière, c'est-à-dire sur la voyelle A, qui lui était
seule possible, mais il construisait des phrases compliquées,
assez correctement.

Un jour, Jean Kerbiquet, déclara qu'on approchait de la
zone dangereuse, et défendit aux Sous-Terriens de s'écarter,
de crainte qu'ils ne rencontrassent sous les flots des Kra-las
isolés ou en petites troupes

A dater de cette heure, Francken revêtit son costume de
mer, qui le gênait moins parce que pendant la traversée du
désert il avait légèrement perdu de son embonpoint, et s'arma.
On le vit sortir de la cabane où il habitait, sur un des radeaux,
ceint de stylets empoisonnés, auxquels il avait adjoint deux
ou trois revolvers de gros calibre, un sabre où s'embarras-
saient ses petites jambes, et une carabine qu'il passait d'une
main dans l'autre, ce qui le gênait considérablement, mais qu'il
n'aurait pas abandonné pour la présidence elle-même de la
République Centrale. Ce n'était plus un homme, c'était une
panoplie vivante, et Wilhelmine éclata de rire en le voyant.

— Que voulez-vous faire de tout cet arsenal, docteur? lui
demanda-t-elle, puisqu'il est probable que nous n'aurons pas
même à approcher l'ennemi.

— Mon enfant, répondit-il simplement, on ne sait jamais
ce qui peut arriver et la bravoure n'exclut pas la prudence.
Que je vienne à tomber dans une embuscade de Kra-las, et
mon arsenal, comme tu dis irrévérencieusement, me sauvera
peut-être la vie Tu ferais bien, toi-même, qui te moques de
moi, de prendre quelques poignards et quelques revolvers.
Nous sommes en temps de guerre, et les hasards sont
grands

— Merci, docteur, de votre conseil, dit Lhelma; mais je
ne le suivrai pas. A quoi me servirait d'avoir plus de cent
défenseurs, si je devais combattre moi-même?

Et le président ajouta, considérant la jeune fille d'un regard de profonde sympathie :

— Vous avez raison, Mademoiselle, et il ne vous servirait à rien de vous armer. Tous ces hommes, et le docteur lui-même, et moi surtout, perdrons notre dernière goutte de sang avant qu'un ennemi vous ait approchée.

Jean Kerbiquet, qui se tenait bien sur la tête d'un masto-donte, transformé en poste-vigie, sa jumelle marine à la main, cria tout à coup : « Terre ! » et donna l'ordre d'abattre les voiles. Les radeaux s'immobilisèrent instantanément.

Devant la flottille, à l'horizon, une tache crayeuse, à peu près imperceptible à l'œil nu, rompait la monotonie de la ligne des brumes. Et cette tache blanche n'était pas seule ; elle était accompagnée, au contraire, de points semblables, plus grands ou plus petits, diversement éloignés, mais qui permirent à l'œil exercé du marin de reconnaître un archipel posé sur la mer, brûlé d'une chaleur intense, et probablement situé au pôle même. C'était à n'en pas douter le séjour des Kra-las, amphibies comme les Sous-Terriens, et qui, s'ils vivent une grande partie de leur existence dans l'eau, ne peuvent toutefois se passer complètement de terre ferme.

Les humains supérieurs, pendant la halte, tinrent une sorte de conseil de guerre.

— Il nous faut, dit Jean Kerbiquet, agir avec une extrême prudence, car tout ce que nous allons rencontrer désormais nous est absolument inconnu. Van de Boot et ses compagnes sont-ils morts ou vivants ? Nous n'en savons rien, et il faut le savoir. Les Kra-las se défendront-ils sous les flots ou sur la terre ? Nous n'en savons rien, et il faut le savoir. En consé-

quence, je propose qu'une troupe de vingt à trente Sous-
Terriens, conduite par un de nous, quitte les radeaux et s'en
aille à la découverte, cherchant des renseignements sur les
points que je viens d'exposer. Cette troupe ne devra s'avancer
que très prudemment, ne se laisser voir que le moins possible, et s'armer de poignards empoisonnés. Elle se dispersera
en arrivant à une courte distance de terre; chaque éclaireur
sera chargé d'une partie de l'inspection déterminée à l'avance,
et un lieu de ralliement sera donné à la reconnaissance par
son chef ainsi qu'une durée maxima pour l'investigation. Je
me propose pour conduire cette reconnaissance.

— L'idée est pratique et doit donner de bons résultats,
répondit Francken, mais je demande à prendre le commandement de la troupe d'éclaireurs aux lieu et place du capitaine
Kerbiquet. Il peut se passer ici, pendant l'absence de cette
troupe, tels événements — une surprise de l'ennemi, par exemple — qui nécessitent la présence d'hommes expérimentés,
et vous l'êtes tous deux plus que moi. D'autre part, de deux
choses l'une; ou la reconnaissance, dont nous parlons, ne comporte aucun danger, et alors je m'en tirerai tout aussi bien
qu'un autre, ou elle est périlleuse, et si quelqu'un doit y rester, mieux vaut la disparition d'un bavard comme moi que la
perte de chefs précieux comme vous. Je me propose pour conduire la reconnaissance

— Un instant! dit Phocas de Haute-Lignée, en serrant la
main du brave petit docteur. Ce que vous avez dit tous deux
est excellent; mais vous oubliez que je suis seul, parmi nous,
à connaître les Kra-las. Si l'un de vous part à la tête de la
reconnaissance, savez-vous ce qui peut lui arriver, ce qui lui

arrivera même probablement? C'est de passer à côté d'un Kra-la sans le voir, car leur couleur se confond presque entiè-rement avec celle des flots sous-marins, et d'être étranglé avant d'avoir pu se mettre en défense. Vous risqueriez donc, en partant l'un ou l'autre, de vous faire tuer sans utilité pour personne. Or, nos existences sont toutes précieuses au même titre, et nous ne devons les exposer qu'à bon escient.

» Pour moi, ce n'est pas la même chose ; je connais nos ennemis ; je les dépiste sous la mer aussi facilement que les Sous-Terriens eux-mêmes, et je vous garantis bien qu'aucun d'eux ne m'approchera sans le regretter. Je me propose pour la conduite de la reconnaissance.

Ces trois discours terminés, les trois hommes se regardè-rent avec embarras, puis éclatèrent de rire. Chacun croyait avoir de meilleures raisons que les autres pour partir, et aucun ne voulait céder aux autres sa part de danger. Ils con-vinrent enfin de prendre pour arbitre Lhelma.

La jeune fille, consultée, réfléchit quelques instants. Puis elle dit : « Je pense que c'est M. le président de la Répu-blique Centrale qui doit commander la reconnaissance. »

Kerbiquet et Francken s'inclinèrent, et le chef désigné par Wilhelmine se mit immédiatement à choisir ses hommes, et à leur expliquer ce qu'il attendait d'eux. Tous se jetèrent à la mer bientôt après, et la jeune fille, s'approchant du président au moment où il allait ajuster son masque, lui dit à mi-voix, et sur le ton de la prière :

— Soyez prudent.

Quelques instants plus tard, il avait rejoint ses compagnons sous les flots.

Quand le président de la République Centrale reparut, entouré de ses compagnons, quand il eut ôté son masque, on s'aperçut qu'il était soucieux. Cependant, il ne fit pas immédiatement part de ses découvertes ; il écouta les rapports des Sous-Terriens et centralisa dans sa mémoire les renseignements qu'ils apportaient. Il assembla ensuite autour de lui Lhelma, Jean Kerbiquet et Francken, et leur parla en ces termes :

— Mes chers amis, vous voyez un homme absolument stupéfait de ce qu'il vient de découvrir, et de ce qu'ont découvert ses compagnons. En quelques mots, voici : Nous croyions venir ici combattre des êtres qu'on ne peut pas appeler des hommes, puisqu'ils ont avec nous tant de différences physiques, mais qu'il est impossible aussi de classer parmi les brutes, puisqu'ils pensent, puisqu'ils parlent, et puisqu'ils n'agissent pas poussés par instinct, mais par le raisonnement. Nous nous attendions, en tous cas, à rencontrer au pôle sud des créatures d'une mentalité bien inférieure à la nôtre, capables d'attaquer et de massacrer, mais incapables d'organiser une défense au cas où elles seraient inquiétées. Or, nous nous trompions. Les Kra-las s'attendent à être envahis ; peut-être nous ont-ils déjà vus sur la mer. Et la preuve, c'est que nous n'en avons pas trouvé un seul sous les flots, qu'ils sont tous à terre, et que leurs îles sont fortifiées.

— Fortifiées ! s'écrièrent ensemble les trois interlocuteurs du président

— Fortifiées, parfaitement. La façon dont ils s'y sont pris n'a rien à voir avec les conceptions d'un Vauban, naturellement, mais tel qu'il est ce travail a une valeur réelle, et dénote une intelligence que j'étais loin de soupçonner chez ces gens-là. Toutes les îles qui forment la ceinture nord de l'archipel ont reçu des modifications suffisantes pour en rendre l'accès périlleux. Partout où il y avait une plage, une gorge praticable et conduisant à l'intérieur, des roches ont été amoncelées en forme de mur, rendant l'approche impossible. Les îles, qui ne sont pas préparées de cette façon, sont désertes. Ce qu'il y a derrière ces remparts, nous n'avons pas pu le découvrir, à cause des précautions qu'il nous fallait prendre pour rester cachés. Ou plutôt, nous avons vu quelque chose. Dans l'île qui nous fait face, et que nous avons aperçue la première, se dresse une maison !

— Une maison !

— Une véritable maison ; non pas une cabane ou une hutte. Les murs sont en pierre et maçonnés, le toit est recouvert d'une matière noirâtre qui nous a paru être de l'ardoise ; il est surmonté d'une cheminée qui fumait ; il y a aussi à cette maison des fenêtres, comme celles que nous connaissons, avec des vitres en verre.

Évidemment, ce sont des humains supérieurs qui habitent là, puisque les naturels du pôle n'ont besoin ni de maisons ni de feu. Mais ces humains supérieurs, qui sont-ils ? Ceux que nous voulons délivrer, ou ceux qui ont traversé avant nous le désert ? Des amis, des ennemis ? C'est ce qu'il nous a été absolument impossible d'établir, car aucun d'eux ne s'est montré pendant la durée de notre observation. Telle est la situation. Qu'en pensez-vous ?

— Bien évidemment, dit Francken, les Kra-las ont maintenant avec eux des humains de la surface supérieure ; ce qu'ils ont fait, l'acte de se protéger par des murailles, le prouve. Leur intelligence ne peut pas s'être accrue, depuis que vous les connaissez, dans une pareille proportion.

— Je ne crois pas, dit Kerbiquet, que nous ayons ici affaire aux deux hommes dont j'ai suivi les traces. Si j'en crois certains indices, la netteté de l'empreinte de leurs roues sur le sable, la fraîcheur des entailles qu'ils avaient faites dans le bois de leur barque pour en enlever le mât, la quantité de cendres restant dans leur foyer et que le vent n'avait pas encore dispersées, ces deux hommes ne nous ont précédés que de fort peu, de quelques jours peut-être, sur la région aride. Ils n'auraient donc pas eu le temps d'arriver, de se mettre en relations avec les Kra-las, de leur faire comprendre qu'un danger les menaçait, et de leur montrer comment ils pouvaient se mettre en état de défense. Ils n'auraient surtout pas eu le temps de construire une maison.

— Vous pensez donc, capitaine, demanda Lhelma frémissante d'espoir, que la reconnaissance a vu la demeure de mon parrain Van de Boot et les deux Anglaises ?

— J'en suis à peu près convaincu, Mademoiselle, répondit Kerbiquet.

— Ils seraient vivants !... Oh! Dieu soit loué!

Phocas de Haute-Lignée réfléchissait profondément.

— Ils seraient vivants, en effet, dit-il, si les suppositions du capitaine Kerbiquet sont exactes. Mais j'avoue que dans cette hypothèse plusieurs choses me surprennent. D'abord, qu'on ne les ait pas égorgés en les prenant...

— La lettre de Van de Boot affirme que les monstres ne paraissent pas avoir de mauvais desseins, interrompit Francken.

— C'est juste. Il faudrait donc admettre que les Kra-las

sont venus chercher des humains à la surface supérieure pour
les conserver à l'état de captifs...

— Pour les conserver et les obliger à faire ce qu'ils ne pouvaient faire eux-mêmes, dit Kerbiquet.

— C'est leur accorder une faculté de calcul que nous ne
leur supposions pas jusqu'ici, répondit le président. Mais,
après tout, la chose est possible. Nous ne connaissons les
Kra-las que par ce qu'ils ont fait devant nous, c'est-à-dire
tuer pour le plaisir et se vautrer dans le sang, mais nous ne
savons pas à quelle limite exacte s'arrête leur intelligence.
Peut-être sont-ils capables de prévoyance, et peuvent-ils
mener à bien des projets assez compliqués. Nous serons fixés
bientôt. Que pensez-vous que nous devions faire ?

— Attaquer, répondit nettement Francken. Van de Boot a
pu leur donner des murailles, mais je le connais, c'est un
brave zoologue, et son génie militaire a dû s'arrêter là. Eh
bien! leurs murailles, quelques projectiles de *mon* artillerie
les mettront par terre, et le débarquement que nous opérerons
ensuite fera le reste.

— Puis-je donner mon avis ? demanda Lhelma.

— Certainement, Mademoiselle, et ce sera probablement le
bon.

— Je pense, malgré l'ardeur belliqueuse du docteur Francken, qu'il ne faut pas attaquer, du moins pour le moment.
Outre que nos boulets pourraient atteindre ceux que nous
voulons sauver — ce qui remplirait mal notre but, ajouta la
jeune fille en souriant — cette attaque pourrait déterminer les
Kra-las à se livrer à des voies de fait sur leurs otages. Je crois
que nous devons nous avancer vers l'île, et nous montrer le

18

plus possible, nous, les Européens. Van de Boot a fait des for-
tifications contre les Sous-Terriens seuls ; ni lui ni ses capteurs ne soupçonnent qu'une expédition, venant du Nord, peut
contenir ses amis. Mais qu'il nous voie, qu'il nous recon-
naisse, et sans doute trouvera-t-il moyen de s'échapper avec
ses compagnes, et de nous rejoindre.

Le président et Kerbiquet adoptèrent, sans discuter, cette
manière de voir. Francken, toujours couvert de sa panoplie,
insista un peu pour son attaque, à laquelle il tenait beaucoup.
Mais, se voyant seul contre tout le monde, il finit par se ran-
ger à l'avis général, tout en jetant un regard de tristesse à ses
canons, condamnés à rester encore silencieux. Il se rendit
dans sa cabine et déposa son costume de mer pour reprendre
ses vêtements européens, plus propres à le faire reconnaître
de Van de Boot. Mais il conserva toutes ses armes, en dépit
desquelles il gardait l'apparence la plus débonnaire.

Et le plan, conçu par Wilhelmine, reçut immédiatement son
exécution Sur la flottille de radeaux les voiles furent relevés,
et l'expédition reprit lentement sa marche vers le Sud, dans la
direction de l'île où la maison supposée de Van de Boot avait
été vue. Des Sous-Terriens s'étaient mis à l'eau pour éclairer
les profondeurs en avant, à droite, à gauche et en arrière de
la caravane nautique. Les autres s'étaient placés, qui dans les
bâts des mastodontes, qui entre leurs énormes jambes, la carabine à la main, et prêts à tout événement.

Les humains supérieurs se tenaient à l'avant du premier
radeau, bien en vue, et Wilhelmine avait insisté pour y rester
avec eux, prétendant que sa robe blanche était plus facilement reconnaissable, de loin, que les vêtements masculins.

On approchait ; les contours de l'île sortirent de la brume et
s'accusèrent ; rien n'y bougeait. La mer était également calme
et vide, et la colonne maritime des Sous-Terriens aurait pu
croire qu'elle s'avançait vers un nouveau désert, sans le rapport formel de la reconnaissance qui avait vu la demeure au
toit fumant et les murailles de rochers dressés par les Kra-las

Phocas de Haute-Lignée fronçait le sourcil ; ce calme inso-
lite et si peu dans les mœurs des quadrumanes polaires, ne lui
disait rien qui vaille.

La flotte des Sous-Terriens était maintenant, après avoir
avancé pendant deux heures, à douze cents mètres environ de
la côte. On en distinguait tous les détails, les falaises abruptes,
les anses aboutissant à des plages où des rochers avaient été
amoncelés, la petite maison des Européens dans son cadre de
fougères gigantesques. Et si des êtres humains s'étaient montrés, les jumelles marines les auraient certainement découverts.

Mais, par un hasard tout au moins singulier, le paysage restait complètement vide et inerte. Ce qu'on avait sous les yeux
décelait certainement le travail de l'homme, que celui-ci fût
préhistorique ou actuel, mais lui, l'auteur de ce travail, se
cachait avec une persistance surprenante.

Et, comme la flottille arrivait à huit cents mètres environ
de la côte, toutes les anfractuosités des roches jetèrent un
petit nuage de fumée blanche, et le crépitement d'une fusillade
arriva jusqu'aux oreilles de nos amis, tandis que des projectiles frappaient la mer autour d'eux.

— Ils ont des armes à feu ! s'écria le président.

— Et c'est mon parrain qui les leur a données ! dit à son
tour Lhelma.

— Vieille bête ! conclut irrespectueusement Francken, sans
réfléchir que si Van de Boot avait travaillé dans l'intérêt des
Kra-las, ce ne pouvait être que contraint et forcé, et sous peine
des pires supplices.

Cependant les Sous-Terriens, le premier moment de surprise passé, s'étaient mis à répondre au feu de l'adversaire, et
le combat augmentait de gravité à mesure que les radeaux
s'approchaient de la terre ferme. Deux hommes étaient déjà
tombés sous les projectiles des Kra-las.

La voix tonnante de Kerbiquet retentit soudain :

— Faites cesser le feu ! criait-il au président.

Phocas de Haute-Lignée obéit d'abord, parce que le capitaine du *Pétrel* était reconnu pour chef de l'expédition militaire. Puis il demanda :

— Pourquoi ?

— Eh ! vous ne voyez donc pas, au milieu des Kra-las, au
milieu des balles, un Européen qui les dirige, et qui nous ti-
raille en même temps comme s'il avait vingt ans ! C'est Van
de Boot...

— C'est vrai, c'est mon parrain, s'écria Wilhelmine. Et il
se serait fait tuer ! Voyez comme il s'expose.

— Vous aussi, Mademoiselle, dit Phocas de Haute-Lignée.
Et les Kra-las n'ont pas cessé le feu.

Lhelma consentit à rentrer dans l'abri.

— C'est honteux ! déclarait Francken. A son âge ! Un
inoffensif naturaliste ! Devenir ainsi sanguinaire ! Je suis couvert d'armes, moi, mais je n'ai pas tiré. C'est parfaitement
honteux !

Il se mit à agiter le drapeau blanc. (page 281)

CHAPITRE XXI

RUSE DE GUERRE

Il nous faut, de toute nécessité, revenir maintenant en arrière pour comprendre comment les Kra-las, d'intelligence incomplète, avaient pu se fortifier dans leur archipel, et répondre par des coups de fusil à la tentative d'accès des Sous-Terriens.

Cette explication, d'ailleurs, sera simple et rapide, et elle est probablement prévue par nos lecteurs.

L'un des quadrumanes du pôle, un jour, passa par la plus effroyable des aventures. Il tomba, errant sur une des îles de l'archipel, dans un gouffre profond, où il se tua à moitié. Ceci se passait quelque temps après l'agression des Kra-las contre la République Centrale, au cours de laquelle ils avaient été accueillis à coups de fusil et à coups de mitraille.

277

Pitoyablement meurtri, le malheureux resta longtemps inconscient et immobile. Quand il revint à lui, souffrant de tout son corps, la force lui manquait pour gravir la cheminée par laquelle il était involontairement descendu, et la faim ne tarda pas à le torturer. Il partit, il se traîna, plutôt, à la découverte, par une galerie latérale au point où sa chute l'avait fait aboutir, et, tantôt broutant les lichens qu'il rencontrait sur les roches, tantôt, au contraire, prêt à succomber d'inanition, atteignit après un interminable voyage la zone neutre que nous avons décrite, et où la pesanteur disparaît.

Alors il commença à remonter, s'imaginant qu'il revenait vers le lieu de sa naissance. Cependant, c'était vers la face supérieure de la terre que son ascension le conduisait; et, après bien des péripéties, il y arriva, pour le plus grand étonnement de son âme naïve. Etonnement qui se transforma bientôt en terreur, car des hommes montant une barque accostèrent l'îlot où il avait abordé lui-même, et se mirent à exécuter devant lui toutes sortes d'actions étranges, et auxquelles il ne comprenait rien. En outre, c'était la nuit que s'était produite son arrivée, et il s'était senti saisi d'une vague épouvante à la vue de ce ciel noir piqué d'étoiles, de cette lune versant sur le sol une lumière froide, et de la couleur inconnue pour lui de l'atmosphère.

Il eut la chance de n'être pas découvert, se replongea dans son puits, et observa. Mais rien ne lui donna le désir de se montrer aux êtres curieux qu'il venait de rencontrer. Ceux-ci, en effet, aussitôt le jour venu, se mirent à parcourir les rochers une sorte de tube à la main. Et quand ils apercevaient un animal quelconque, otarie jouant au bord de la mer ou oiseau volant dans le ciel, vite, ils portaient ce tube à leur épaule, une détonation retentissait, et l'animal tombait mort.

Le Kra-la ne douta pas qu'un pareil sort lui fût réservé s'il se laissait voir, et comme son intelligence, un peu plus développée que ne le pensait Van de Boot, lui permettait un raisonnement assez complexe, il comprit qu'un seul moyen lui restait d'éviter le massacre : regagner, si c'était possible, le monde où il avait jusqu'alors vécu.

Il réussit dans son projet, après avoir failli périr cent fois et raconta merveilles de son voyage. Quand il en vint à la description du fusil vu entre les mains des hommes, un de ses compagnons se détacha et revint bientôt portant une arme à feu qu'on avait jetée dans les rochers, et qui provenait de la dernière expédition.

L'explorateur, malgré lui, la reconnut formellement.

Dès lors, les Kra-las n'eurent plus qu'une idée : posséder des tubes semblables, et qui leur permissent de reprendre leurs expéditions contre les Républiques équatoriales.

A force de creuser cette idée, et bien que leur intelligence fût à l'état sommaire, ils finirent par comprendre que, puisque les hommes de la face supérieure savaient faire des fusils, il suffirait d'en capturer quelques-uns pour posséder bientôt ces armes, qu'on les contraindrait à fabriquer.

Et c'est dans ce but que partit, sous la conduite du premier Kra-la ayant traversé la terre, l'expédition entre les mains de laquelle Van de Boot et ses deux compagnes devaient si malheureusement tomber.

Nous les avons laissés, les humains supérieurs revenant à leur grotte après s'être nourris des poissons de la mer, et un

Kra-la s'agitant devant eux, faisant de grands gestes montrant un fusil, et prononçant des discours auxquels ni Van de Boot ni Margaret ne comprenaient rien, naturellement.

Ils se livrèrent à toutes les conjectures imaginables, et finirent par renoncer à deviner ce que pouvait bien vouloir dire le monstre avec son arme à feu.

Quelque temps après, cependant, la situation s'était modifiée. Le savant, bien qu'il n'eût pas l'extrême facilité de son collègue Van Tratter, s'était assimilé les premiers éléments de la langue Kra-la, et voici ce qu'il fut en état de traduire à la jeune fille qui partageait sa captivité.

— Les Kra-las craignent d'être assaillis par des peuplades venant du Nord, qui possèdent des fusils, et qui les massacreraient jusqu'au dernier. Ils ne savent pas fabriquer les armes à feu par leurs propres moyens, mais connaissaient l'existence d'une race supérieure, et qui en est munie. Ils se sont donc arrangés pour capturer des échantillons de cette race, et voilà ce qui va se passer : Si nous leur confectionnons des fusils et des munitions, nous vivrons ici sans que jamais personne songe à nous maltraiter. Si, au contraire, nous ne leur donnons pas ce qu'ils désirent, il faut nous attendre à toutes les horreurs, et à la plus misérable des fins.

Margaret frissonna.

— Je te dis les choses comme elles sont, poursuivit Van de Boot, parce que je te sais brave et parce qu'en outre tout n'est pas perdu. J'ai cherché à faire comprendre à ces brutes que nous n'étions pas armuriers, et que chez nous les hommes se spécialisent chacun dans leur industrie. J'y ai perdu mon latin, ou plutôt mon Kra-la : leur intelligence rudimentaire ne

peut pas se hausser jusqu'à ces subtilités. Il nous faut donc
faire des fusils et des cartouches.

— Mais comment ?

— J'ai déjà trouvé du minerai de fer. Nous en ferons du fer,
puis de l'acier, en nous servant du désir d'obéir, de l'esprit
d'imitation et de la force musculaire des Kra-las. Pour le reste,
je connais comme tout le monde la théorie générale des armes
à feu, et nous avons un modèle. Et si je puis découvrir ici du
soufre, tout ira. Je veux réussir, car je tiens maintenant à
mon existence, et surtout à la tienne, et je ferai tout au monde
pour les conserver.

De fait, Van de Boot réussit. Il trouva les matières premières, inventa des outils, se donna un mal prodigieux pour
expliquer à ses ouvriers ce qu'ils avaient à faire, et finit par
produire des armes à feu qui n'avaient rien d'élégant, mania-
bles seulement pour les bras puissants des Kra-las, auxquelles
un armurier professionnel aurait trouvé cent défauts, sans
doute, mais qui n'éclataient pas dans les mains des tireurs et
envoyaient leur projectile à huit cents mètres.

Certes, en agissant ainsi, Van de Boot ne se doutait pas
qu'il travaillait contre ceux-là mêmes qui avaient entrepris sa
délivrance. Et comment l'aurait-il imaginé ? Il croyait pleinement au mensonge des Kra-las, affirmant qu'ils avaient seulement voulu des armes défensives. Il y croyait si bien qu'a-
près leur avoir donné le moyen de massacrer ses propres
amis, il leur indiqua celui de rendre inaccessibles certaines de
leurs îles, en établissant dans les solutions de continuité des
falaises de hautes murailles de roches amoncelées, derrière
lesquelles ils défieraient aisément tous les assauts.

Ces travaux achevés, les Kra-las le considéraient à peu près comme un dieu. Tous lui parlaient avec vénération, il entendait parfaitement leur langage, maintenant, et se prosternaient avec humilité devant lui. Tous lui obéissaient au moindre signe, et l'existence à la face intérieure de la terre aurait été fort supportable pour Van de Boot et celle qu'il traitait maintenant en fille adoptive, sans la nostalgie du monde supérieur qu'il leur était impossible de guérir, et sans la certitude où ils demeuraient d'être des condamnés à perpétuité. Car personne, assurément, ne découvrirait jamais le lieu de leur exil, et toute évasion leur était impossible. Comment auraient-ils recommencé, seuls et faibles, le voyage que les géants du monde inférieur avaient eu tant de mal à accomplir, malgré leur prodigieuse puissance musculaire?

Cependant, Van de Boot voulut mettre à profit la bonne volonté des Kra-las, et leur fit construire la maisonnette plus tard découverte par la reconnaissance du président de la République Centrale. Dans cette maisonnette, divisée en deux chambres à coucher et une salle commune, il fit placer les meubles indispensables, dont il lui fallut inventer la fabrication, et, à dater de cette époque, la jeune Margaret Flower témoigna de quelque nouvel attachement à la vie. Elle ne retrouvait ni le confortable des habitations humaines, ni l'espoir de regagner un jour la surface supérieure, mais elle avait du moins un *home*, un lit, et de quoi faire pour elle et le vieux savant une cuisine convenable.

Ainsi, leur existence de Robinsons devenait supportable, et moins pénibles les heures de l'exil.

Lorsque Jean Kerbiquet eut donné l'ordre de la retraite, et

fait cesser le feu dans la crainte de tuer Van de Boot, qui
s'exposait au-dessus des remparts avec grande imprudence,
les chefs de l'expédition se trouvèrent fortement embarrassés.
Combattre, c'était risquer d'atteindre l'homme que l'on voulait sauver; s'approcher sans combattre, et lui faire des
signaux qu'il ne verrait pas, peut-être, c'était envoyer à la
mort une partie des Sous-Terriens composant l'expédition,
sans aucune utilité.

C'est, cependant, à ce dernier parti qu'on s'arrêta, sur l'avis
de Wilhelmine Van Tratter, mais en prenant certaines précautions propres à sauvegarder l'existence de tous.

Au cours du précédent combat, les Européens avaient remarqué que les projectiles des Kra-las, même à courte distance,
n'avaient pas la force de pénétration nécessaire pour traverser
la peau des mastodontes debout sur les radeaux. Ils arrivaient,
frappaient un coup sourd, s'aplatissaient, et tombaient, inertes. Il fut résolu, en conséquence, que l'expédition tout entière
s'abriterait derrière les énormes animaux, et qu'on s'approcherait de l'île où habitait Van de Boot sans répondre au feu
des Kra-las, de quelque violence qu'il pût être. Et, dès que le
radeau, portant les Européens, se trouverait à bonne portée
de la vue, ceux-ci se lèveraient et agiteraient un drapeau
blanc. L'absence des démonstrations hostiles, d'abord, l'exhi-
bition d'un symbole connu sans aucun doute au-dessus de la
terre seulement, ne pouvaient manquer d'attirer l'attention
du savant, qui se déciderait peut-être alors à reconnaître ses
compatriotes.

Ce programme fut suivi de point en point. Il ne donna pas
immédiatement, cependant, les résultats qu'on en avait attendu.

Les radeaux ayant orienté leurs voiles et repris la direction de l'île fortifiée, les Sous-Terriens se dissimulèrent derrière les mastodontes, qu'on avait fait accroupir. Les Européens les imitèrent, Francken tenant à la main un drapeau blanc improvisé d'une des jupes de Lhelma.

Mais, dès qu'on fut à portée, une fusillade intense éclata, et une grêle de balles s'abattit sur les éléphants antédiluviens, qui, d'ailleurs, ne parurent même pas s'en apercevoir.

On continua d'avancer, comme il avait été convenu. Et, quand il n'y eut plus que deux cents mètres entre les radeaux et la falaise, le petit docteur, qui avait voulu se montrer le premier, prétendant être plus reconnaissable que les autres, monta comme il put sur le dos de son mastodonte, et se mit à agiter le drapeau blanc.

Tout le monde s'attendait à voir, après quelques secondes d'indécision, le feu cesser chez les Kra-las, puisqu'on les savait commandés par Van de Boot. Il n'en fut rien. Tandis que le petit homme balançait avec conviction le jupon de Wilhelmine, une rafale de projectiles se mit à siffler autour de lui, et il tomba, sanglant, dans les bras de ses compagnons.

Mais la fusillade ne s'arrêta pas; elle redoubla de violence, au contraire.

— Ce n'est rien, se hâtait de dire Francken; une égratignure à l'épaule. Mais il faut que Van de Boot soit devenu aveugle. Il n'a vu ni le drapeau blanc ni moi, et je le voyais en détails, tiraillant de toute son ardeur. Qui sait si ce n'est pas lui qui m'a jeté par terre?

Et le brave petit docteur s'évanouit, car ce qu'il qualifiait

d'égratignure lui avait parfaitement cassé la clavicule. Lhelma,
très émue, se mit à le soigner.

— Nous recommençons? demandait à Kerbiquet le président de la République Centrale.

— Certes! répondait le capitaine au long cours, car nous
n'avons pas d'autre moyen de nous faire reconnaître, et il faudra bien qu'on y vienne, à un moment ou à l'autre.

Et il s'élança, le drapeau dans la main, malgré l'avalanche
de plomb qui ne cessait à aucun moment d'arriver de l'île.
Mais Phocas de Haute-Lignée l'arrêta dans son élan, et voulut
prendre sa place, un combat de générosité s'établit entre les
deux hommes, combat qui dura quelques secondes.

Et pendant ces quelques secondes, subitement, la fusillade
cessa.

— Que se passe-t-il ? demanda Kerbiquet.

Il se passait ceci :

Van de Boot, pleinement convaincu de ce que lui avaient
raconté les Kra-las, n'avait pas manifesté le moindre étonnement quand un certain nombre de ceux-ci, revenant des profondeurs marines, avaient annoncé l'approche d'une expédition armée se dirigeant vers l'archipel. C'était la simple réali-
sation de ce que craignaient les singes géants, et contre quoi
ils s'étaient prémunis. Mais comme la défaite et le massacre
des Kra-las signifieraient certainement son propre massacre
et celui de Margaret Flower; il avait immédiatement résolu
de s'y opposer autant que possible. Et d'inoffensif zoologue
qu'il avait été jusqu'alors, le digne savant était devenu guerrier, féroce guerrier, guerrier implacable. Il avait pris le commandement de la défense, ce contre quoi personne n'avait pro-

testé. Il s'était multiplié, avait désigné à chacun sa place et
donné des consignes ; il ne s'était plus permis de manger ni
de dormir ; il avait retrouvé, pour protéger sa fille adoptive,
l'énergie et la jeunesse, et quand la flotte ennemie s'était avancée à bonne portée, c'est lui, debout sur un rempart, et au
risque de se faire tuer, qui avait commandé la manœuvre et
le feu.

Il n'avait pas vu que, parmi ses adversaires, se trouvaient
des humains supérieurs ; il n'avait pas remarqué que ces
humains se mettaient en évidence dans l'espoir d'être reconnus ; il s'était agité dans une ardeur aveugle, puis saisi d'une
frénésie peu compatible avec son âge, il avait pris lui-même
une arme et s'était mis à tirer, bien que sa vue faible l'obligeât
à le faire au hasard.

Et quand l'ennemi, cessant le feu soudain, s'était retiré,
c'est avec des cris de victoire qu'il était rentré dans sa maison, où Margaret préparait tranquillement le dîner.

A la seconde approche de la flottille, les choses s'étaient
passées exactement de la même façon, avec cette différence
toutefois qu'au lieu de préparer le dîner, la jeune fille s'était
mise à sa fenêtre, malgré la formelle défense de Van de Boot,
et surveillait les opérations.

Quand les Kra-las commencèrent à tirer, elle s'étonna de
constater que l'ennemi ne répondait pas. Le zoologue, lui, ne
s'étonnait de rien ; il avait repris son fusil, et faisait avec
entrain des ricochets sur la mer. Puis, quand le drapeau blanc
s'était dressé aux mains de Francken, elle avait poussé un
grand cri de stupéfaction et sauté sur une lunette d'approche,
de l'invention de Van de Boot, et confectionnée avec du

cristal de roche. Le savant n'avait pas aperçu le moindre
pavillon et continuait à exciter ses monstres.

La jeune fille avait alors bondi hors de la maison, et couru
aux remparts, éloignés environ de cinq cents pas.

— Faites cesser le feu! cria-t-elle à Van de Boot aussitôt
qu'elle put se faire entendre.

— Veux-tu bien rentrer, malheureuse! lui hurlait de son
côté le professeur, écarlate et essoufflé.

— Faites cesser le feu! je vous dis.

— Pourquoi?

— Parce que vous tirez sur des Européens, nos amis, probablement, et qui de plus ont hissé le drapeau blanc.

— Le drapeau blanc?... Quand donc!

— Il n'y a pas cinq minutes.

— C'est singulier... Je n'ai rien vu.

— Mais faites donc cesser le feu!...

Van de Boot cria un ordre, qui fut répété de proche en proche. La fusillade s'arrêta.

Le naturaliste prit la lunette des mains de Margaret, et se
mit à observer l'ennemi, croyant encore à quelque piège.

— Que voyez-vous? lui demanda la jeune fille.

— Un homme, sur le dos d'un éléphant, le drapeau blanc à
la main.

— Le connaissez-vous?

— Non... Attends... En voici un autre... Ce sont deux Européens... Des hommes de plus petite taille, et de couleur sombre sortent de derrière l'animal, où ils étaient cachés.

— Oui, je les vois. Après?

— Qu'est-ce que c'est que ça?... Une robe!... Une femme!...

— Qui est-ce?

— Je ne sais pas... si... attends... Mon Dieu! Mon Dieu!...
On dirait...

— Calmez-vous; les Kra-las nous observent.

— Tu as raison (il parlait à voix basse), c'est ma filleule
Wilhelmine Van Tratter... Et voici Francken, un bras en
écharpe. Oh! le pauvre garçon! Pourvu que ce ne soit pas
moi qui l'aie blessé!... Nous sommes sauvés!...

— Nous sommes sauvés, si vous ne criez pas.

— Tu as raison. Qu'allons-nous faire? demanda le savant,
qui avait grand'peine à maîtriser son agitation et dont la tête
se perdait de joie.

— Vous allez reprendre un peu de sang-froid, lui répondit
Margaret; c'est urgent; il y va de la vie.

— Oui...

— Vous allez rassembler les chefs Kra-las, et leur expliquer
que par ce signal blanc l'ennemi nous demande une conférence.

— Conférence... oui...

— Vous ferez hisser vous-même un drapeau blanc; nos
amis comprendront que nous les avons reconnus.

— Bon.

— Ils amèneront un de leurs radeaux jusqu'au rivage.

— Oui.

— Et alors, à la grâce de Dieu.

Van de Boot, fiévreux encore, mais faisant tous ses efforts
pour regagner son calme, assembla d'un signe, autour de lui,
les chefs qu'il avait nommés et qui commandaient aux étranges habitants de l'archipel polaire. Il leur parla; il le fit avec
une extrême prudence, et en dissimulant le mieux possible

son émotion, car il ne fallait pas éveiller leur méfiance, ni leur laisser deviner une entente avec l'ennemi. Leur intelligence était incomplète, obscurcie en quelque sorte et vouée à ne jamais dépasser une certaine limite, mais ce n'étaient pas des animaux, c'étaient des hommes, et des hommes dont les instincts sanguinaires étaient excités par la présence des Sous-Terriens. Qu'ils pussent soupçonner une trahison, un piège quelconque et c'en était fait irrémédiablement du savant et de Margaret. Les Kra-las les massacreraient en quelques instants, sous les yeux mêmes de ceux qui prétendaient les sauver.

Cependant les gigantesques quadrumanes, dont la confiance en Van de Boot était encore entière, l'écoutaient tranquillement, bien qu'avec une certaine surprise. Tout ce qu'on leur disait était nouveau pour eux. Si leur esprit avait été plus ouvert, ils se seraient inquiétés de voir que Van de Boot à son premier contact avec les Sous-Terriens, comprit leurs signaux et y répondit. Mais c'étaient des êtres absolument simples, et aucun d'eux n'eut cette pensée. Aucun d'eux ne fut assez perspicace pour voir, dans le désir du zoologue de se rendre auprès de l'ennemi, et dans son intention d'emmener Margaret, un plan d'évasion hardi. Cependant, quelques-uns demandèrent qu'une escorte armée accompagnât les humains supérieurs, pour les protéger en cas de besoin, et Van de Boot n'osa pas refuser cette escorte, de peur de laisser pressentir aux Kra-las ses véritables intentions.

Pendant ces pourparlers, qui durèrent assez longtemps, et au cours desquels les ennemis s'observèrent sans tirer un coup de feu, Margaret avait couru à la maison, fixé tant bien que

19

mal un morceau de toile au bout d'une perche, et était reve-
nue au rempart, où elle avait montré l'emblème de paix.

On vit alors un radeau se détacher de la flottille et s'avancer
vers la côte. Les Européens s'étaient entendus ; tout ce qui
leur restait à faire était maintenant d'exécuter leur programme
sans commettre de maladresses, et sans donner l'éveil aux
Kra-las avant le temps où leur fureur deviendrait impuissante.

Van de Boot, Margaret Flower et dix Kra-las armés descendirent au bord des flots, dont s'approchait rapidement
l'embarcation « ennemie ».

Dès qu'on fut à portée de la voix Kerbiquet prit la parole,
et le dialogue suivant s'engagea en français, dont les Kra-las
ne comprirent naturellement pas une syllabe.

— Ne laissez voir aucune émotion ni aucune joie, disait le
capitaine au long cours. Il y va de la réussite. Restez calmes
et froids. Quand vous serez sur le radeau, pas d'effusions, pas
de cris : la dignité quelque peu défiante d'ennemis qui vont
conférer, quitte à reprendre plus tard la lutte. Pourquoi n'êtes-
vous que deux ?

— Nous avons perdu une de nos compagnes, répondit Van
de Boot, debout sur une roche à l'extrême limite des flots.

— Vous n'avez pas pu vous dispenser de prendre une
escorte ?

— Les Kra-las me l'ont imposée, non dans un sentiment de
défiance, mais pour ma protection.

— Bien. Votre escorte embarquera. Nous nous en déferons
ensuite. Sommes-nous parés ?

— Oui.

— Accoste.

Le radeau vint au ras de la roche ; Margaret y sauta, trem-
blante malgré son empire sur elle-même, et Kerbiquet lui dit
doucement, au passage :

— Ne craignez plus rien, Mademoiselle ; vous êtes en
sûreté.

Van de Boot embarqua à son tour, puis ce fut celui des dix
guerriers Kra-las, surveillant tout avec défiance. Il ne fut pas
dit un mot ; il ne fut pas fait un geste ; il ne fut pas lancé un
regard de trop, et les milliers d'yeux surveillant de terre la
miraculeuse entrevue des Européens perdus à la surface inférieure, ne purent rien surprendre qui leur donnât le plus léger
soupçon.

Le radeau releva sa voile et reprit la direction de la flottille, où il atteignit en quelques minutes, car elle était fort
rapprochée de la côte. Personne n'avait parlé ; tout le monde
se sentait sous le poids d'une émotion grave et, sur la falaise,
les gigantesques gorilles se montraient, véritable fourmilière
de monstres, puisqu'ils savaient qu'on était en trêve et qu'il
n'y avait momentanément rien à craindre.

Kerbiquet avait cependant donné des ordres mystérieux, et
Van de Boot, sa fille adoptive, son escorte, s'étaient placés
derrière le mastodonte porté par leur radeau, de façon à devenir invisibles de terre. Et doucement, silencieusement, sans
attirer leur attention, des Sous-Terriens s'étaient approchés
des Kra-las.

Le capitaine, voyant les six radeaux réunis, fit un signe, et
les Kra-las tombèrent sans un cri, sans un geste de défense,
foudroyés. Les poignards empoisonnés venaient de faire leur
œuvre.

Margaret et Lhelma ne purent retenir un cri d'horreur.

— Je m'excuse, Mesdemoiselles, leur dit Kerbiquet, de vous avoir imposé ce répugnant spectacle, mais c'était inévitable.

Les corps des quadrumanes géants furent jetés à la mer, et le capitaine donna l'ordre de hisser les voiles, et de reprendre la direction du Nord, tandis qu'avait lieu sur le radeau des Européens, et derrière le corps énorme du mastodonte, une scène qu'il faudrait renoncer à décrire.

Tous étaient fous de joie. Van de Boot avait pris dans ses bras sa filleule Wilhelmine, et ne l'avait quittée, après de longs embrassements, que pour se jeter sur Francken et le secouer chaleureusement, en dépit de sa blessure. Lhelma, délivrée de l'étreinte du savant, s'était avancée vers Margaret Flower, un peu seule et mélancolique au milieu de cette exubérance, et l'avait enlacée en lui promettant de l'aimer comme une sœur. Le président et Kerbiquet se tenaient volontairement à l'écart de ces effusions amicales et familiales, mais il leur avait fallu s'y mêler malgré eux. Van de Boot les avait serrés sur son cœur sans attendre de les connaître. Puis il avait pris dans ses bras les Sous-Terriens présents sur le radeau amiral, si l'on peut ainsi s'exprimer. Il aurait embrassé le mastodonte, si l'animal s'y était le moins du monde prêté.

Francken, de son côté, remplissait le pont des écarts et des gambades de sa ronde petite personne. Il oubliait sa souffrance; il parlait, riait et chantait tout à la fois. Il était arrivé, en quelques secondes, aux plus extravagants témoignages de sa bruyante gaieté.

Une grêle de balles s'abattit tout à coup sur les radeaux...

Ils avaient perdu le souvenir de leurs ennemis. (page 293)

CHAPITRE XXII

COMBAT NAVAL

Une grêle de balles s'abattit sur les radeaux. Des cris de douleur retentirent, et les humains supérieurs se turent instinctivement. Ils avaient totalement perdu le souvenir de leurs ennemis et de l'état de guerre où ils se trouvaient. Les mastodontes et les voiles, cependant, reçurent la plus grosse part de la volée. Les premiers se secouèrent comme s'ils avaient été chatouillés par des mouches, et les secondes prirent l'aspect d'écumoires. Cette manifestation eut cependant le pouvoir de remettre les choses au point, et rendre à chacun le sens exact de la situation.

— Tout le monde à son poste de combat! commanda Kerbiquet.

L'ordre fut traduit par Phocas de Haute-Liguée ; les Sous-Terriens saisirent leurs armes, et gagnèrent les places qui leur avaient été assignées autour des radeaux. Wilhelmine et Margaret, ainsi que le petit Satrama, durent rentrer dans l'abri. Francken monta vers son artillerie ; il y fut porté, plutôt, car sa blessure ne lui permettait aucune gymnastique, et il se disposa, l'âme joyeuse, à faire enfin parler les canons.

Mais ceux-ci ne devaient décidément pas, au cours de cette campagne, faire entendre leur grosse voix.

La fusillade n'avait, en effet, duré que quelques secondes. Puis on avait entendu une véritable tempête de cris forcenés, et les gens de la flottille avaient pu voir les Kra-las jeter leurs armes et se lancer à la mer, leur élément.

Les monstres avaient enfin compris de quelle façon Van de Boot et sa compagne s'étaient joués d'eux, et la fureur avait empli tout à coup leurs âmes bestiales.

Ils arrivaient par milliers à la poursuite des radeaux, et c'était un combat féroce qui se préparait, au cours duquel les brutes n'auraient plus de fusils, sans doute, mais où elles auraient le nombre, et leur force musculaire à peu près inépuisable.

Et si l'on pouvait espérer qu'elles ne gagneraient pas de vitesse la flottille, il fallut rapidement renoncer à cet espoir. Les gorilles amphibies filaient dans les flots avec une vélocité surprenante. Leurs mouvements de nage les poussaient en avant par bond de quinze mètres, et il fut bientôt certain que le corps à corps ne serait pas évité.

Kerbiquet commanda des feux de salve dans le troupeau, puis un feu à volonté plus meurtrier encore. De grands corps

verdâtres flottèrent sur les eaux ensanglantées, des rugisse-
ments de douleur s'entendirent, mais rien n'interrompit l'élan
des monstres, à présent dominés par la rage, et en qui réappa-
raissait l'ancien appétit de carnage, depuis si longtemps
inassouvi.

Aucun des Kra-las ne savait exactement pourquoi il se
ruait vers l'ennemi ; la possession de Van de Boot et de sa
fille adoptive n'avait plus rien qui les intéressât, puisque les
humains supérieurs avaient donné ce qu'ils en prétendaient
tirer. Mais leur intelligence était assez développée pour qu'ils
sentissent la honte d'avoir été pris pour dupes, et un furieux
désir de vengeance les poussait, ainsi que leur vieille haine
contre les habitants des Républiques Centrales.

Et le contact eut lieu. Il fut d'une violence extrême, et couvrit en quelques instants la mer de cadavres. Les Sous-
Terriens, en voyant approcher leurs ennemis, avaient jeté
derrière eux leurs carabines, et s'étaient mis à plat ventre, les
poignards empoisonnés à la main. Et aussitôt qu'apparais-
saient un bras, une rangée de griffes, une piqûre immobilisait
un monstre. Mais il en arrivait toujours, et les terribles dagues
ne faisaient plus que s'élever et s'abattre, ayant à peine le
temps de frapper tout ce qui venait quêter la mort.

Les flots présentaient un grouillement affreux Les Kra-las
vivants se jetaient à l'attaque en glissant contre ceux qui ne
l'étaient plus. Bientôt, le nombre des cadavres fut tel qu'ils
formèrent une couche, un terr   lide, une île véritable en-
tourant les radeaux, et sur laq   e les assaillants pouvaient
marcher sans l'enfoncer. C'était hideux et effrayant. Kerbiquet, le président, Francken et Van de Boot, qui, de temps en

temps plaçaient une balle de revolver, contemplaient cette inqualifiable boucherie sans pouvoir parler, et l'horreur dans les yeux, bien qu'ils se fussent attendus à toutes les monstruosités.

Tout à coup, la ruée gigantesque cessa. La couche des corps étendus sur l'eau perdit le glissement affreux qu'elle gardait depuis le commencement de la bataille, et qui lui donnait l'aspect d'un amas de reptiles en fureur.

Sur les radeaux, tout le monde se regardait avec surprise. Quel piège cachait cette immobilité soudaine, succédant à une invraisemblable folie de mouvement?

On le sut bientôt.

Malgré le poids de ses poutres assemblées, malgré le poids des hommes qu'il portait, malgré l'effroyable pesanteur du mastodonte campé au centre, le radeau des humains supérieurs fut soulevé d'un bout, tandis que le bord opposé s'enfonçait dans la mer et faillit chavirer.

Les Sous-Terriens plongèrent d'un seul mouvement, leur poignard à la main, et le massacre, interrompu un instant, reprit avec une violence nouvelle, sous l'eau, cette fois, et sans que les chefs de l'expédition pussent intervenir.

Mais alors, au lieu d'attendre leurs ennemis et de les frapper à coup sûr, les sujets de Phocas de Haute-Lignée durent se jeter dans les masses compactes formées sous les flots par les Kra-las, et chacun d'eux lutta contre dix adversaires. Et l'on périt des deux parts, parce qu'il leur était absolument impossible de tout frapper à la fois, et que certains d'entre eux furent immobilisés dans les mains puissantes des monstres.

La tuerie dura une heure encore ; la couche des cadavres

sur l'eau verte prit l'épaisseur et la solidité de la terre ferme. Enfin, des mouvements étranges se produisirent aux bords de l'île morte, et l'on vit les gorilles polaires qui s'enfuyaient vers le rivage, à grandes brasses, et poursuivis par les impitoyables petits Sous-Terriens.

— Nous sommes vainqueurs ! s'écria Francken.

— Oui, mais à quel prix ! soupira le président.

Ses hommes remontaient aux radeaux, exténués. Ils étaient partis cent vingt ; ils rentraient quatre-vingts à peine, et certains d'entre eux si malmenés, si déchirés qu'ils ne survivraient certainement pas.

— Mon Dieu ! s'écria Van de Boot, mon existence valait-elle la perte de tous ces braves gens !

Il fallut dégager les radeaux de la chair immobile où ils étaient emprisonnés comme peut l'être un paquebot dans les glaces du pôle. Il fallut organiser toute une manœuvre. L'épaisseur des cadavres était telle, que les voiles gonflées à craquer ne faisaient pas avancer la flottille. La mer, heureusement, aidait au travail en disséminant peu à peu les corps à sa surface ; l'île monstrueuse s'élargissait insensiblement. C'était, sous le soleil de feu du monde inférieur, un spectacle grandiose et tragique, et que ne devaient jamais oublier ceux à qui il était donné de le voir.

Il était penché sur un texte. (page 300)

CHAPITRE XXIII

EPILOGUE

Quand la route fut à peu près dégagée, quand la route fut redevenue libre et mobile, sur l'ordre du capitaine Kerbiquet, lancé d'une voix puissante et joyeuse, le voyage de retour commença. La flottille reprit sa route vers le nord, surveillée par les yeux cruels des Kra-las échappés au massacre, qui auraient bien voulu tenter une nouvelle agression contre leurs ennemis séculaires; mais qui ne l'osèrent plus, tant le souvenir du récent combat les terrifiait.

De ce voyage nous ne dirons que peu de choses, car il ne s'y produisit que de rares incidents, l'expérience acquise au cours de la première traversée du désert ayant instruit les explorateurs et leur ayant permis de se prémunir contre des dangers connus.

Quatre personnes, pendant cet heureux voyage, firent aussi peu de bruit que Francken en faisait continuellement.

C'étaient, d'une part, Wilhelmine et le président, qui se quittèrent peu, causant à mi-voix et trouvant toujours des choses intéressantes à se dire. Et d'autre part, Margaret Flower et Jean Kerbiquet qui paraissaient copier leur attitude sur celle de Phocas de Haute-Lignée et de Lhelma.

Quand on aborda, deux mariages étaient décidés, qui devaient dénouer avec du bonheur une aventure si remplie d'épreuves et de dangers.

Van de Boot, qui décidément adoptait Margaret Flower, donna son consentement séance tenante à l'un de ces mariages. Et pour l'autre, il fut convenu qu'on irait le demander à Van Tratter, à bord du *Pétrel*.

Quelques jours plus tard, les humains supérieurs, accompagnés d'une escorte de Sous-Terriens, remontaient à la surface supérieure. Ils avaient renouvelé leur serment solennel de n'y rien dévoiler des secrets que leur avait découverts le hasard.

Ils émergèrent à un point désert de la côte brésilienne, et, vêtus de leurs costumes de mer, prirent la route des îles Fernando-Noronha. Le *Pétrel* s'y trouvait, dans une baie calme et bien assis sur ses ancres.

— Mon oncle? demanda Wilhelmine, en mettant le pied sur l'échelle du bord.

— Il est là, Mademoiselle, répondit Plougonnec en ôtant son bonnet. Ne vous en faites point de mauvais sang; il n'a pas bougé de ses paperasses depuis que vous l'avez quitté. Il nous a fallu l'appeler chaque fois pour manger. Mais il se porte bien.

— Mon pauvre oncle !

On se précipita vers sa cabine. Il était là, en effet, rouge, suant, penché sur un texte qui pouvait être lapon, à moins qu'il ne fût cafre.

C'était toujours le même homme, avec sa grande carrure et ses bons regards vagues de myope. Mais comme il n'avait pas Wilhelmine auprès de lui, depuis longtemps, pour lui rappeler que dans la vie on se rase, on se coiffe et se brosse, le savant linguiste était dans une tenue qui laissait fort à désirer.

— Mon pauvre oncle ! répétait Wilhelmine.

Il l'accueillit comme s'il l'avait vue une heure auparavant. Peut-être ne s'était-il pas aperçu de son absence. Il serra distraitement les mains de Francken et de Van de Boot. Sans doute avait-il oublié que l'un eût été captif de monstres, et que l'autre fût parti à son secours.

Par contre, il embrassa paternellement et affectueusement Margaret Flower qu'il n'avait jamais vue.

— Mon oncle, lui dit Lhelma, je t'annonce que j'épouse M. André Phocas de Haute-Lignée, président de la République Centrale. Nous irons faire bénir le mariage à Saardam, et rentrerons dans ses Etats. Tu viens vivre avec nous. Et comme là-bas nous n'aurons besoin de rien, nous laissons tout ce que nous possédons à notre excellente Catharina ; qui m'a vu naître, et qui t'a toujours soigné avec dévouement.

Van Tratter dit un « oui » assez vague, et qui indiquait surtout qu'il aurait bien voulu qu'on le laissât tranquille. Et il se replongea dans son texte cafre, ou lapon.

— Monsieur le président, dit Kerbiquet, ma fiancée et moi sommes résolus à demeurer à la surface supérieure, sous la

réserve de vous visiter de temps à autre sous la terre; nous
vous promettons de garder religieusement le secret promis.

— Je sais que vous le garderez, répondit Phocas de
Haute-Lignée. Merci.

Van de Boot et Francken causaient depuis quelques instants dans un coin. Ils s'approchèrent.

— J'avais, au moment de ma capture par les Kra-las, dit
Van de Boot, déclaré que je laissais tous mes biens à ma
filleule Lhelma. Ce legs n'a plus de raison d'être aujourd'hui
où elle va vivre dans un pays assez heureux pour ignorer l'argent. J'annule ce legs, et en institue un nouveau en faveur de
Margaret, ma fille adoptive, qui, de cette manière, entrera en
ménage avec une dot.

« Et je lui demande, en échange, de me garder auprès
d'elle jusqu'à... jusqu'au grand voyage. Car je l'aime tendre-
ment aujourd'hui, et ne pourrais pas vivre loin d'elle »

Kerbiquet lui serra énergiquement la main, tandis que Margaret Flower se jetait dans ses bras.

— Pour moi, dit Francken, c'est la société de Lhelma qui me
manquerait le plus si je venais à la perdre, et mon intention
est de m'installer dans la République Centrale, si personne
n'y voit d'inconvénient.

« Au surplus, autant appeler les choses par leur nom. Mon
affection pour cette enfant, que je connais depuis sa naissance,
n'est pas le seul motif qui me détermine. Et mon second motif,
le voici : j'ai promis le secret ; j'ai juré de tenir ma bouche
close sur tout ce qui se passe sous la terre, mais je suis tellement bavard qu'un jour où la langue me démangerait plus qu'à

l'habitude je lâcherais tout, et le sous-sol, et les Sous-Terriens, et l'or, et les pierres précieuses...

Et comme on riait, il ajouta :

— Je me connais ; le désir de parler me donnerait la fièvre ; il faudrait à un moment donné que je me dégonfle ; un secret de cette envergure est un poids trop lourd pour moi. Autant prendre mes précautions, car je suis et veux rester un honnête homme.

« Cependant, comme là-bas je n'aurai pas plus besoin d'argent que les autres, je laisse dès à présent ma fortune à Mademoiselle Margaret Flower, qui au lieu d'une dot en aura deux, et qui pourra ainsi faire bonne figure, chez le notaire, à côté du Crésus qu'elle épouse.

« Capitaine Kerbiquet, ne protestez pas ; Mademoiselle, ne refusez pas ; vous me feriez tous deux la plus grande peine de mon existence.

« Et pour toi, Van de Boot, mon ami, cesse d'allonger cette lippe qui te rend affreux. Résigne-toi ; j'en veux un peu aussi, de l'amitié de ta fille adoptive. »

Francken s'arrêta. Margaret vint lui tendre son front pur.

FIN

TABLE

FIN DE LA TABLE

Ins. — Imp. Eccès ARDANT & Cᵉ.